Paixão no DIVÃ

J. R. RUDNISKI

Paixão no DIVÃ

PandorgA

Direção Editorial
Silvia Naves
Produção Editorial
Equipe Editora Pandorga
Diagramação
Fernanda Salles (AS Edições)
Capa
Cristiane L.Viana
Revisão
Alline Salles (AS Edições)
Preparação
Fábio Brust - Elo Editorial

Texto de acordo com as normas do Novo Acordo Ortográfico da Língua Portuguesa
(Decreto Legislativo nº 54, de 1995)

Dados Internacionais de Catalogação na Publicação (CIP)
Ficha elaborada por: Tereza Cristina Barros - CRB-8/7410

Rudniski, J. R.
Paixão no divã / J. R. Rudniski. — 1.ed. —
São Paulo : PandorgA, 2017.
288 p. ; 16 x 23 cm.

ISBN 978-85-8442-223-4

1. Erotismo na literatura 2. Romance
brasileiro. I. Titulo.

20.07/025-2017 CDD- 869.93

2017
IMPRESSO NO BRASIL
PRINTED IN BRAZIL
DIREITOS CEDIDOS PARA ESTA EDIÇÃO À
EDITORA PANDORGA
AVENIDA SÃO CAMILO, 899
CEP 06709-150 - GRANJA VIANA - COTIA - SP
TEL. (11) 4612-6404

WWW.EDITORAPANDORGA.COM.BR

Conflitos, são eles que fazem você agir instintivamente.
O destino vai te surpreender a cada instante de sua vida…

Prólogo

Eu não paro de pensar nele, em todo instante…

O que dizer de uma pessoa, que fez mudar seus sentidos?

E que te faz tão bem?

Ele é diferente, me entende, é compreensivo comigo…

Aquele jeito dele… Ele é incrível…

Não vejo a hora de poder vê-lo novamente…

Não tem como eu esconder meus sentimentos, sinceramente não posso mentir para mim… nunca senti algo tão profundo assim… realmente, eu o amo.

****

Mary está muito linda, com um vestido preto curto e cabelos radiantes – mas nada era capaz de se comparar a seus lindos olhos verdes. Além disso, ela está com o perfume que Robert tanto ama sentir nela.

Quando há vejo entrar em minha sala, meu coração bate mais forte, ela é muito linda…

Uma beleza que me hipnotizava…, mas ela tinha algo que me encantou, e foi de primeira...

Algo que somente ela poderia me revelar…

Esse cheiro maravilhoso do perfume dela não sai da minha cabeça. Não sei o que faço para resolver esse conflito dentro de mim. Realmente não sei, pensou ele.

Capítulo 1

Consequências de uma vida atribulada

Mary é uma jovem que vive com sua mãe, Margarete, e seu irmão mais novo, que se chama Victor. Sua vida mudou depois da separação de seus pais, então ela não via mais seu pai diariamente.

Sua família sempre foi definida pela sociedade, por ser tradicional e sempre figurar entre as grandes famílias da cidade, fato que teve bastante influência na vida de Mary.

Em um dia muito chuvoso, Mary sai de casa para fazer uma visita ao pai, Frank. O motorista de seu pai, Jerry, vem buscá-la. Ele é um homem que aparenta ter quarenta anos, é casado, possui dois filhos e é o melhor funcionário do pai. Mary o adora pela simpatia e educação com as quais sempre a tratou. Ele abre a porta do carro e diz:

— Oi, Mary! Tudo bem?

— Oi, Jerry! Tudo ótimo, e com você?

— Que bom! Eu estou bem, sim! O que manda para hoje?

— Ah, só vou na casa do meu pai. Não estou muito a fim de fazer muita coisa.

— O que acontece contigo, menina? Eu conheço você...

— Estou bem, mas ando meio pensativa...

— O que se passa na cabeça da minha menina?

— Ah, muitas coisas... Ando pensando muito sobre mim.

— Por favor, me conte. Você sabe que sempre pode contar comigo, e que te considero minha terceira filha.

— Obrigado, Jerry, mas prefiro não falar, porque não sei o que acontece comigo. Agradeço muito pelo que faz e pela sua preocupação, considero muito, mas não sei o que deve ser! Mas vamos parar de melancolia. Liga o som naquela música que você sabe que eu gosto.

— Tudo bem, mocinha, seu pedido é uma ordem.

E, chegando na casa de seu pai, os portões grandes se abrem. É uma mansão de 1.100 m² de construção, fora a área de quintal, piscinas, quadras de tênis, sauna, quadra de futebol; realmente, o sonho de consumo de qualquer pessoa. Mas, apesar de ter vindo de uma família rica, Mary sempre foi uma garota simples; nunca se importou muito com coisas de luxo, sua simplicidade encanta qualquer um.

Entrando na casa, ela cumprimenta o chofer, Charles, sempre muito simpática.

— Oi, Charles, tudo bem?

— Tudo bem, e a senhorita, como vai?

— Eu estou bem!

— Que bom!

— Onde meu pai está?

— Seu pai está no escritório, senhorita.

— Obrigada!

Frank é um homem excêntrico, casual, conservador, intelectual. Um homem elegante, de 1,87 m de altura, cabelos castanhos escuros e olhos verdes. É proprietário de uma empresa de software chamada Global Softwares, uma empresa de desenvolvimento de programas para empresas. O forte de sua empresa, porém, foi ter desenvolvido um software para o governo americano, um programa espião. Isso tudo é mantido em sigilo dele próprio; foram anos desenvolvendo o software, que foi um divisor de águas para ele, porque a maior parte de sua fortuna veio deste projeto e ele já recebeu vários prêmios por suas criações.

Hoje, sua empresa é o maior destaque mundial no ramo de softwares, mas tudo isso tem um preço, que lhe trouxe alguns problemas e conflitos. O que ele mais preza na sua vida são seus filhos, Mary e Victor, seu maior orgulho. Apesar das circunstâncias da vida terem afastado-os momentaneamente por causa do divórcio litigioso que teve com sua ex-mulher, Margarete, Frank é o famoso pai coruja; tem ciúme de sua filha Mary, justamente pelo amor e carinho que sempre cultivou por ela, sendo a origem disso tudo na infância de Mary.

Victor é o segundo xodó, o caçula de onze anos de idade, que gosta muito do pai. É bem mais reservado, tem poucos amigos, mas é muito especial, um garoto altruísta, com um coração enorme. A relação com o pai é bem tranquila, pois, ao contrário de sua irmã, Victor gosta de ir pescar com seu pai, mas seu hobby favorito é o futebol. O sonho de Victor é se tornar jogador de futebol, apesar de ele treinar em um time da capital da própria cidade, gosta de ir ao estádio para assistir seu time do coração, Santos F.C. Quase em todos os fins de semana, ele e seu pai descem para a baixada santista para assistir aos jogos.

Mary sobe as escadas no sentido do escritório, chega na porta e bate.

Seu pai abre a porta resolvendo alguns problemas da sua empresa por telefone com seu jeito sempre autoritário.

— Thor, deveria ter levado os relatórios para o Derick, droga, e você não levou!

— Senhor, eu tentei levar, mas ele não estava.

— Se vira! Eu precisava ter resolvido isso para ontem, e vocês estão nem aí…

— Desculpe-me, Sr. Frank. Iremos resolver o mais rápido possível tudo isso.

— É bom mesmo! Se não, terei que tomar providências severas em relação a vocês.

— Desculpe-me, senhor. Não acontecerá novamente.

— Tomara, quero isso para agora de manhã ainda. Tenha um bom-dia.

— Tudo bem, Sr. Frank, tenha um bom-dia.

Mary ficou esperando por quinze minutos até a conversa terminar. Estava sentada no sofá do escritório, já nervosa, quando seu pai desligou o celular, e disse:

— É sempre assim! Toda vez eu tenho que ficar esperando você pra alguma coisa. Nunca me dá atenção quando venho lhe visitar, fica conversando com seus capachos da empresa.

— Filha, não é bem assim. Me desculpe.

— Mas toda vez é assim! Você sempre dá suas desculpas esfarrapadas e nunca muda.

— Tem que entender que não faço isso por mal. Seu pai sempre trabalhou para dar algo melhor para vocês.

— Eu estou cansada de suas desculpas. Desde pequena você sempre foi ocupado, poucas vezes me dá atenção.

— Filha, você sempre teve do melhor em tudo, sempre usou as melhores roupas…

— Sempre joga na minha cara essas coisas, mas isso não é fundamental. O que eu preciso é outra coisa.

— Eu não te entendo, Mary. O que você tanto quer?

— Sempre precisei de sua atenção, e você sempre estava ocupado com suas coisas. É trabalho, trabalho, trabalho e coisas de seu interesse. Mamãe sempre reclamou disso!

— Sua mãe é uma ingrata!

— Não fale isso dela!

— Ela sempre teve o melhor, as melhores joias, os melhores carros, e ela reclama do quê?

— Você e essa mania de achar que pode comprar tudo e todos com dinheiro.

Enquanto isso, lá embaixo, os funcionários ouvem a discussão e dizem:

— O negócio está pegando fogo.

No andar de cima, pai e filha continuam discutindo.

— Você não sabe de nada! É igual à sua mãe.

— Cale a boca.

Ela abre a porta e sai correndo em direção ao seu quarto e bate à porta, trancando-a. Frank vai atrás de sua filha e bate na porta.

— Mary, abra essa porta. Preciso falar com você!

— Não vou abrir. Quero ficar sozinha, me deixe.

— Por favor, abra essa porta!

— Não, me deixe em paz!

— Tudo bem, mas mais tarde iremos conversar.

Mary não responde, fica no quarto e começa a chorar na sua cama. Fica por horas em silêncio, depois resolve ligar para sua melhor amiga, Gessy.

— Alô?

— Gessy?

— Oi, Mary! Tudo bem com você?

— Ah, Gessy, não estou bem, não.

— Mas o que aconteceu? Percebi que sua voz está diferente!

— Briguei com meu pai... estou chateada.

— Mas como foi? Me conta, amiga!

— Acabei vindo visitar ele. Subi no escritório, ele estava falando no celular, como sempre, então perdi a paciência... toda vez ele faz isso.

— Calma, amiga. Você tem que se acalmar. Não é assim. Talvez tenha interpretado mal seu pai.

— Não, Gessy, você não está me entendendo, foi muito diferente do que está pensando.

— Vai me contando, então.

— Eu estava esperando já fazia uns quinze minutos, e ele não desligava a porcaria do celular. Quando desligou, eu surtei, não queria mais falar com ele.

— Irritadinha — falou Gessy, rindo. — Calma, Mary, tenha paciência.

— Mais ainda? Por favor, né, Gessy? Você só pode estar de brincadeira! Sempre me disponibilizo para ir falar com ele, e ele faz isso comigo!

— Amiga, tenta entender, enxergue isso com amor. Ele não está fazendo por maldade. São sempre problemas que acontecem, ele fica sobrecarregado e acaba agindo dessa maneira. Acredite em mim, ele ama muito você, mas é falho, como todos nós somos. Calma, amiga! Vamos conversar pessoalmente?

— Ah, não sei, Gessy, se estou com cabeça para falar agora.

— Vamos, sim. Eu passo aí, vai ser bom pra você. Relaxa, amiga, distrai essa cabeça. Que horas passo para te buscar?

— Tudo bem. Passe aqui às sete e meia, pode ser?

— Tudo bem, combinado. Beijo, até mais.

— Beijo, até mais.

Em sua sala, Frank está quieto, tomando seu uísque com duas pedras de gelo e pensando na situação entre ele e sua filha. Se lamenta pela discussão ocorrida e fica dizendo, em voz baixa:

— Isso não podia acontecer, droga... Puxa, eu errei com ela. Não podia ter falado daquela maneira.

Continua quieto, apreciando o nada, pensando em sua vida, lembrando de sua ex-mulher, a quem ele tanto amou; ou talvez ainda ame, apesar de estar namorando a elegante e charmosa Susie, uma linda mulher de trinta anos, de pernas longas, loira, olhos azuis, corpo malhado, uma mulher muito carinhosa, independente, formada em educação física. Susie é proprietária de uma grande academia que oferece musculação, dança, treinos fitness e outras modalidades, e sua relação com Frank é muito boa, ela realmente o ama.

****

Eles se conheceram durante um evento no qual ele recebera a premiação pelo desenvolvimento de um projeto de software, e Susie recebera um prêmio pela sua academia de bodybuilding, por ser reconhecida como a melhor academia nessa modalidade. Frank tinha acabado de se divorciar de Margarete, mas estava tranquilo, não queria se envolver com ninguém, porque não tinha sido fácil o processo de separação com sua mulher; havia passado por um processo litigioso pela guarda dos filhos, o que foi muito ruim, pois ainda sentia ter de ficar longe de seus filhos diariamente. No evento, Susie, uma jovem simpática ficou na mesma mesa que ele; estava sozinha, e ele também. Foi onde tudo começou, com uma simples conversa quando ela chegou para sentar, cumprimentando todos da mesa.

— Olá, pessoal, tudo bem?

— Olá! Tudo bem, sim!

— Eu acho que minha cadeira é essa, segundo o convite do evento. Estou meio perdida.

Frank, com sua gentileza, diz:

— Deixe-me ver seu convite.

— Oh, por favor! Fico agradecida pela gentileza!

— Pelo jeito é essa mesa mesmo. É a cadeira 48, ao lado da minha.

— Que bom. Fico lisonjeada por sentar do lado de uma pessoa tão gentil.

— Muito obrigado, o prazer é todo meu.

E foi assim que começaram a desenvolver a conversa.

— Que bom estar prestigiando este evento. Fiquei muito grata por poder vir nesse jantar maravilhoso da noite de premiação.

— Que bom, eu também estou prestigiando isso tudo.

— Você atua em que ramo?

— Eu trabalho com softwares, e você?

— Eu trabalho com esportes. Sou proprietária da Planet Sports Academy, que agrega várias modalidades, mas o principal é o bodybuilding.

— Que interessante! Já ouvi falar muito de sua academia, é bem conhecida mesmo.

— Obrigada.

— Não é à toa que você está aqui.

— Obrigada novamente, digo o mesmo para você.

— Obrigado!

Durante a noite, os dois ficaram juntos na mesa, conversando e se divertindo, até que chegou o fim do evento.

— Já é hora de ir, você está de carro?

— Vim de táxi, pois não gosto de dirigir sozinha de madrugada pela cidade, então vou chamar um para voltar.

— Não se preocupe, eu te levo para casa.

— Eu agradeço, mas vou de táxi mesmo.

— Por favor, eu insisto, ainda mais pela ótima companhia que você foi esta noite.

Susie fica meio sem jeito, mas, com um sorriso, diz:

— Tudo bem, já que insiste.

Frank sorri e diz:

— Será um prazer.

Chegando lá fora, o manobrista traz seu veículo: um lindo carro esportivo, um Audi RS7, uma máquina V8 de 560 cavalos com um ronco excitante. O manobrista entrega a chave e diz:

— Aqui está seu carro, senhor Frank.

— Obrigado.

Frank faz questão de abrir a porta do carro para a senhorita Susie.

— Muito obrigada, que cavalheirismo — ela diz e dá um leve sorriso.

Frank dá a volta no carro, entra e segue caminho para a casa de Susie. No caminho, eles conversam.

— Sabe, Susie, eu adorei conhecer você. É muito engraçada, simpática, mas, além de tudo isso, é muito linda.

— Ai, Frank, você é demais. Nunca conheci um homem tão fino, gentil, cavalheiro e elegante como você, mas o que mais me encanta é que é um homem misterioso.

— Acha? Algumas pessoas já me falaram isso, mas nunca concordei — Frank diz e dá risada.

— Esse seu olhar é tão misterioso.

Já chegando em frente ao apartamento de Susie, Frank olha bem no fundo dos olhos dela, passa a mão pelo seu rosto, perto de seus lábios; Susie respira profundamente, então Frankie a beija com intensidade, passando as mãos em sua nuca e beijando-a no pescoço também. Susie fica fora de si, ardendo em paixão por esse homem sedutor, mas ela se controla, falando:

— Frank, vamos parar por aqui. Tenho que ir.

Frank acaba parando, tenta recuperar o fôlego, passa a mão em seus cabelos e diz:

— Que não seja a única vez.

Ela abre a porta do carro e sai às pressas. Frank liga o carro e acelera, fazendo-se ouvir um lindo ronco. Chegando em sua casa, na garagem, ele percebe que algo começa a vibrar no banco do passageiro, então vê um aparelho celular tocando. Pegando o aparelho, percebe que está recebendo uma chamada, então olha, começa a rir e diz:

— Ah, agora não posso atender, mocinha.

E leva o celular de Susie para seu quarto e deixa em cima de sua cômoda.

No outro dia, pela manhã, ele ouve um barulho de celular tocando. Rola de um lado a outro na cama e acorda com um toque de celular às nove horas da manhã. Ele demora a levantar de sua cama e, quando o faz, vê o celular de Susie tocando e atende com uma voz arrastada.

— Alô...

— Frank?

— Não, é o padre Paulo.

— Ah, fala sério. Você está de brincadeira!

— Seus pecados estão perdoados.

— Mas é um palhaço mesmo, não tem como.

— Bom dia, senhorita Susie.

— Bom dia, senhor Frank.

— Senhor? Está me chamando de velho logo de manhã? Pelo amor de Deus...

Susie dá muita risada, e diz:

— Tá bom, vou te chamar de você.

— Assim fica melhor. Mas o que faz você me ligar essa hora da manhã?

— Só pode estar de brincadeira, né?! Meu celular está com você!

— Sério, não pode ser... Tudo bem, sem brincadeiras agora. Combinamos, e você vem buscar ele aqui na minha casa, pode ser?

— Ah, fazer o quê! Vou, sim, buscar na sua casa.

— Pode ser hoje à noite?

— Pode, sim.

— Que horas fica melhor pra você?

— A partir das nove horas.

— Combinado. Avisarei o porteiro para te recepcionar na sua chegada.

— Obrigada. Tenho que ir, tenho muitas coisas para fazer ainda até a noite. Beijo, tenha um bom-dia.

— Espera, vou te passar o endereço, ou acha que tem bola de cristal? Anota aí.

— Tá bom.

— Avenida Higienópolis, 385, Jardim Europa, ok?

— Ok.

— Beijo, bom dia.

****

Mary está aguardando Gessy. Já são sete e quarenta, e ela pensa: Gessy deve ter se atrasado, só pode. Ela resolve ligar para Gessy, que atende o telefone e diz:

— Mary, já estou chegando. Me atrasei um pouco por causa do trânsito, mas já estou chegando, amiga. Beijo.

— Beleza! Relaxa, te espero. Beijo.

Depois de vinte minutos, finalmente Gessy chega.

— Nossa, amiga, como você demorou.

— Ah, acabei me atrasando por causa do trânsito. Realmente estava muito congestionado devido a um acidente que houve no trajeto, mas, tirando isso, tudo ok.

— Aonde pretendemos ir? Já pensou em algum lugar?

— Ah, acho legal um pub que inaugurou ali na Paulista. Me falaram que é muito bom, e vai ter vários gatinhos por lá. O que você acha?

— Uhum, legal! Vamos, sim! Partiu?

— Demorou, vamos!

Capítulo 2

O início de um futuro

No inverno do ano de 1986, no Hospital Santa Casa, está para nascer um garoto, e a mãe está tendo problemas no parto. É chamado com urgência o médico de plantão para atender uma moça que se chama Catarina, já com a bolsa amniótica rompida, correndo para a sala de cirurgia. Os enfermeiros levam Catarina às pressas, medindo sua pressão, aplicando soro em sua veia. Ela sente muitas dores devido à contração e está quase para dar a luz. Gemendo de dor, ela só consegue dizer:

— Pelo amor de Deus, essa criança está quase saindo. Não aguento mais de dor.

— Calma, senhora Catarina, o doutor já está vindo — diz um dos enfermeiros.

Enquanto isso, o Doutor Brian está chegando na sala de cirurgia para fazer o parto de Catarina.

— Como está a pressão dela?

— Está um pouco alta, mas sob controle.

— Ok. Catarina, relaxe, foque na respiração. Tente ao máximo fazer força para que a criança consiga sair. Segure minha mão… Isso, respire e solte, respire e solte. Já posso ver a cabeça da criança saindo. Mais um pouco, Catarina, vamos lá… isso, está vindo, está vindo…

De repente, um choro irrompe no ambiente e um bebê grande e bonito aparece.

— É um menino — diz o doutor.

Catarina fica emocionada com o bebê e logo quer pegá-lo no colo. O doutor limpa aquele lindo garoto, que nasceu com três quilos e cem gramas, muito forte, e diz:

— Parabéns, mãe, é um grande garoto.

Naquele momento, Catarina já o coloca no peito para amamentar. Emocionada, fica abraçada com a criança, esperando para ser liberada para ir para casa com seu filho. Sua vida, a partir de agora, será ela e o garoto, que irá se chamar Robert em homenagem ao seu avô, já que a questão do pai do garoto é meio delicada.

****

Catarina, em 1980, tem 22 anos e está em uma festa, curtindo com suas amigas. Nesse local, ela conhece Wagner, um rapaz muito bonito, elegante, sexy, e começam um romance. Namoram por quatro anos, até que um certo dia Catarina chega com uma notícia:

— Wagner, tenho uma boa notícia para te dar. Estou muito contente!

— Então me conte por que está tão feliz, meu amor.

— Adivinha! O que acha que deve ser?

— Você passou no vestibular de Arquitetura?

— Não, não…

— Então não faço ideia o que seja!

— Estou grávida!

Ele fica sem reação, pensando, pasmo, nervoso, então gritando, diz:

— Como pode ter acontecido isso, Catarina?

Catarina fica supressa, pela sua reação e pergunta:

— Como assim?

— É uma criança! Isso não poderia acontecer agora! Como vai ficar a nossa vida? Estou lutando tanto para passar no vestibular dos meus sonhos, e você vem com esse papo de criança…

Ele, muito nervoso, acaba quebrando a jarra que estava em cima da mesa.

— Calma, você acha que eu que queria que as coisas fossem desse jeito? Aconteceu, e eu não sou responsável sozinha por isso.

— Está decidido, não vamos ter essa criança!

— Mas nem sonhando, não vou cometer um crime.

Wagner grita:

— Catarina, você é louca! Vai estragar toda nossa carreira, tudo o que nós planejamos!

— Um filho era um dos planos. Eu sei que esse não é o melhor momento para se ter um filho, mas aconteceu.

— Mas você não entende mesmo. Não temos condição alguma de ter esse bebê agora! É difícil você entender, Catarina?

— Teremos que enfrentar isso a qualquer custo. Você sempre falou que me amava, sempre falou que faria de tudo por mim, então prove o que sente por mim!

Ele, muito irritado, diz:

— Eu sempre te amei, mas agora não podemos ter esse bebê, droga!

— Eu vou ter esse bebê, você gostando ou não. Não sou louca em deixar você matar meu filho!

Wagner ri e diz:

— Filho? Que filho? Você não tem nada ainda, é algo que ainda vai se formar. Não faz nem uma semana que carrega isso, e você vai tirá-lo!

— Não vou tirar, seu mentiroso. Tudo o que nós vivemos esse tempo todo foi mentira, quatro anos de mentira enquanto você me fazia acreditar que me amava.

— Cale a boca!

— Eu que lhe digo cale sua boca! Você é um imprestável! Nunca imaginei que teria coragem de fazer algo assim.

— Você não me entende mesmo. Só estou querendo fazer algo bom para nós dois.

— Só pensa em si mesmo; não pensa em mim, não pensa no bebê. Estou surpresa pela sua atitude, quanta irresponsabilidade, você é um moleque! Quando me envolvi com você achei que fosse um homem, mas está provando o contrário.

— Você está me deixando furioso. Não fale mais sobre isso, se não terei que tomar outras providências.

— Fala, fala, seu covarde, o que você vai fazer?

— Não me obrigue a nada que eu não queira fazer.

Nesse instante, Catarina agarra Wagner pelo braço e grita:

— Fale o que você vai fazer!

Nesse momento, ele joga Catarina em cima da cama para se defender dela e, com o dedo indicador em seu rosto, diz:

— Ou desiste dessa loucura de ter esse filho, ou eu largo você e você esquece quem fui na sua vida.

— Eu te odeio, seu canalha, desgraçado!

E Catarina começa a bater nele, dizendo:

— Vagabundo, canalha, pilantra, você me paga…

— A culpada disso tudo é você. Se não tivesse dado bobeira, isso não teria acontecido. Me esqueça, Catarina, de uma vez por todas, esqueça tudo o que ocorreu entre nós.

Furiosa, Catarina continua lhe batendo e xingando:

— Não acredito no que está fazendo comigo!

Ele, furioso, dá um tapa em seu rosto e, segurando-a pelo braço, diz:

— Some da minha vida, Catarina, você e seu bebê.

— Por mais que negue, esse filho também é seu e você vai lembrar pro resto de sua vida.

Nesse momento, ele olha para ela e diz:

— Me esqueça de vez!

E sai do flat, batendo a porta violentamente.

Catarina fica em cima de sua cama em prantos, se lamentando por tudo o que aconteceu. Não sabia o que fazer, estava totalmente sem rumo, sem direção em que tomar na vida. Nunca mais teve notícias de Wagner, pois ele se mudou logo depois.

Catarina agora teria que refazer sua vida e desistir de suas ambições acadêmicas, mas o maior desafio que teria que enfrentar seria em relação aos seus pais. Sua família sempre foi muito conservadora; seu pai, um senhor sistemático, mas agora ela teria que tomar novos rumos, voltando para sua terra natal no interior do estado de Minas Gerais. Antes de planejar sua volta, porém, decide ligar para sua mãe Marlene:

— Alô.

— Mãe, sou eu, Catarina, sua filha.

— Oi, filha, tudo bem?

— Estou, sim. Como está por ai?

— Filha, eu conheço sua voz. O que está acontecendo com você?

Catarina, para disfarçar o desconforto, diz:

— Nada, mãe. Está tudo bem, sim, só estou meio gripada por causa desse tempo que vive mudando aqui, é complicado.

— Ah, então tá, vou tentar acreditar.

— É sério, mãe, mas como andam as coisas por aí? O pai está bem?

— Está tudo bem, filha. Seu pai, esses dias, estava meio mal, tinha pegado uma gripe forte, mas já está melhor.

— Uhum, que bom. Já estava ficando preocupada com a saúde dele, já que ultimamente anda meio fragilizado.

— Filha, quando vem visitar seus pais? Estamos morrendo de saudades de você.

— Pois é, mãe, estava ligando justamente para isso. Estou com saudades também, então estou vendo quando poderei ir, mas é provável que seja semana que vem. Estou procurando as passagens para viajar, estou com muita saudade de vocês. Manda um beijo e um abraço para o pai e avisa que semana que vem estou indo visitar vocês.

— Tudo bem, filha, aguardo você. Vou preparar aquele bolo que você mais gosta.

— Fico agradecida, mãe, mas agora vou ter que desligar, tenho uns compromissos aqui. Te amo, mãe. Beijos, fica com Deus.

— Também te amo, filha. Fica com Deus, beijo, se cuida.

Catarina começa a se organizar para a viagem, mas com os pensamentos longe, pensando no que irá fazer quando chegar na casa de seus pais e como dará a notícia desse acontecimento. Será um grande desafio, mas o que ela mais pensa é no seu relacionamento que acabou, isso é o que mais a deixa angustiada; pensar em todos os momentos que viveu com Wagner. Agora isso terá que ser enterrado para iniciar uma nova etapa em sua vida: ser mãe. O objetivo é descobrir como vai criar seu bebê diante das circunstâncias.

Quarta-feira, dia 25 de outubro, às dez horas da noite, Catarina está no terminal rodoviário, esperando o ônibus para ir para sua cidade natal, Uberlândia, quando ouve o chamado de embarque.

— Senhores passageiros com destindo à cidade de Uberlândia, o horário de embarque será às dez e quinze. Favor comparecer no portão dezenove.

Catarina olha para sua passagem, confirma os dados e diz:

— É meu horário de embarque, tenho que me apressar!

Na fila para embarcar, ela entrega sua passagem para conferência.

— Boa noite, senhorita. RG e passagem por favor.

— Aqui está.

— Obrigado, poltrona vinte e dois, janela.

— Obrigada.

Com o ônibus saindo do terminal, Catarina pensa, olhando pela janela, como vai ser sua vida agora.

Capítulo 3

Festas, álcool e drogas

Gessy e Mary chegam no pub animadas. Na recepção, encontram uma amiga que não viam há tempos, quando são surpreendidas com alguém batendo em suas costas. Mary olha para trás e se depara com Jacke, uma amiga da época do Ensino Médio, que também não encontrava há meses e que a deixou feliz por reencontrá-la.

— Nossa, não acredito quem estou vendo aqui, não pode ser…

Elas se abraçam, e Mary diz:

— Eu que o diga, menina, quanto tempo! Por onde tem andado?

— Eu tenho ficado em casa estudando para o vestibular, então tenho evitado vida social para me concentrar nos estudos, mas hoje tive que sair para não surtar.

Mary só conseguia entrar em festas e baladas porque conhecia muitas pessoas influentes nas casas de show. Se não era Mary que conhecia, era sua amiga Gessy, por isso Mary conseguia entrar.

Dentro do pub continuam conversando, e Mary diz:

— Ah, que bom, mas é verdade. Lembro-me desse terrível tempo antes de entrar na faculdade, eu era obrigada mesmo a estudar, de outra forma não conseguiria passar em medicina. Tentei vários vestibulares da região, foi um momento muito difícil para mim; ainda bem que, depois de muita luta, consegui passar no vestibular que eu tanto sonhei.

— Conta, amiga, em qual você passou.

— Passei na USP, graças a Deus. Foi uma alegria e tanto, uma grande conquista para mim.

— Nossa, Mary, fico muito contente por você. Parabéns! Eu também estou tentando para medicina.

— Obrigada! Mas, Jacke, quando precisar, pode contar comigo, que estarei à disposição para te ajudar. Você pode ir na minha casa que eu te ajudo, tenho materiais da época do cursinho que são muito bons.

— Muito obrigada mesmo. Não irei descartar essa ajuda que veio do céu, vou, sim. Tem meu número novo?

— Uhum, você mudou de número? Eu tenho este: 7786-3685.

— Sim, mudei de número. O novo é este: 7456-8923.

— Ok, vou dar um toque e você salva meu número.

— Ok.

— Você está sozinha?

— Não, estou com uma amiga também. Deixa eu apresentá-la, essa é a Fernanda.

— Oi, tudo bem, Mary?

— Tudo bem, sim, Fernanda, e com você?

— Que bom! Tudo bem, sim!

— Ah, deixa eu apresentar minha amiga também. Essa é a Gessy.

Jacke e Fernanda dizem:

— Oi, Gessy, tudo bem?

— Tudo bem, sim, e vocês?

— Opa, com certeza estamos bem, sim!

— Que bom.

— Bom, pessoal, agora vamos curtir a festa juntas. Vocês estão onde?

— Nós reservamos um camarote para cinco pessoas, porque é a quantidade mínima, mas ficaríamos só eu e a Jacke. Como encontramos vocês, faço questão que sejam nossa companhia.

— Ah, não sei, vocês não se importam mesmo?

Jacke responde:

— Não. O que é isso, meninas? Vamos lá, parem de frescura, que hoje a noite vai ser uma criança — Jacke diz e todas riem.

— O que você acha, Gessy?

— Por mim, já é!

— Então vamos, meninas.

Todas estão muito animadas. Dançam muito, curtem a noite intensamente. Elas são muito atraentes, por isso vários rapazes tentam paquerá-las. Primeiro, um rapaz tenta conversar com Mary:

— Oi, moça, estava te vendo dançar e fiquei muito encantado pela sua beleza, você me fascina. Qual é o seu nome?

Mary dá um sorriso, mas é curta e grossa.

— Desculpa, moço, mas não estou a fim de ficar, não. Estou de boa aqui com minhas amigas, quero só curtir a festa.

Mas o rapaz insiste:

— Você é muito linda. O que tenho que fazer pra conquistar esse seu coraçãozinho?

— Na boa mesmo, eu não estou a fim de nada, não rola química entre nós.

O rapaz, não se dando por vencido, pede seu número de telefone, e Mary, para sacanear o rapaz, passa o número da sua amiga Gessy. Fez isso para compensar uma vez que Gessy a deixou em uma roubada. *É hoje que ela me paga,* pensa e dá risada. *Quando ela descobrir, vai me matar.*

— Tudo bem, anota aí: 7456-1245.

O rapaz sai contente e diz:

— Depois nos falamos.

Mary, com um sorriso sarcástico, diz:

— Está bem!

Enquanto isso, elas continuam curtindo a festa. Mary e suas amigas bebem muito, menos Gessy que, vendo que Mary bebe demais, chama a atenção:

— Mary, vai devagar na bebida. Você está bebendo muito!

— Relaxa, meu, eu sei o que estou fazendo. Fique tranquila.

— Sabe, é? Você lembra da última vez que eu tive que levar você carregada para a casa? Sua mãe ia te matar se visse você nessa situação.

— Gessy, você está sendo careta já. Relaxa, meu, curte a vibe.

— Tudo bem, não falo mais nada, só não quero ver você mal.

De repente, Fernanda tira algo do bolso da sua calça.

— Meninas, tenho um negócio bacana aqui que vai deixar vocês ligadas.

Ela abre o embrulho em cima da mesa mostrando um pó branco, começa a arrumar com as mãos fazendo carreirinhas. Depois, pega uma nota de cinquenta reais, começa a cheirar e fala para as meninas:

— Vamos dar um tapa na branquinha, pessoal.

Jacke é a primeira a cheirar e diz:

— Nossa, essa é da boa mesmo, Fer. Dessa vez caprichou no produto, hein?!

— Mary, dá uma cheirada. Experimenta, você vai ficar muito louca, é muito bom, meu.

Mary, aproveitando que Gessy foi ao banheiro, pensou que ninguém fosse implicar com ela, então disse:

— Me passa, eu quero experimentar.

— Fer, ensina a Mary como cheirar.

— Tampe um lado do seu nariz, coloque a nota enrolada no outro lado e inale, como se fosse puxar.

— Ok.

Fazendo isso, Mary inala a cocaína e diz:

— Nossa, esse negócio é bom mesmo. Putz!

Voltando do banheiro, Gessy observa o que está acontecendo:

— Pessoal, o que está acontecendo aqui? — pergunta ela, pasma.

— Relaxa, Gessy, só estamos curtindo um pozinho branco de nada, é uma maravilha. Você quer?

— Vocês estão loucas? Isso é cocaína!

Fernanda diz:

— Sim, é isso mesmo. Relaxa, amiga, é coisa suave, só usamos socialmente, sem exageros.

Mary comenta:

— Isso é muito bom, Gessy, usa aí.

— Você usou isso, Mary?

— Só dei uma cheirada de boa, nada mais.

Gessy chama Mary de canto e fala:

— Você pirou, menina? Não acredito que cheirou cocaína.

— Só uma vez de boa, o que que tem de mais nisso? Estou até mais ligada agora.

— Você não toma jeito, sua louca! Não sabe do risco que está correndo fazendo isso.

— Larga de ser careta! Curte de boa, eu não vou mais fazer isso, sossega teu facho!

— Tem certeza de que sou eu que tenho que sossegar?

Mary vira as costas, sai dando risada e desce para a pista para dançar. Logo depois, um rapaz a chama para dançar.

— Nossa, moça, como você dança bem!

— Obrigada.

O rapaz chega perto dela e pergunta no pé do seu ouvido:

— Qual é o seu nome?

Ela responde

— Meu nome é Mary, e o seu?

— Meu nome é Edu! Posso dançar com você?

— Pode, se conseguir me acompanhar.

— Pode deixar. Você acaba de arrumar um parceiro.

Eles dançam durante uma boa parte da noite, mas, depois de um tempo, Mary diz:

— Edu, vamos comigo ali no bar. Estou com sede já, quero tomar alguma coisa.

— Ok, vamos, sim, também estou a fim de tomar algo.

Chegando ao bar, ele pergunta para Mary:

— O que você pretende tomar?

— Uma água, por enquanto, estou morrendo de sede!

— Duas garrafas de água, por favor!

— Às suas ordens, senhor.

— Obrigado.

Enquanto isso, eles conversam sobre suas vidas, sobre eles.

— Você faz o que, Mary?

— Eu estudo medicina, não trabalho. E você?

— Nossa, que bacana, temos uma médica. Aliás, acho que estou passando mal já.

Mary dá muita risada de sua brincadeira.

— Eu sou estudante de direito e trabalho com meu pai no escritório dele.

— Que legal, acho interessante. Você já tinha vindo aqui?

— Não, pois hoje é a inauguração, mas gostei bastante. Achei um lugar muito bom e as pessoas são bacanas, mas ficou ainda melhor quando te encontrei.

Mary dá risada, mas fica sem graça.

— Eu estou adorando sua companhia, você é bem legal.

— Obrigado, está sendo um privilégio estar aqui com você.

Nesse exato momento, ele chega mais perto de Mary, passa a mão em seu rosto e diz:

— Seus olhos são encantadores, os mais lindos que já vi.

Dito isso, Edu beija Mary. Ela tenta resistir, mas não consegue, e acaba se entregando aos encantos dele. Depois do beijo, eles continuam juntos na festa, curtindo o momento, mas Mary fala:

— Tenho que ir já, amanhã tenho faculdade cedo.

— Fica mais, eu te levo para casa. Podemos esticar essa noite ainda, relaxa.

— Não posso mesmo. Desculpa, estou indo.

— Mas vamos ficar assim? Passa seu número de celular?

— Está bem, anota: 7456-8923.

— Ok, vou dar um toque no seu celular, grava meu número.

— Ok, vou anotar.

— A nossa despedida não pode ficar assim, não é?

Eles novamente se beijam, e fica um ar de reencontro, mas só uma falsa esperança, porque Mary ainda não se recuperou da separação de seu ex-namorado. Ela pretende não se envolver em compromissos, prefere essa vida momentânea, sem nada sério, devido às feridas que o relacionamento anterior deixou. Ela ainda sofre para se recuperar dessa frustração, pois foi o primeiro namorado que teve.

Capítulo 4

O início do primeiro amor

Na escola, no primeiro dia letivo, Mary está indo para o segundo ano do Ensino Médio. Tudo é novo, porque ela tinha mudado de colégio recentemente, deixado seus amigos do colégio no qual tinha estudado a vida inteira. Ela era a famosa novata nesse colégio, por isso, no primeiro dia de aula não conhecia ninguém, estava meio perdida, tentando achar sua sala, percorrendo o corredor tumultuado de alunos. Ainda perdida, ela encontra um menino que tocou-lhe nas costas e disse:

— Oi, garota. Você parece estar meio perdida. É de qual turma?

— Eu sou do 2ºB, mas não sei qual pavilhão fica!

— Também sou do 2ºB. Me desculpe, não perguntei seu nome.

— Meu nome é Mary, e o seu?

— Meu nome é Pedro. Venha comigo, vou ajudar você, conheço tudo aqui.

— Que bom, porque eu estou completamente perdida.

— Você não estudava aqui antes?

— Não, eu era do Colégio Machado de Assis, mas tive que trocar de colégio, pois minha família precisou se mudar. Agora, estou aqui.

— Vai gostar daqui. O Colégio Olavo Bilac oferece uma ótima estrutura para nós, os professores são bons, e você vai fazer muitos amigos aqui.

— Essa é minha expectativa.

— Sem dúvidas, aliás, acaba de fazer um.

— Obrigada! Você está sendo muito gentil comigo.

— Obrigado, mas tenho certeza de que qualquer um faria isso.

Eles entram na sala, ele senta na frente, e ela logo senta atrás dele, e é aí que foi o começo de uma história de amor.

Ao chegar em casa, a primeira coisa que Mary faz é ligar para sua amiga Gessy. Apesar de separadas de colégio, elas continuam superamigas.

— Alô.

— Sou eu, amiga.

— Sério? Não acredito.

— Larga de ser besta, estou falando sério.

Gessy começa a rir e diz:

— Fala, amiga, conta as novidades.

— Hoje foi meu primeiro dia de aula no novo colégio.

— Como foi? Conta pra mim, estou ansiosa pra saber.

— Como todo começo de ano letivo; todos ficam meio perdidos, mas eu, hoje, estava de parabéns, mais perdida do que barata tonta. Foi meio difícil encontrar a minha sala, até que um garoto me ajudou. Por coincidência ele era da mesma sala que eu, graças a Deus foi muito gentil comigo, ele é muito legal.

— Percebo que acontece algo com você, sua voz mudou quando falou dele. O que acontece, amiga?

— Não acontece nada, ele só foi legal comigo!

— Te conheço e não é de hoje. Conte mais sobre ele, como ele se chama… me descreva esse boy.

— Gessy, estou de boa, meu, não confunda as coisas. O nome dele é Pedro, ele é alto, moreno, tem olhos castanhos… é um garoto bonito, sim, mas nada de mais. É só um garoto como os outros.

Gessy, morrendo de dar risada, diz:

— Sei, sim, sei como é, apenas um garoto.

— Gessy, para de graça. É sério o que estou falando.

Ela, não aguentando, começa a dar risada:

— Estou falando sério, Gessy.

— Confessa, sua casa caiu já.

As duas continuam rindo, e Mary finalmente confessa:

— Realmente, Gessy, eu achei o Pedro uma graça, mas estou tranquila, sem criar expectativa.

— Então tá, se está dizendo… Mudando de assunto: quando você vai vir aqui em casa?

— Só no fim de semana, pois está muito corrido para mim, mas passo aí para fazermos algo. Aliás, tenho um churrasco de um amigo para ir, você quer ir comigo?

— Demorou! Quando vai ser? Sábado ou domingo?

— Sábado.

— Ok! Sábado, então, passo na sua casa para te pegar, pode ser?

— Pode, sim. A festa começa às dez. Passa aqui às nove e meia, pode ser?

— Fechou! Mary, vou ter que desligar, tenho que ir ao dentista, só lembrei agora. É uma e cinquenta, e está marcado para as duas horas.

— Beleza, vai lá, amiga. Depois nós conversamos mais, ok? Beijo, até mais.

— Ok, beleza. Beijo, até mais.

Dia após dia, Mary vai conhecendo cada vez mais Pedro, e a relação deles vai ficando mais profunda. Pedro demonstra ser um garoto sempre prestativo, atencioso e muito interessante, e Mary o admira cada vez mais. Pedro, nesse período, começou a se interessar por ela de uma maneira intensa, tudo o que ele fazia era para agradá-la, até que um dia ele faz algo que mudaria o rumo dessa amizade.

Em uma manhã, o celular de Mary vibra na sala de aula. Ela vê no visor que a ligação era de sua casa, então Mary se retira da sala para atender.

— Alô, mãe?

Era a funcionária de sua mãe falando:

— Mary, aqui é a Bernadete!

— Oi, Bernadete, tudo bem? Aconteceu algo? Cadê minha mãe?

— Justamente por isso que estou te ligando. Sua mãe precisou ir ao hospital, mas não é nada grave, só está com a pressão meio baixa.

Pedro sai da sala de aula para ir ao banheiro e encontra Mary sentada em um banco, meio triste. Vai na direção dela e senta ao seu lado.

— Mary, tudo bem com você?

— Não. Acabei de receber uma ligação da funcionária que trabalha em casa que disse que minha mãe não está muito bem.

— Mas o que aconteceu com ela? Ela passa bem?

— Baixou um pouco a pressão dela. Ela tem problemas com isso, então já fiquei um pouco preocupada, mas ela está bem.

— Que bom que ela está bem. Vai dar tudo certo, ela vai melhorar!

— Obrigada, Pedro, você sempre me faz tão bem!

Pedro, depois disso, resolve contar tudo o que sente para ela.

— Mary, eu sempre me preocupei com você, desde o primeiro dia em que te vi senti algo diferente. Não sei explicar o que aconteceu comigo, só sei dizer que gosto muito de você, é muito especial para mim, Mary.

Ela fica sem reação pela atitude de Pedro e diz:

— Pedro, não sei se…

Antes de ela terminar de falar, ele lhe dá um beijo. Ela tenta resistir, mas é em vão, então eles se beijam intensamente, até que Mary se solta.

— Pedro, você ficou maluco?

Ele dá um sorriso e responde:

— Maluco, eu? Estou, por você. Esperei todo esse tempo, lutando contra esse sentimento, mas vi que não conseguiria te esquecer, Mary. Eu te amo!

Ela ficou sem palavras, mas falou, abrindo o jogo:

— Também sempre gostei de você, Pedro, e sempre lutei contra isso, mas vi, desde o dia em que nos conhecemos, que nossas vidas não seriam mais as mesmas. Aquele jeito sutil de você me ajudar, desde o primeiro dia, me deixou encantada por você. Tentei reprimir esse sentimento, disfarçar o que eu sentia, mas chega um momento que não dá mais, também me apaixonei por você.

Pedro emenda de vez e se declara:

— Nós dois nos amamos, não quero perder mais tempo, quero você comigo para sempre. Não podemos mais ficar dessa forma, fingindo um sentimento para o outro. — Ele olha bem no fundo de seus olhos e continua: — Mary, quer namorar comigo?

Mary fica totalmente sem reação e diz:

— Sim, sim, sim… claro que aceito namorar com você.

E, a partir daquele dia, quando tudo começou, Mary e Pedro passaram a formar um novo casal. Durante o tempo de relacionamento, muitas coisas aconteceram; aquilo que Mary achou que seria para uma vida inteira tomou novos rumos.

Era noite de sábado, já fazia um ano que Mary namorava Pedro, tudo parecia muito normal no relacionamento, até que Mary começou a desconfiar de algumas atitudes dele; ele andava meio diferente com ela, meio frio, não ligava muito para sua companhia, estava muito esquisito. Ela questionou suas atitudes e pretendia conversar sobre o relacionamento.

— Pedro, você anda tão diferente comigo. O que está acontecendo?

— Eu estou normal, Mary, você que está alucinada, imaginando coisas que não existem.

— Parece que anda muito frio comigo, não me dá mais atenção como antes, você mudou muito.

— Mary, acho que está ficando maluca. Não é nada disso que você pensa. O que acha que estou fazendo de errado?

— Você é muito estranho. Naquela quarta-feira que falou que ia no clube, não foi. Onde você estava?

— Ah, aquela quarta-feira… tive que fazer umas coisas para a minha mãe, ela tinha pedido.

— Então, por que não atendeu o celular?

— Eu não ouvi o celular tocando, não fico com ele vinte e quatro horas.

Pedro começa a ficar irritado com as perguntas de Mary, até que perde a paciência de vez com ela e grita:

— Mary, para de me encher o saco. Fica me perguntando por que isso, por que aquilo, estou cansado disso. Você só pega no meu pé.

Mary, também já irritada, começa a falar:

— Viu como você está? Nunca fez isso, agora anda gritando feito um animal comigo, grosso, arrogante, mal-educado, sempre de mau humor… o que está acontecendo com você? Está totalmente irreconhecível. Você sempre foi tão carinhoso comigo… olha nos meus olhos, Pedro, e me fala o que está acontecendo.

— Vou embora, você está totalmente maluca. Não vamos sair hoje, você já me fez perder a paciência, e não tem clima mais para ficarmos juntos.

— Você tem certeza do que está fazendo? Vai me deixar aqui mesmo? Pense bem, você vai se arrepender…

— Você estraga tudo! Gosta de ficar discutindo coisas fúteis, estraga o clima… não vou mais sair com você, mesmo. Estou indo.

— Então vá e suma de vez. Não adianta querer me ligar depois, porque eu não vou te atender, seu imbecil.

— Vai dormir, vai. Vai esfriar sua cabecinha, você está pirando, garota.

Depois disso, Pedro vai embora da casa de Mary, e ela, furiosa, bate a porta da sala. Com a pressa, ele acaba esquecendo seu celular no canto do sofá e não percebe.

Mary, ainda brava, entra em seu quarto, mas, quando ela sai, ouve um barulho vindo da sala e vai verificar o que é, e logo ouve de novo, como se fosse uma vibração. Ela procura a origem do barulho até encontrar um celular no canto do sofá, era de Pedro. Ela pega o aparelho e vê notificações na tela, são mensagens. A curiosidade para saber o motivo de tantas mensagens recebidas surge, mas, como ela não sabe a senha, não consegue desbloquear o celular. É uma senha de seis dígitos, ela tenta o que poderia ser: data de aniversário dele não era, número de telefone dela também não era. Já estava sem esperança para desbloquear o celular, até que ela lembra da data de aniversário da mãe dele, digita e a tela é desbloqueada. Para o desespero dela, viu mensagens de outra menina. O mundo de Mary estava desabando, seu sonho e suas expectativas estavam desmoronando. O chão desapareceu, tudo perdeu o sentido naquele momento, ela ficou em choque; não sabia se chorava, nem o que fazer, mas continuava lendo as mensagens no celular de Pedro. Ela não esperava por isso. Naquele momento, aquele romance de um ano que ela jurava que seria para a vida inteira estava acabando.

Oi, amor lindo, estou com saudades de você. Quando vai vir me ver?

Ela continuou lendo todas aquelas mensagens de juras de amor e conteúdo picante.

Nossa, Amanda, estou morrendo de saudade de você, gata. Quarta-feira você estava muito linda! Adorei aquele vestidinho que estava usando só para me seduzir.

Sabe que sempre faria tudo para te agradar, você é muito especial para mim.

Eu te amo, gata. Já faz quatro meses que estamos juntos, e sempre vou querer estar com você, a cada dia mais. Nunca amei tanto uma pessoa como amo você.

Mary, lendo todo esse conteúdo, começa a ficar irritada e triste ao mesmo tempo, depois começa a chorar.

Pedro, te amo, te amo, te amo, te amo, te amo, te amo, te amo! Vou ficar com você para o resto da minha vida.

Eu quero você para sempre. Amo você mais do que tudo, é a coisa mais especial da minha vida. Te amo, te amo, te amo, te amo. Estou louco para te ver, não estou mais aguentando de tanta saudade.

Mary não suportou mais ler e continuou chorando intensamente, falando:

— Mentiroso, mentiroso, canalha… você me paga, não devia ter feito isso comigo, mentiroso…

Mary, desesperada, liga para sua amiga Gessy chorando:

— Alô, Mary…

Ela fala com a voz embargada:

— Sou eu, Gessy.

— O que está acontecendo, amiga? Você está chorando?

— Sim, você não sabe o que aconteceu…

— Me fala, por favor.

— Eu não estou suportando a dor, descobri algo terrível sobre o Pedro.

— O que você descobriu?

Ela, chorando desacreditada, diz:

— Ele me traiu, amiga. Não estou acreditando no que ele fez, depois desse tempo todo em que estivemos juntos… ele dizia que me amava, que queria ficar comigo.

— Como você descobriu?

— Estávamos em casa sozinhos, íamos sair, mas antes eu tinha que conversar com ele. Ultimamente ele estava muito estranho comigo, já não ligava muito para mim, falava que ia em um lugar e não ia… era um Pedro diferente daquele que eu conhecia. Comecei a conversar com ele numa boa, falando o que estava sentindo, mas ele começou negar e falar que eu estava pirando, ficando maluca, que estava imaginando coisas. Acabamos brigando, não saímos e ele acabou indo embora. Na pressa de sair, o celular dele caiu no canto do sofá, e eu nem tinha percebido, até que ouvi um barulho de vibração na sala; fui ver o que era e achei o aparelho, vi que tinha muitas notificações e tentei desbloquear. Quando consegui, tive a maior decepção da minha vida ao ler as mensagens que ele tinha recebido de uma garota que se chama Amanda.

— E o que ele fala nas mensagens?

— Aquele ordinário fala que a ama, que tem saudades. Deve ter sido por isso que, na quarta-feira, ele não apareceu para me ver, estava com ela! Nas mensagens deu para perceber que eles estavam juntos nesse dia, e ele teve coragem de me dizer que estava fazendo coisas para a mãe, mas não era nada disso; ele estava com aquela vagabunda de quinta categoria!

— Ele parecia ser tão sério com você, eu estou pasma ouvindo tudo isso... não estou acreditando que fazia isso com você, Mary!

— Pois é, amiga, nunca pensei que ele poderia fazer isso. Estou muito chateada, é muita canalhice o que ele fez, mas ele me paga... com certeza vai me pagar.

— Amiga, não vai fazer nenhuma besteira, pelo amor de Deus, deixa isso pra lá. Eu sei que você está muito triste e chateada com tudo, mas se acalma para tomar a decisão correta. Não compensa ficar com esse canalha.

— É verdade, amiga. O que ele fez não tem perdão.

— Espero que você não fique com ódio ou mágoa dele, vai só te fazer mal. Apenas tenta tomar a melhor decisão pra você se livrar disso.

— Vai ser difícil, Gessy. Eu estou quase entrando em um colapso, estou muito chocada com tudo isso.

— Vai ser difícil mesmo, eu sei o quanto você gosta dele, ou gostava... não sei te dizer os seus sentimentos.

— Ah, Gessy, não sei o que falar, ninguém deixa de gostar de repente. É muito difícil explicar isso, mas ainda gosto dele. Vou tentar superar, porque ninguém merece amar alguém que realmente não te ama de verdade. Minha vontade, Gessy, é de sumir dessa vida de vez, ainda mais com tantos problemas que estive passando com a minha família, agora mais esse... Estou sem chão.

— Amiga, nada é por acaso. Você ter descoberto isso agora foi melhor do que descobrir depois. Quanto mais tempo isso ficasse escondido, pior seria; te digo por experiência própria. Lembra daqueles problemas comigo sobre o Ivan?

— Lembro, sim... foi tenso, agora sei o que é isso.

— Então, e eu não superei e estou aqui de pé, firme e forte? A vida é assim, Mary, às vezes criamos expectativas com pessoas erradas. Nos iludimos com as coisas da vida e não prestamos atenção na voz da razão. Criamos uma imagem fictícia das pessoas, colocamos nossas expectativas nelas, mas jamais serão aquilo que imaginamos. Um dia as máscaras começam a cair, as pessoas começam a mostrar quem elas são de verdade, e nossa frustração vem à tona por causa das expectativas que criamos. Tenta ver pelo lado bom, fica o aprendizado de que devemos enxergar as pessoas como elas são, sem criar ilusões.

— Verdade, Gessy, você sempre fala as palavras certas na hora certa. Não sei o que faria sem você, minha irmã.

— Você é que é minha irmãzinha cabeçudinha. Te amo, nega, pode contar comigo pra tudo.

— Obrigada, você também pode contar comigo. E agora, o que eu faço? Ele vai vir atrás de mim para pegar o celular, mas não estou com cabeça para vê-lo, ainda mais fingindo que nada aconteceu… É provável que ele venha amanhã mesmo.

De repente, quando Mary ainda estava conversando com Gessy, o celular de Pedro começa a tocar; ele estava ligando.

— Então, você… — Mary interrompe a fala e continua. — Ele está ligando para o celular dele agora. O que eu faço? Não vou atender, não…

— É melhor não atender se não estiver com cabeça pra isso agora, vai acabar fazendo tudo errado e piorando as coisas.

— Minha vontade é jogar esse celular lá fora, quebrar inteirinho. Aquele imprestável, estou morrendo de ódio desse miserável…

— Normal, raiva dá e passa, só tome cuidado para que não perca a cabeça e acabe fazendo o que não quer.

— Mas amanhã ele vai vir aqui em casa buscar o celular dele… é lógico que vai ligar antes desesperado perguntando se esqueceu aqui e tal.

— Sim, ele vai fazer isso, mas tente agir do jeito mais natural possível para ele não desconfiar de nada. Quando for buscar o celular, vocês conversam sobre isso.

— Ok, vou tentar não me descontrolar. Obrigada, mas agora vou desligar, tenho uns afazeres aqui.

— Ok, me mantenha informada. Beijo, boa noite, até mais.

— Beijo, boa noite, até mais.

Depois da conversa no telefone, Mary entra em seu quarto e fica na cama pensando sobre sua vida. Quando ela vê a foto dos dois abraçados, passa um filme na sua mente de todos aqueles momentos que eles viveram juntos. Ao pensar nisso, sente muita raiva dele, então pega o porta-retrato e joga na parede, fazendo com que se estilhace; depois, pega a foto e rasga, tentando evitar lembrar daquilo tudo que a fez sofrer. Então, ela começa a chorar novamente, lamentando a separação, que é inevitável, porque ela já não queria um relacionamento dessa maneira, preferia dar um novo rumo à sua vida.

Domingo, às nove da manhã, o telefone toca em sua casa e sua mãe atende.

— Alô.

— Margarete, tudo bem?

— Oi, Pedro! Tudo bem, sim, e você?

— Que bom! Eu estou bem, sim. A Mary está acordada já?

— Ela não levantou ainda, não…

Mary interrompe a conversa e avisa:

— Eu já estou acordada, mãe.

Sua mãe volta a falar ao telefone:

— Pedro, ela já está acordada. Quer falar com ela?

— Por favor, passe para ela o telefone.

— Tudo bem.

Mary atende o telefone e ouve Pedro dizendo:

— Bom dia, amor! Tudo bem com você?

Ela se segura para não responder rispidamente e diz:

— Bom dia.

— Nossa, você está brava comigo por causa daquela briga boba que tivemos?

— Não, estou tranquila.

— Mas você foi tão seca nesse seu "bom dia".

— Impressão sua, garoto. Você que está maluco, como diz que eu sou.

— Vixi, já vai começar já seu blá blá blá?

— Não venha encher o saco logo de manhã, pelo amor de Deus.

— Tá bom, fique calma. Estou te ligando cedo porque acho que meu celular ficou na sua casa. Fiquei procurando feito louco por ele e não achei, estou desesperado.

Mary responde ironicamente.

— Uhum, imagino seu desespero. Pode ficar tranquilo que ele está em boas mãos, guardei para você!

— Que bom, amor, por isso te amo demais.

— Uhum, sei, sim.

— Não te entendo. Por que você está assim? Está me sacaneando, né, engraçadinha? Que horas posso ir na sua casa para buscar meu celular?

— Pode ficar tranquilo, eu vou na sua casa te entregar, estou precisando falar com você.

— Não é sobre ontem, né? Me desculpa por ontem, não sei onde estava com a cabeça.

Mary, ainda ironicamente, responde:

— Relaxa! Não é nada disso, não, fica tranquilo.

— Então está bem, amor. Ficarei te esperando, beijo, até mais.

— Até mais.

Pedro fica meio paranoico com a reação de Mary e começa a pensar que ela está muito estranha. Não é possível, ela não tinha como descobrir a senha do celular, ou tinha? *Que eu me lembre jamais falei minha senha para ela... Estou tranquilo, acho que não é nada disso, mas, se for, não sei o que fazer.*

Pedro não fazia ideia de que Mary tinha descoberto sua senha. Ela lembrou de um dia que estava na casa dele, e sua mãe pegou seu telefone emprestado para ligar, mas não sabia a senha; ele estava no banheiro, e Mary estava na cozinha ajudando a fazer cupcakes, então ela gritou:

— Filho, preciso usar seu telefone. Qual é a senha?

— É sua data de aniversário, mãe.

— Tá bom, filho.

Foi assim que Mary conseguiu desbloquear o celular, pois lembrou na hora em que estava com o aparelho. Na cabeça de Pedro, porém, ela jamais saberia.

Nesse momento, Mary está arrumando todos os presentes que ganhou de Pedro: ursinhos, correntes e várias outras coisas. Estava colocando em uma caixa de papelão todas as lembranças dele, pois não queria mais nada que lembrasse seu rosto; ela queria esquecê-lo, para sempre, se possível. Então, às duas horas da tarde ela chega na casa de Pedro, toca o interfone, Pedro atende e fala:

— Pode entrar.

Ela entra na casa de Pedro, ele a está esperando na porta da sala.

— Oi, amor, tudo bem?

Ele tenta beijá-la, mas ela se esquiva.

— Você está sozinho em casa?

— Estou, sim, por quê?

— Porque vamos conversar agora, e não queria que ninguém estivesse aqui para ouvir.

— Nossa, está me assustando desse jeito. Trouxe meu celular?

— Trouxe, sim — ela responde, com expressão mais séria.

Pedro tenta fazer um cafuné nela, mas ela se esquiva novamente, então ele pergunta:

— O que está acontecendo com você? E o que é essa caixa que você trouxe?

Mary, já não aguentando mais tanto teatro, responde:

— Você é muito cara de pau mesmo. Não sei como consegue fazer esse teatro todo por tanto tempo.

— Não estou te entendendo. O que está dizendo?

— Não acredito que tem a capacidade de ficar fazendo esse show barato. Como pude ter me enganado com você?

— Eu que não te entendo, Mary, você não fala coisa com coisa.

— Deixa eu te devolver seu celular, aí você vai começar a entender as coisas.

— O que tem meu celular? Não tem nada de mais nele… acorda, garota.

Mary, já ficando nervosa, grita com ele.

— Essa merda de seu celular vai explicar tudo. Desbloqueia, ou você quer que eu faça isso?

— Você não mexeu no meu celular, mexeu? Eu nunca te dei permissão para isso, e você nem sabe a minha senha.

— Você que se enganou, otário! Sei sua senha, sim, é a data de nascimento da sua mãe.

— E o que você sabe? Não tem nada de mais aqui, não é nada do que está pensando.

— Você sempre quis bancar o gostosão, quis enganar as pessoas… Quanto tempo acha que duraria essa novelinha?

— Se enxerga! Não é nada do que está pensando… tudo isso é coisa da sua cabeça.

— Cale sua boca. Já estou cansada de ouvir tantas mentiras. Eu li suas mensagens, li o que estava conversando com aquela garota Amanda.

Pedro ainda tenta se explicar, mas sua explicação é em vão. Ele não consegue persuadi-la, nada do que ele diga ou faça vai fazê-la voltar atrás no que ela já decidiu.

— Amanda? Ela é uma amiga minha, e aquilo que você viu é apenas brincadeiras que fazemos. Você não levou a sério nada disso, levou?

— Está achando que sou idiota? Eu já sei de tudo. Sua casa caiu, playboy, de tonta você não me faz mais. Chega! Você me enganou dizendo que me amava, sempre com aquela mesma conversinha de bom-moço, fingindo que se preocupava comigo… É muito dissimulado, um atorzinho barato.

— Sempre te amei, Mary, o que aconteceu foi um erro. Eu me arrependo do que fiz, me perdoe… não foi com a intenção de magoar você, fiz sem pensar.

— Não tem mais jeito, não aceito mais isso. Você devia ter pensado antes de ter feito… você me decepcionou de uma maneira que nunca imaginei.

Ela começa a chorar, mas continua.

— Eu te amava, Pedro, de uma maneira intensa, como nunca tinha amado ninguém. Você foi meu primeiro namorado, jamais imaginei que isso poderia acontecer.

— Eu faço qualquer coisa para que volte comigo. Vou te provar que é você que amo e que não existe ninguém mais importante do que você. Desde o dia que te conheci, foi a melhor coisa que me aconteceu.

— Pelo jeito, você fala que ama todo mundo. Nas mensagens para aquela garota você falava que a amava e que a queria do seu lado. Você me enganou na quarta-feira à noite quando disse que ia sair com sua mãe e foi encontrar aquela vagabundinha. Eu não acredito em mais nenhuma palavra sua. A partir de hoje, me deixe em paz! Não quero mais falar com você, me esqueça de vez, faça com que o que aconteceu entre nós morra, nunca tenha existido. Ou melhor, finja que nunca me conheceu, que eu nunca existi, nem na sua mente, delete aquele dia que nos conhecemos da história de nossas vidas. Siga sua vida, que eu vou seguir a minha! Trouxe os presentes que você me deu dizendo que me amava nesta caixa, porque não quero ter nenhuma lembrança sua na minha vida.

Os pais de Pedro estavam chegando, então ele e Mary ouvem um barulho de portão se abrindo. Mary, então, diz suas últimas palavras a Pedro:

— Me esqueça, porque eu vou te esquecer.

Mary sai correndo em direção ao portão, e Pedro sai atrás dela.

— Mary, Mary, volte... precisamos conversar.

Ela continua correndo e, nesse exato momento, passa um táxi, ela entra nele e vai embora. Pedro olha o táxi se distanciando com as mãos na cabeça, se lamentando sobre o que tinha acontecido e sussurra:

— Mary, me perdoe... eu te amo.

Pedro realmente amava Mary, mas agora parecia tudo acabado. O que resta para ele são as lembranças que ficaram em seu coração sobre ela e uma pequena esperança de que um dia consiga reconquistá-la.

Já dentro do táxi, Mary, com lágrimas, pede ao motorista para levá-la para casa. Sua vida agora tomaria novos rumos.

Capítulo 5

De volta à terra natal

Quinta-feira, 26 de outubro, 10h, Terminal Rodoviário de Uberlândia. O ônibus de Catarina está chegando, e sua mãe, Marlene, a está esperando. Catarina desembarca na plataforma 14 e, quando sai do ônibus, tem uma surpresa: se depara com sua mãe e a primeira coisa que faz é abraçá-la.

— Mãe, que saudade de você!

— Eu também, filha, estava morrendo de saudades!

— Mãe, vou pegar minhas malas, espere um instante.

Catarina pega todas as suas malas e leva até o carro de sua mãe.

— Vamos, então, Catarina.

— Vamos, mãe.

No caminho até a casa, elas conversam sobre assuntos do cotidiano.

— Mãe, como está o Carlos? Onde ele anda?

— Ele está viajando, resolvendo alguns problemas. Vai ficar quinze dias fora, mas volta.

— Uhum, entendi… que bom.

— Filha, como está o cursinho para o vestibular?

Catarina, tentando desconversar sobre o assunto, diz:

— Está indo bem, mãe, tudo tranquilo. E as coisas por aqui? Está conseguindo muito serviço de costura?

— Está meio complicado, filha, o pessoal anda meio sem dinheiro, mas ainda consigo alguns arremates para fazer.

— Está difícil para todo mundo. Essa crise financeira está atingindo a todos, é de se preocupar.

Chegando em casa, Catarina vê seu pai na varanda e logo sai do carro para lhe dar um abraço. Seu pai, sorridente, a abraça forte e diz:

— Filha, estava morrendo de saudades de você. Há quanto tempo não te vejo!

— Eu também, pai, estava com muita saudade do senhor. Como o senhor está?

— Eu estou bem, filha, apesar da gripe que peguei que me deixou mal, estou bem. Você sabe que seu pai é um homem de ferro.

— Ah, eu sei, sim, pai. Eu sei que o senhor é forte, sim.

E os dois dão risada.

— Como anda São Paulo, filha? E o cursinho para o vestibular, como está?

Catarina tenta se esquivar, mas responde:

— Está bem, sim, pai, tudo bem.

Catarina já estava há uma semana na casa de seus pais por conta do que precisava contar, então finalmente chegou a hora de revelar o que aconteceu com ela.

Sábado, depois do jantar, seu pai e sua mãe estão na mesa ainda conversando com ela sobre o seu futuro, mas Catarina acaba revelando tudo depois que seu pai pergunta sobre seu retorno e seu curso.

— Filha, como está seu ânimo para voltar para São Paulo e seu curso pré-vestibular?

— Então, pai, não sei o que vai ser a partir de agora, está muito complicado para mim.

— Como assim, filha? Eu entendo seu cansaço, sei como sua vida deve ser corrida, mas não pode desistir por isso. Você sabe que é meu sonho te ver formada em uma universidade, eu não posso morrer sem ver isso.

— Pai, fico sem palavras. Sei que o senhor sempre quis o melhor para mim, mas acho que não vou poder atender esse pedido.

— Como assim, filha? Você quer mudar de curso? Não vai querer mais arquitetura?

— Não é isso, pai, é que eu estou grávida.

Nesse momento, seu pai fica sem reação, não consegue se expressar. O silêncio é absoluto, até que ele diz:

— Não estou acreditando. Como isso aconteceu, minha filha?

— Me desculpa, pai, eu sei que o senhor deve estar chateado comigo.

— Alguém me fale que isso é mentira. Estou ficando louco, só pode, não acredito no que estou ouvindo.

Catarina começa a chorar e não sabe o que fazer, sua mãe também está apavorada com a notícia.

— Minha filha, é difícil acreditar nisso. Como foi acontecer?

— Você lembra do Wagner, meu namorado? É ele o pai do meu filho.

— Sim, sei quem é. Você sempre falou dele, e estavam namorando há quatro anos.

— Eu não sei o que fazer, mãe!

— Mas ele vai ajudar você a cuidar dessa criança, não vai? Já falou com ele?

Catarina, ainda chorando, responde:

— Eu já falei com ele, mãe, mas nós acabamos brigando. Ele disse que não era pra termos esse filho, que não queria ficar com o bebê. Nós brigamos feio e terminamos o namoro, ele sumiu, e eu não tive mais notícias dele. Estou sem chão, mãe, me ajude. Não sei o que fazer.

Seu pai ainda não consegue falar, está em total silêncio. Sua mãe, porém, ainda meio nervosa com a situação, tenta acalmar a filha.

— Calma, filha, iremos resolver isso tudo. Não fique nervosa.

De repente, seu pai diz:

— Eu preferia estar morto do que ouvir uma notícia como essa, estou com muita vergonha disso tudo. Sempre te apoiei pra você estudar, filha, sempre tentei de dar o melhor, te mandava dinheiro para não passar necessidades, e hoje é isso o que recebo em troca?

— Me perdoe, pai, pelo que fiz com o senhor. O senhor não merecia isso, me perdoe!

Sua mãe, tentando apaziguar o clima, diz:

— Calma, Robert, não precisa dizer isso. Você está nervoso. Calma você também, filha, seu pai está nervoso e não sabe o que está dizendo.

Robert continua falando:

— Não acredito em uma tragédia dessas, o que o pessoal vai falar de nossa família? Nossa família sempre foi tão respeitada moralmente, mas agora acontece isso, e ainda o pai da criança desaparece… não é possível.

Depois de dizer isso, Robert vai para seu quarto, mas antes diz:

— Esquece que seu pai existe, seu pai morreu de uma vez por todas!

Depois dessas palavras, Catarina chora ainda mais, mas sua mãe tenta consolá-la e a abraça.

— Filha, não liga, não, seu pai está nervoso apenas. Ele não quis dizer nada disso, ele te ama, apenas perdeu a cabeça com esta situação que foi um choque para todos nós. Eu te amo, filha, independente do que aconteça, vou sempre estar aqui para te ajudar e apoiar… eu e seu pai, só que ele não entende a situação, não ligue para isso, por favor.

— Obrigada, mãe, não sei como te agradecer por tudo que você tem me proporcionado, mas agora vou ter que tomar novos rumos em minha vida. Vou cuidar do bebê e começar a trabalhar, só que vou ter que retornar para São Paulo.

— Não, filha, não tem condições. Como vai cuidar dessa criança sozinha?

— Aqui não tem oportunidade de emprego como em São Paulo, você sabe que está difícil. Lá, por ser uma cidade maior, é mais fácil de arrumar empregos mais estáveis do que aqui.

— Mas, filha, aqui eu costuro, posso te ajudar tranquilamente. Não precisa fazer isso, pelo amor de Deus.

— Mãe, não posso sobrecarregar vocês, o papai já ficou nervoso e não vai me aceitar aqui. Eu preciso assumir as consequências do que fiz.

— Mas, filha, como seus pais, não podemos deixar as coisas dessa forma, ainda mais neste momento em que você mais precisa de nós… seria uma irresponsabilidade nossa permitir que faça isso. Eu te peço: por favor, fique.

— Sinceramente, mãe, eu seria injusta comigo mesma e com vocês fazendo isso. Já decidi: vou voltar para São Paulo e começar minha vida do zero. Eu consigo superar, sim, Deus vai me ajudar. Não vou descartar a ajuda de vocês, mas tenho que seguir a minha vida, mesmo que tudo tenha acontecido ao contrário de como eu acreditava que seria. Agora é um novo desafio para mim, vou cuidar desse bebê mais do que tudo na vida. Devo isso ao filho que carrego em meu ventre, porque ele não merece viver mal por causa das circunstâncias que eu mesma criei. Vou fazer de tudo para que meu filho se torne um ser humano de força e garra e que consiga realizar seus sonhos, porque eu vou lutar para isso.

— Saiba, filha, que eu vou te ajudar no que precisar. Não ligue para seu pai, ele está muito nervoso, mas quando se acalmar vocês conversam. Ele vai te entender, filha, é que na hora que estamos nervosos acabamos falando coisas que não queremos, mas vai ficar tudo bem.

— Amanhã eu vou estar de partida, vou voltar para São Paulo. As aulas do cursinho retornam na segunda-feira; vou fazer esse semestre de cursinho até chegar ao fim da gestação para não perder.

— Tudo bem, filha. Que dê tudo certo, que Deus lhe abençoe nessa jornada.

— Amém.

No dia seguinte, Catarina já tinha arrumado suas malas para embarcar naquele domingo de manhã. Seu pai não estava em casa, então Marlene aproveita para levar sua filha na rodoviária, ela embarcaria às nove horas.

— Mãe, muito obrigada por tudo o que tem feito por mim. Peço novamente desculpas pelo que aconteceu, principalmente pelo papai, que ficou arrasado comigo. — Ela começa a chorar, mas continua: — Mãe, eu te amo muito, você e o papai.

Marlene a abraça fortemente.

— Também te amo, filha. Vá com Deus.

Apesar de tudo, seu pai estava arrependido pela forma como tinha tratado a filha. Agora com a cabeça fria ele percebeu, mas estava na feira e não ficou sabendo que Catarina partiria no domingo de manhã. Quando chegou em casa, encontrou Marlene e perguntou:

— Onde está a Catarina?

— Ela se foi, voltou para São Paulo.

— Como assim? Ela devia ter ficado. Eu errei ontem, não devia tê-la tratado daquele jeito. Fui grosso e fútil, realmente perdi a cabeça.

Robert, com os olhos cheios de lágrimas, diz, como se Catarina estivesse ouvindo:

— Eu te amo, filha... Perdoe seu pai, seu velho pai te ama muito.

Marlene o abraça e consola, mas agora a vida de Catarina seria outra.

Capítulo 6

Uma nova amizade

Depois da separação de Mary e Pedro, ela retorna a sua vida normal no colégio, que estava voltando às aulas. Ela não sabia como seria agora ter que encontrá-lo na sala de aula diariamente. Pelo menos era isso que esperava encontrar, mas ficou sabendo que a família de Pedro teve que se mudar da capital para uma cidade no interior, então ela não teria que se constranger vendo-o todos os dias.

Apesar de Mary estar contente porque não teria que vê-lo nunca mais, ela agora está sozinha. Desde o primeiro dia neste colégio, Pedro sempre foi amigo dela, ela nunca teve muitos amigos, sempre foi na dela, uma garota seletiva em relação às amizades. Quando começou a namorar Pedro, ele se tornou um grande amigo e namorado, mas agora a situação era diferente: ela fica na sala, no seu canto, sem conversar muito com ninguém. Um dia sua professora de geografia pede para as pessoas fazerem duplas para um trabalho que deveriam entregar na próxima aula. Mary pensa: *O que eu vou fazer?* Todos se juntam com seus amigos, exceto Mary e uma garota que senta nos fundos da sala que se chama Priscila; ela é meio punk, curte rock, seu estilo é meio alternativo, tem cabelo preto e algumas tatuagens, não é bem aceita pelo seu jeito, apesar de ser uma garota muito bonita. Mary prefere ficar no seu grupo, apesar de não ser da mesma sala; seus amigos são de outras turmas do terceiro ano. Priscila tem muitos amigos lá, ao contrário de na sua sala, onde é meio isolada e onde sua relação com os outros é bem superficial. Priscila é uma garota bem bacana, tem um coração generoso, mas poucos a conhecem realmente por causa dos pré-julgamentos que fazem com quem tem um esteriótipo diferente, mas Priscila não se importa muito com isso. As duas acabam ficando sem dupla, e a professora pergunta:

— Mary, você está sozinha?

Mary, meio sem jeito, diz:

— Sim, professora.

A professora, vendo Priscila no fundo, continua:

— E você, Priscila, está sozinha?

— Sim, professora.

A professora é direta:

— Por que vocês duas não se juntam? Estão perdendo tempo de fazer o trabalho! Mary, você se importa de fazer com a Priscila? E você, Priscila, se importa de fazer com a Mary?

Mary responde:

— Não, professora, por mim tudo bem.

Logo Priscila também responde:

— Por mim também, professora, sem problemas.

— Então, sentem juntas e comecem a fazer o trabalho para entregar na próxima aula, ok?

— Tudo bem, professora! — as duas respondem.

Mary senta perto de Priscila e a cumprimenta.

— Oi, tudo bem com você?

— Oi. Tudo, sim, e com você?

— Estou bem, sim.

— Que bom.

— O que é para fazer nesse trabalho?

— É para escolher três países orientais, identificar a qualidade dos solos e mostrar o tamanho geográfico de cada um.

— Uhum, entendi. Você quer que eu pesquise os dados geográficos do espaço e você os do solo?

— Pode ser. Fica mais fácil dividir para fazermos mais rápido.

— Com certeza!

Elas começam a conversar sobre todos os tipos de assunto, até que Priscila pergunta:

— Nossa, você sempre foi tranquila, te via com o Pedro, mas nunca conversando com mais ninguém. Ele é seu namorado, não é?

Mary, meio sem jeito, começa a falar:

— Ele era meu namorado, hoje não é mais, nós terminamos.

— Nossa, sério? Sempre via vocês juntos tão bem, eram grudados, achava vocês um casal bonito.

— Pois é, éramos, sim, mas as coisas mudaram de uma forma meio complicada. Ele sempre foi companheiro e tal, foi meu primeiro amigo aqui no colégio e se tornou meu primeiro namorado.

— Ele não estuda mais aqui. Parece que mudou de cidade, é isso mesmo?

— É isso mesmo. Graças a Deus, porque não queria mais vê-lo. Imagina eu ter que encará-lo todos os dias aqui na sala de aula… não suportaria isso, acho que ia me dar um treco.

— Me desculpe perguntar, eu sei que acabamos de nos conhecer, mas por que vocês terminaram?

— É uma longa história: quando eu e Pedro nos conhecemos, tudo era muito bom e tal, passamos um ano juntos e estávamos bem, pensava eu, até que ele começou a ficar diferente comigo. Eu não entendia o porquê de ele estar frio comigo, já não ligava para mim e tudo começou a mudar. Tentei falar com ele porque queria salvar a relação, entender o motivo de isso estar acontecendo, tentar descobrir se era um problema comigo ou com ele, queria esclarecer tudo. Nesse dia, acabamos brigando, mas não resolvemos nada, ele falava que eu estava ficando maluca e que essas coisas eram invenção da minha cabeça. Enfim, no mesmo dia descobri que ele estava me traindo, porque ele saiu nervoso da minha casa e acabou deixando cair o celular no canto do sofá; por acaso vi o celular e, curiosa como toda mulher, vi as mensagens que estava recebendo, mas não consegui lê-las porque estava bloqueado.

— Mas você conseguiu desbloquear para ler? — perguntou Priscila.

— Calma aí... Eu não tinha como desbloquear por causa da senha, não imaginava qual seria. Tentei várias coisas, nada funcionou, mas acabei lembrando de uma vez que eu estava na casa dele fazendo cupcake com a mãe dele, ele foi no banheiro, a mãe precisava usar o celular para fazer uma ligação e perguntou a senha, ele falou que era a data de aniversário dela. Desbloqueei o celular na hora e, pra minha decepção, vi que ele trocava mensagens com uma garota chamada Amanda, nas quais que ele falava que amava e tal... foi tenso tudo isso.

— Noossa...

— Peguei todas as coisas dele, presentes que ele havia me dado, coloquei em uma caixa de papelão e, no dia seguinte, fui levar o celular na casa dele, porque ele tinha me ligado perguntando se eu estava com ele.

— Nossa, mas como foi sua reação? Como você conseguiu se controlar ao falar com ele no telefone? Me desculpa, se fosse eu, já tinha enforcado.

— Você não sabe a raiva que eu estava. Graças a Deus, minha amiga Gessy me ajudou a ficar calma, quer dizer, minha irmã, porque ela é tão minha amiga que a considero uma irmã, já me livrou de cada uma... eu não sei o que seria de mim sem essa garota. Enfim, acabei atendendo o telefone e falei com ele, depois fui em sua casa, e ele fingiu que nada estava acontecendo. O cara de pau tentou me beijar, mas eu, automaticamente, me esquivei dele. Depois perguntou o que tinha acontecido comigo, foi a partir disso que começamos a brigar novamente, mas seria definitivo, nunca mais iríamos brigar porque eu já tinha tomado a decisão de não voltar com ele nunca mais. Acabei desmascarando-o, falando que era um falso, dissimulado, xinguei, mas o pior disso tudo foi quando ele negou e ainda disse que era uma amiga, que era brincadeira e não tinha nada a ver com ela. Então foi o fim do relacionamento, joguei a caixa com todos os presentes na sala e fui embora…

— Nossa, foi feio mesmo… imagino como deve ter sido, mas você gosta dele ainda?

— Ah, fiquei com muita raiva dele, mas é difícil esquecer da noite para o dia alguém assim. Nenhum sentimento acaba de repente… confesso pra você que ainda sinto alguma coisa por ele, e vai fazer falta, mas não podia ficar na emoção, tinha que usar a razão. Chorei muito quando descobri que ele tinha feito isso comigo, meu mundo desabou, fiquei realmente sem chão, tudo o que pensava dele foi pelos ares…

— Mas você ainda sofre, ou está mais tranquila?

— Agora estou me recuperando, já faz dois meses que isso aconteceu. Tudo passa, espero que isso passe também… o tempo é o senhor para curar as feridas.

— Sim, com certeza, mas está a fim de um novo romance já? Como diz o velho ditado: nada que um novo amor para curar outro!

— Não, não… não quero nada agora, estou em uma fase complicada. Meus sentimentos estão muito confusos ainda, não sei se amaria alguém novamente como amei aquele garoto. Sei lá, quero curtir minha vida, sem ter nada sério com ninguém, apenas curtição. Se envolver com pessoas é muito complicado e não quero me machucar novamente criando expectativas. Vai ser melhor assim, ninguém se ilude com ninguém, ninguém deve satisfação para ninguém e pronto.

— Para, Mary, isso é apenas uma fase. Eu entendo o que está sentindo, você vai encontrar ainda um cara que vai te fazer feliz, que te ame de verdade, um homem de verdade. Tudo tem um tempo para acontecer, e nós somos novas ainda. Que as experiências passadas sirvam de lição e não sejam motivo para acharmos que tudo vai ser dessa forma… que o passado fique em seu devido lugar, no passado.

— Nossa, Priscila, que bacana. Obrigada pelas suas palavras!

— Imagine, não precisa agradecer!

— Você é bem legal, Priscila. Percebo que você não anda muito com o pessoal da sala, por quê?

— Ah, pelo fato de as pessoas me julgarem pelo meu "estilo". Eu sou na minha, não tenho nada contra ninguém, a questão é que tem muita panela aqui na sala. Tenho outros amigos em outras turmas e ando com eles.

— Eu também sou muito na minha, não conhecia ninguém aqui no colégio. Só conheci o Pedro e, infelizmente, acabei não me abrindo para novas oportunidades de amizades. Até nisso meu namoro me prejudicou, pois ficamos isolados naquele mundinho medíocre, mas enfim, agora vou ter oportunidade de conhecer novas pessoas para fazer amizade, e vejo que você é uma pessoa bem gente boa... fico contente de poder ter chance de fazer novas amizades.

— Com certeza vai fazer novas amizades, começando pela minha. Você parece ser bem descolada, uma pessoa de mente aberta para as coisas.

— Que bom! Mas, mudando de assunto, quando vamos terminar esse trabalho? Podemos marcar para fazer fora do colégio, o que você acha? — perguntou Mary.

— Vamos, sim, vamos marcar um lugar. O que acha?

— Com certeza, pode ser na minha casa?

— Pode, sim. Onde você mora?

— Eu moro no Alphaville, no edifício Vila Lobos.

— Ah, sim, sei onde é mais ou menos. É perto da casa do meu tio, vai ser fácil achar.

— Vai ser, sim, Me passa seu número que nós combinamos o horário que fica mais fácil pra você e, qualquer coisa, se não conseguir achar, é só me ligar. Trocamos mensagem, então, pode ser?

— Pode, sim, fechou — Priscila concorda.

— Meu número é: 7456-8923 — disse Mary.

Acabando a aula, elas se despedem.

— Tchau, Priscila, até mais.

— Tchau, Mary. Depois me manda mensagem pra nós combinarmos, ok?

— Ok, tudo bem!

E foi assim que iniciou a nova amizade com Priscila, que se tornaria sua segunda melhor amiga, cuja amizade duraria muito tempo ainda na universidade.

Capítulo 7

Uma grande conquista

Novembro de 2003.

Ansioso para ver o edital, queria levantar cedo para ir até a faculdade, mas acaba se levantando meio tarde e, com pressa, diz:

— Mãe, arruma minhas coisas rápido, porque estou atrasado já. O ônibus vai passar daqui quinze minutos.

— Já estou arrumando, filho. Agiliza para não perder o ônibus — responde Catarina.

— Está bem, mãe, já estou saindo do banho.

Ele, com muita pressa, troca de roupa rapidamente, passa pela mesa, pega uma maçã e diz:

— Já estou indo, mãe.

— Viu o que dá acordar tarde? Nem tomou café da manhã... está levando dinheiro para comer algo?

Robert, saindo às pressas:

— Estou sim, mãe, peguei a carteira já, agora estou indo — ele diz, dando um beijo em sua mãe e saindo rapidamente para o ponto de ônibus, que fica a uma quadra de sua casa.

Robert está ansioso para ver o resultado do edital. Quando chega na faculdade, vê muitas pessoas preocupadas com os resultados do vestibular, enquanto esperam os portões se abrirem. Às nove horas o portão abre e a multidão de vestibulandos se movimenta na mesma direção para ver o edital. Robert estava atrás dessa multidão, mas com calma ele consegue se aproximar para ver o seu resultado. Durante esse perído, se via pessoas felizes e outras triste. Até Robert conseguir ver o seu resultado, se passou um filme em sua cabeça, a ansiedade tomou conta, parecia que percorrer cinquentas metros seria uma maratona, tudo parecia distante diante da expectativa que ele tinha. Quando consegue alcançar o resultado, procura seu nome na lista e encontra: Robert Pedolisky, Situação — Aprovado. Ele fica surpreso, mas muito feliz por ter conseguido passar, e chora de emoção pelo que teve que fazer para conseguir passar na USP, no curso de Psicologia, que sempre foi seu sonho. É um curso muito concorrido, e ele pensa sobre sua vida simples, as dificuldades que passou com sua mãe, sua infância turbulenta. Desde criança, ele teve que vivenciar a falta de seu pai, nunca o conheceu. Ele sempre perguntou para a mãe sobre seu pai, mas ela sempre disse que havia morrido quando ele era pequeno, por isso ela teve que criá-lo sozinha.

Catarina sempre omitiu a verdade de seu filho por achar que ele sofreria mais se soubesse o que realmente aconteceu, mas um dia pretende contar tudo. Sempre quis poupá-lo dos constrangimentos que ele teria na infância por culpa da ausência de seu pai, Robert não compreenderia o motivo de ele ter feito isso, mas essa é uma dor que Catarina carrega em sua alma por não querer que seu filho sofra.

Robert relembra a vida difícil que sua mãe teve para poder dar algo melhor a ele, via que ela tinha que trabalhar até tarde para poder sustentá-lo. Catarina sempre foi uma mulher batalhadora, nunca desistiu daquilo que almejava, a única coisa que não pôde fazer em sua vida foi se formar em arquitetura. Foi um desejo que não pôde realizar por causa da gravidez, mas Catarina não se arrepende, pelo contrário, tem muito orgulho de seu filho. Depois de muitas dificuldades e lutas, ela conseguiu fazer uma graduação em administração, começou a trabalhar em uma área melhor e dar uma vida mais confortável a ela e ao seu filho.

Hoje, Catarina é gerente de uma grande empresa de logística, é uma pessoa muito respeitada no que faz e possui atributos que fazem dela uma grande mulher. Ela não sabe, mas o que estava esperando, a melhor gratificação de sua vida, iria receber de noite, com a notícia da aprovação do filho no vestibular.

Catarina, ansiosa, tenta ligar para seu filho para saber se ele foi aprovado ou não no vestibular. Robert, para sacanear sua mãe, não atende o celular durante o dia todo só pra deixá-la na expectativa. Quando ela chega em casa à noite, a luz da cozinha está acesa e ela vai para a sala ver se seu filho está em casa. Assim que o vê, pergunta:

— Boa noite, filho, tudo bem?

Robert, para ver a reação de sua mãe, fala com a voz meio triste:

— Ah, não sei, mãe... não estou bem, não.

Sua mãe, já preocupada, pergunta:

— O que foi, filho? Como foi o resultado do vestibular?

— Então, é justamente por isso!

Ele, não aguentando, coloca uma almofada no rosto para não dar risada e fingir que está chorando.

— Filho, não fica assim, não. Você vai conseguir, acredita...

Robert, não aguentando, tira a almofada do rosto e começa a dar risada por causa da reação de sua mãe. Catarina, sem palavras, começa rir.

— Ah, moleque, eu estava preocupada com você já. Tentei ligar o dia inteiro, e você não me atendia. Fiquei o dia inteiro ansiosa pelo resultado, quase mata sua mãe do coração.

— Passei, mãe! Passei, mãe... poxa vida!

Catarina se emociona com a notícia do filho, o abraça fortemente, e Robert também se emociona, dizendo:

— Mãe, muito obrigado por tudo o que sempre fez por mim, por ter acreditado em mim, por ter tido paciência. Muito obrigado!

— Filho, essa é a melhor gratificação que sua mãe poderia receber em toda a vida. Fico agradecida a Deus por tudo o que ele tem feito por nós, estou sem palavras.

Catarina, com os olhos fechados, abraçada com o filho, vê um filme em sua mente, desde o nascimento dele até agora; todas as etapas que fizeram dela uma mulher mais forte, que a fizeram acreditar que sua vida poderia tomar novos e melhores rumos, tendo fé para vencer cada obstáculo de sua vida.

— Isso merece ser comemorado. Vamos sair! Ligue para o seu tio Carlos e chame seus amigos também — disse Catarina.

— Ok, mãe. Vou ligar para o Juliano, o André e o Luiz, pode ser?

— Pode, sim, filho, mas não se esqueça de ligar para o seu tio Carlos, ok?

— Claro, mãe. Acha que eu esqueceria de chamar o tio? Jamais, mãe! Você sabe o quanto o tio é importante para mim, e nessa hora não poderia esquecê-lo por todas as coisas que passamos juntos. O tio Carlos é como se fosse um pai para mim.

Carlos é irmão de Catarina e sempre foi muito presente na vida dela. Desde que Catarina passou a morar em São Paulo, ele a ajudou e se mudou para lá um ano depois de Catarina ter ganhado Robert. Carlos veio para São Paulo para estudar Engenharia Civil e acompanhou o crescimento de Robert, foi como um pai para ele, ensinou muitas coisas, ajudou financeiramente sua irmã nos momentos de dificuldades. No começo, Carlos morou com Catarina em seu apartamento alugado, quando ainda era calouro de Engenharia Civil. Para ajudar nas despesas, ele fazia projetos terceirizados para ter uma renda a mais e trabalhava até tarde, ajudava Catarina a cuidar de Robert nos fins de semana em que Catarina trabalhava de garçonete, levava Robert para passear, dava comida para ele, fazia de tudo por esse garoto. Carlos o amava demais, considerava-se um pai para ele, pois toda a referência de homem Robert teve a partir dele. Carlos sempre foi um cara responsável, inteligente e focado em seus objetivos, e isso fez com que

Robert se espelhasse nele nesses aspectos. O carinho de Robert por Carlos era muito intenso, e todos os anos em que Robert estava no colégio, quando Catarina não podia comparecer, Carlos acompanhava o menino, principalmente quando chegava datas comemorativas em que chamavam os pais para irem. Catarina sempre dava um jeito de comparecer, mas no primeiro ano de Robert no colégio, chegou o dia dos pais - um dia que marcou muito a vida de Carlos - e havia uma apresentação surpresa. Catarina não poderia ir por causa de seu trabalho, também pois seria um dia que só os pais poderiam ir. Dias antes Robert tinha falado com sua mãe que ia ter um apresentação na escola, e Catarina pensou no que poderia fazer, já que todos os coleguinhas de Robert e seus pais iriam comparecer. Ela, como mãe, não podia ir porque era especial para os pais, então Catarina falou com Carlos e ele topou ir, mas não imaginava que era uma apresentação do dia dos pais. Quando ele chegou no colégio e entrou no auditório, viu que só havia homens no local, viu toda a decoração para o dia dos pais, então ficou meio sem jeito, sem saber o que fazer. Mesmo assim, sentou-se em uma cadeira, esperando a apresentação começar. De repente, a cortina se abre e as crianças começam a cantar músicas para o dia dos pais. Carlos fica admirado quando, no final da apresentação, as crianças saem para entregar presentes para seus pais, mas Robert fica sem jeito, porque ele não sabia se alguém viria já que sua mãe não podia. Carlos vê o garotinho no fundo do palco, meio sem jeito e sem reação, triste, procurando alguém, sabendo que ninguém iria comparecer, e vai ao seu encontro. Robert vê um rapaz de longe com os braços abertos, esperando e o chamando:

— Robert, estou aqui.

Nesse momento, o menino, com um presente na mão e um sorriso largo no rosto, vem correndo na direção de Carlos, o abraça fortemente, deixando-o sem reação por tamanha felicidade, então o abraça também e se emociona, seus olhos lacrimejam, recebendo aquele abraço meigo. A partir desse dia, a vida de Carlos nunca mais foi a mesma, o amor e o carinho que ele tinha por esse menino só aumentavam, era um amor verdadeiramente grande, por isso existe essa ligação tão intensa entre eles.

Robert liga para o tio para convidá-lo.

— Alô — diz Carlos no telefone.

— Sou eu, tio, o Robert. Como você está?

Carlos sempre chamou Robert de filho.

— Fala, filho! Tudo bem, sim, e com você?

— Eu estou muito bem, tio. Você não sabe da novidade que tenho pra te contar.

— O quê? Conta que estou curioso!

— Tenta adivinhar o que é...

— Bom, você tem estudado muito ultimamente, disso eu estou sabendo. Você ia fazer o vestibular na USP, certo? Além disso, estou sentindo algo bom pelo seu entusiasmo.

— Está no caminho certo...

— Deixa eu ver se acerto, então: você passou no vestibular!

— Acertou. Como você sabia, meu?

— Nunca duvidei da capacidade do meu garoto, sempre acreditei em sua inteligência. Meus parabéns, campeão, que Deus possa te iluminar por mais esse caminho que você vai começar a trilhar.

— Eu estou lhe convidando para jantar para comemorar entre família e amigos essa grande conquista. Faço questão que venha, tio, você é muito importante para mim, meu convidado de honra... vem você e a Isabela, faço questão da presença de vocês.

Carlos agora já era casado, mas continuou presente na vida de Robert, mesmo depois que casou-se com Isabela. Ela sempre entendeu o carinho de Carlos com Robert e admirava o relacionamento dos dois.

— Com certeza, meu filho, vou comparecer, sim. Como poderia não ir em uma comemoração tão importante? Onde vai ser a festa?

— Vamos em uma churrascaria na avenida Rebouças, Vento Haragano, às nove horas.

— Tudo bem, filhote. Eu e a Isabela estaremos lá. Um abraço, até mais.

— Um abraço, tio, até mais.

Naquele dia, todos se reuniram no restaurante. Família e amigos de Robert foram comemorar mais um desafio vencido em sua vida.

Capítulo 8

Uma festa inesquecível e uma triste lembrança do passado

Frank estava saindo do trabalho às pressas para concluir a organização do evento que ocorreria à noite, o aniversário de Mary. Ele trabalhara o dia inteiro, mas também tomou conta dos detalhes da festa de sua filha, que seria surpresa. Mary não fazia ideia do que ia acontecer com ela.

Frank pergunta:

— Gisele, como está a decoração da festa? Está tudo saindo conforme o planejado?

— Sim, senhor Frank. Estamos com uma equipe extra para tudo ficar pronto conforme o esperado. Estamos correndo para terminar de organizar essa festa tão sonhada dentro do prazo.

— Ok, assim espero.

— Fique tranquilo, Sr. Frank, tudo sairá conforme o senhor planejou.

— Agradeço desde já, Gisele. Bom trabalho para você e sua equipe. Um grande abraço.

— Obrigado, senhor Frank. Tenha um bom-dia.

Frank, na sua consciência, devia uma festa para sua filha já que, no ano anterior, quando ela completou dezessete anos, ele, infelizmente, não pôde estar presente devido à doença de sua avó, que teve que ser levada para os Estados Unidos para tratamento. Mary entendeu o motivo da ausência de seu pai, mas Frank sabia que precisava organizar uma grande festa para ela, igual à que ela sempre sonhou e que seria realizada neste ano, quando completaria dezoito anos.

Às sete horas da manhã, Mary acorda para ir para a faculdade, onde as aulas começam às oito. Mary não encontra ninguém; sua mãe já havia saído para trabalhar e seu irmão tinha ido para a escola, então ela troca de roupa, toma café da manhã e, às sete e meia, sua amiga Priscila interfona para ela descer, pois a está esperando.

— Mary, estou aqui embaixo te esperando. Desce logo, se não vamos nos atrasar.

— Já estou descendo!

Elas vão para a faculdade e, chegando lá, Priscila diz:

— Feliz aniversário, Mary! Tudo de bom, felicidades, sucesso — diz isso e lhe entrega um presente.

— Nossa, Pri, não precisava. Muito obrigada!

Mary abre o presente, vê um lindo sapato e fica agradecida.

— Nossa, Pri, não precisava! Como adivinhou que eu queria esse sapato?

— Ah, aquele dia no shopping você tinha gostado dele, mas não achou sua numeração. Por sorte, eu achei… rodei essa cidade toda, mas descobri com uma colega que trabalha em outro shopping que tinha na loja.

— Nossa, que legal. Obrigada mesmo!

Chegando na sala de aula, todos cantam parabéns para ela.

— Parabéns pra você, nesta data querida, muitas felicidades, muitos anos de vida!

Na faculdade, ao contrário da escola, Mary tinha muitos amigos. Ela era uma menina muito querida na turma, seu círculo de amizades era diferente agora, mas suas duas melhores amigas continuavam sendo a Pri e a Gessy, elas sempre seriam as amigas mais íntimas.

Mary ficou sem reação com o que a turma fez para ela, achou muito legal, mas não fazia ideia do que aconteceria à noite, na festa surpresa de sua família e a turma de amigos. Mesmo sem saber, Mary estava meio ansiosa, mas pelo fato de que seu pai havia falado para ela que teria que viajar novamente na semana do seu aniversário. Uma semana antes, ele tinha ligado para ela para conversar:

— Mary, tudo bem?

— Oi, pai! Tudo, sim, e com o senhor?

— Estou bem, sim, filha, mas meio preocupado.

— Com o quê?

— Esta semana vai ser meio corrida para mim. Vou ter que fazer uma viagem de última hora, aconteceu um imprevisto, então viajo no domingo à noite para Miami, onde vou ter que dar assistência sobre um software.

— Nossa, pai, sério mesmo? Semana que vem é meu aniversário, você vai se ausentar de novo?

— Filha, eu quero ficar com você, mas, infelizmente, isso vai me travar. Não tenho certeza se vai dar tempo de voltar, mas provavelmente não.

— Não acredito que isso vai acontecer de novo. Estava contando com o senhor aqui para sairmos para jantar em família; mamãe, eu, o Victor e o senhor. Ia fazer algo simples, só entre nós mesmo.

— Filha, estou sem palavras. Quero lhe pedir desculpas, não sei o que fazer... é tão difícil para mim.

— Eu te entendo, pai, fazer o quê... Se não tem jeito, que seja assim. Mas me liga, então, beleza?

— Tudo bem, filha. Eu te ligo, sim, pode ficar tranquila. Beijo, boa noite. Te amo, meu anjo.

— Boa noite, pai. Também te amo, até mais.

Sendo assim, Mary já não tinha esperanças de ver seu pai no dia do seu aniversário. Ela estranhou algumas coisas durante o dia, mas não desconfiava de nada. Sua mãe não tinha ligado para ela o dia inteiro, então ela logo pensou que a mãe tivesse esquecido seu aniversário.

Durante a tarde ela recebe uma única ligação de seu irmão Victor.

— Mary, você vai voltar que horas hoje? Eu saí, mas estou sem a chave de casa. Vou ficar para fora se não vier e tenho que sair depois, o Gustavo vai me buscar para ir para o treino.

Ela não fazia ideia de que tudo isso era conversa boba para distraí-la. Estava tudo combinado entre seu pai, sua mãe, seu irmão e Gessy.

— Ah, eu vou voltar às três e meia. Me espera que eu abro a porta... você é mesmo um cabeção por esquecer a chave.

Victor não fala nada sobre o aniversário da irmã, finge que esqueceu.

— Tudo bem. Te espero, mas não demora, beleza? Beijo, tchau.

— Beleza, Victor, fica tranquilo. Onde está a mãe? Eu não consegui vê-la hoje.

— A mãe precisou sair mais cedo hoje para ir para o Rio de Janeiro, mas prometeu que voltaria de tarde.

— Uhum, percebi que ela tinha saído mais cedo. Mas tudo bem, era só isso que eu ia te perguntar. Beijo, tchau, se cuida.

Ela continua sem saber o que ia acontecer, mas estava ficando meio cabisbaixa pelo fato de que seu pai ainda não tinha ligado, sua mãe não tinha dado notícias direito, e já eram cinco horas e a sua melhor amiga Gessy, que considerava como irmã, não tinha sequer mandado uma mensagem de oi para ela. Elas conversavam todos os dias por mensagem, mas hoje Gessy não tinha mandado nada, apesar de ela já ter desaparecido dessa forma outras vezes. Mesmo assim, era muito estranho devido ao dia do aniversário de Mary, que já estava preocupada, pois, geralmente quando acontecia isso, ela ia para o sítio de seu pai, onde não há sinal de celular, mas sempre avisava quando ia para lá. Mary tentou ligar para Gessy, mas só caía na caixa-postal, então concluiu que a amiga devia estar no sítio ou em outro lugar sem sinal; se fosse algo ruim, já estaria sabendo, porque notícia ruim corre rápido.

Às cinco e meia, Mary recebe um telefonema da sua amiga Priscila perguntando se ela ainda estava sozinha, pois não queria que passasse o aniversário assim, sabendo que sua família estava viajando a trabalho.

— Oi, Pri. Fala, amiga…

— Oi, Mary, tudo bem com você?

— Estou sozinha aqui em casa, ninguém chegou, nem sinal da Gessy também. Meu irmão disse que ia vir às três e meia, mas nem sinal dele, só mandou uma mensagem dizendo que tinha ido direto para o treino de futebol com seu amigo… fora isso, nada.

— Você vai ficar sozinha?

— Fazer o quê? Não dá pra fazer nada!

— Jamais, amiga. Se arruma que vamos sair à noite, ok?

— Sei lá, estou meio de boa, sabe?

— Você vai ficar velando o morto aí, garota? Para com isso. Eu vou te pegar e vamos sair!

— Só você mesmo… Ok, vamos!

— Beleza, passo aí às sete e meia. Já sei um ótimo lugar onde podemos ir. Você sabe onde é o Hall Eventos?

— Sei, sim, é muito bom lá.

— Então, parece que vai ter uma festa daquela banda Coldplay que você gosta.

— Sério mesmo? Não estou acreditando nisso, amiga!

— Sério. Vamos, você vai se divertir.

— Vamos, sim! Estou ansiosa pra assistir ao show deles.

Mary não fazia ideia de que aconteceria uma surpresa naquele evento. Então, às sete e meia, Priscila estava esperando Mary para ir ao suposto show. O que ela não imaginava é que seu pai tinha contratado a banda para tocar no seu aniversário, já que ele conhecia um grande empresário dos Estados Unidos que os conhecia pessoalmente; aproveitando que eles fariam uma turnê no Brasil, a banda resolveu fazer esse show vip em sigilo para evitar tumulto de fãs no local.

Elas vão para o show e, no caminho, Priscila fala:

— Mary, você não vai acreditar na surpresa que eu tenho para você: conheço o produtor do Coldplay e ele vai deixar entrar no camarim dele, mas com uma condição.

— Fala pra mim qual é a condição, fala, fala…

— Chegando lá eu te falo e mostro o que vai ter que fazer para ver o vocalista pessoalmente, ok?

— Ok. Nossa, vou ligar para meu pai mais tarde. Quando eu falar para ele que conheci o vocalista do Coldplay, porque ele conheceu pessoalmente em um evento nos Estados Unidos, tirou foto com ele, ele vai ficar de cara.

Mary estava com grandes expectativas para conhecê-lo pessoalmente, era sua banda favorita. Chegando no Hall Eventos, todo o estacionamento estava lotado, então Mary comenta:

— Nossa, vai bombar essa festa. Não tem nem lugar para estacionar direito.

Ela só não imaginava que todo esse pessoal estava lá para o seu aniversário.

Priscila estaciona na vaga que já estava reservada para elas e diz:

— Enfim, chegamos! Agora vou contar para você a condição para poder ver seu ídolo.

Priscila pega um tapa-olhos e fala:

— Tenho que vendá-la.

— Sério? Por quê? Não pode ser sem a venda?

— Não, porque quero fazer uma surpresa pra você. Vai ser mais emocionante assim, sabendo que nunca o viu antes.

— Sendo assim, eu aceito.

Dentro do local estava tudo organizado: som, iluminação e o pessoal esperando Mary chegar. Quando ela entra no salão, as luzes estão todas apagadas, e havia aproximadamente seiscentos convidados aguardando-a; amigos, colegas, familiares e amigos dos familiares.

Mary entra pelos fundos, até chegar no palco em que a banda ia tocar. Estava tudo em silêncio e Priscila vai falando:

— Segure a minha mão que eu vou te levar para conhecê-lo.

De repente, começa a tocar uma música com piano, e Mary diz, empolgada:

— Não estou acreditando nisso! Minha música favorita... o que está acontecendo?

Chegando ao palco, Mary não resiste e tira a venda, as luzes se acendem e ela fica em choque quando vê sua banda favorita tocando e todos aquelas pessoas nas mesas aplaudindo.

Essa foi realmente a festa que marcou sua vida; na primeira mesa está sua família toda reunida, todos estavam lá para prestigiar o aniversário dela. Mary fica muito emocionada e corre para abraçar seus pais e amigos.

Frank, muito feliz, a abraça fortemente, enquanto Mary, perto de seu ouvido, diz:

— Obrigada, pai, obrigada por tudo o que você tem feito por mim, e me desculpa pelas vezes que nós brigamos.

— Eu que lhe peço desculpas, filha, por às vezes ser ausente para você. De agora em diante, prometo que vou ser mais presente.

— Tudo bem, pai. Eu também prometo que não faço mais as minhas birras de adolescente rebelde — ela completa, e eles dão risada.

— Agora, filha, aproveita a festa, é toda sua!

— A festa é toda nossa!

Gessy vai de encontro a Mary e a abraça.

— Parabéns, minha irmãzinha do coração! Tudo de bom pra você, que Deus sempre ilumine seu caminho e as nossas aventuras.

Mary dá risada.

— Você me paga, menina. Vocês arrumaram um jeito de eu cair certinho, nunca imaginei isso... e você estava envolvida nesse plano todo. Muito obrigada, Gessy! Uma das coisas que me deixa mais feliz é Deus ter me dado pessoas tão maravilhosas como vocês, minha família, meus amigos... o maior presente que tenho na vida são vocês.

— Ah, menina, eu é que tenho que agradecer por ter uma amiga-irmã tão maravilhosa como você, apesar de às vezes me tirar do sério.

Mary dá risada.

— Eu sempre soube que te perturbo às vezes.

Mary está muito feliz em sua festa, aproveitando cada momento. Ao contrário de seu pai, que vai se retirando com um copo de uísque na mão até o estacionamento, quando se depara com seu irmão:

— Frank, aonde você está indo?

— Vou até o carro buscar meu celular, acho que deixei lá dentro.

— Mas você está bem?

Frank, sem demonstrar qualquer alteração, responde:

— Sim, estou bem. Não se preocupe, só vou procurar meu celular.

— Tudo bem, então. Se precisar de algo, é só falar comigo.

— Fique tranquilo, Mario, está tudo bem.

Frank vai em direção ao seu carro, abre o veículo, pega um maço de cigarros que estava no porta-luvas e sai. Ele acende um cigarro sentado no capô e começa a pensar sobre sua vida, sobre seu passado, que sempre foi um fantasma. Lembra de sua juventude, de um fato específico que o marcou, então começa a fazer associação de como está agora e como estaria aquele passado que tanto o assombrou. Ele carrega um fardo pela escolha que fez naquela ocasião e não soube mais nada sobre aquela situação, mas seus pensamentos o martirizam, lembrando sempre: Você não poderia ter feito isso. Nunca conseguiria imaginar o que realmente aconteceu depois daquele fato que não sai de sua memória. De repente, ele vê alguém se aproximando em sua direção e dizendo:

— Pai, pai, o que o senhor está fazendo aqui?

— Eu vim pegar meu celular e aproveitei para dar uma relaxada. Estava me sentido mal, Victor, queria ficar um pouco a sós, mas já estou voltando.

— A Mary estava te procurando, fiquei preocupado. Imaginei mesmo que você teria vindo aqui.

— Obrigado, filho, agradeço sua preocupação, mas estou bem. Já vou entrar, avisa para ela que só vou terminar esse cigarro, ok?

— Tudo bem, pai, vou aguardar para você entrar comigo.

Frank apaga o restante do seu cigarro e diz:

— Tudo bem, filho, vamos entrar.

Frank tinha mais uma surpresa para a filha, o tão sonhado carro que ele e sua ex-esposa prometeram dar a ela. Então, quando já tinha acabado a festa e todos tinham ido embora, Frank pergunta para sua filha:

— Filha, você vai dormir em casa hoje?

— Ah, não sei ainda se vou dormir na sua casa ou na casa da mamãe mesmo.

— Ficaria muito contente se você fosse comigo, tenho uma coisa para te mostrar.

— O que é, pai?

— Não posso falar, é algo que deixaram lá em casa.

— Ah, pai, estou curiosa pra saber o que é... me conta, me conta.

— Só vai saber o que é se você for.

— Vou falar para a mamãe que vou posar em sua casa hoje.

— Então tudo bem. Avise-a que vai ficar em casa hoje e que amanhã eu mando o Jerry te levar.

— Tudo bem, pai!

Mary fala com sua mãe sobre posar na casa de seu pai, então, como ela já sabia do que se tratava, pois foi ela que deu o carro para Mary, diz:

— Vai, sim, filha. Depois me conte o que seu pai queria te mostrar, ok?

— Tudo bem, mãe, eu te conto depois.

— Ok, filha, se cuida.

Mary vai para a casa de seu pai e, chegando lá, não fazia ideia de que ia se deparar com uma grande surpresa que sua mãe deixou. Seu pai deixa o carro fora da garagem para aumentar a curiosidade de Mary, que pergunta:

— Pai, você não vai estacionar o carro na garagem?

— O portão da garagem parece estar emperrado, não abre direito. Vou deixar o carro aqui fora, vamos tentar abrir o portão manualmente.

Mary vai com ele para tentar ajudar, mas ela não sabia que Frank só estava fazendo isso para entregar o presente que ele e sua mãe haviam lhe dado.

— Nossa, esse controle está uma porcaria.

Ele fica batendo no controle, fingindo não funcionar.

— Filha, tenta ver se o motor do portão está funcionando ou fazendo barulho quando eu acionar o controle.

— Tudo bem, pai.

Na hora que Mary vai para perto do portão, ele se abre, a luz da garagem se acende e lá dentro há uma grande surpresa: um Audi A3 novo, preto, do jeito que ela sempre quis, e com um laço vermelho em cima. Era muito bonito o carro e, quando ela vê, fica boquiaberta, enquanto seu pai diz:

— Surpresa.

— Eu não estou acreditando, pai! Meu Deus, que lindo.

— Esse é um presente que sua mãe lhe deu. Ela queria fazer essa surpresa para você, por isso deixou o carro aqui em casa.

— Nossa, pai, estou sem palavras.

No para-brisa do carro havia um envelope vermelho com uma carta de sua mãe.

Feliz aniversário, minha princesa. Que nessa etapa, sua vida seja totalmente renovada, que um pedacinho de seu sonho esteja se realizando hoje com esse presente, e que não sejam apenas conquistas materiais, mas da alma, da verdadeira felicidade que está dentro de você. Que esse presente tenha um significado simbólico e que a verdadeira simplicidade, que sempre carregou, minha menina, continue dentro de você, brilhando o dom que Deus te deu.

Você é muito especial para mim, filha, o melhor e maior tesouro que tenho na vida. Um grande beijo e abraço de sua mãe que te ama muito, Margarete.

Mary fica sem reação e emocionada ao ler a carta. Logo seu pai chega e a abraça, dizendo:

— Filha, você merece tudo de bom na sua vida, que nunca perca a essência da simplicidade do seu coração. Isso é o que mais admiro em você, independente da relação entre mim e sua mãe, que nunca vai interferir no amor que nós temos por você. Conte comigo e com sua mãe para tudo que precisar, principalmente as coisas mais simples da vida, coisas que nenhum dinheiro pode comprar: o amor e o carinho, os elementos principais de nossas vidas. Demorei para aprender isso, mas posso dizer com todo o orgulho do pai mais feliz do mundo por ter essa filha maravilhosa, que aprendi com você a ser um pai melhor, um homem melhor, que enxerga a vida de uma maneira mais simples. Queria ter tido esse coração igual ao seu quando ainda era jovem, para poder dar valor às coisas mais simples da vida.

Frank volta a lembrar do passado, mas agora ele agradece a Deus por ter colocado essa garota em sua vida de uma maneira que ele mesmo não imaginaria que ela fosse entrar.

— Pai, eu que não tenho palavras para descrever tudo o que vocês significam para mim. Parece que não sou dessa vida, que não mereço ter uma família que tanto me apoia. Apesar de nossos problemas, nunca vou conseguir agradecer o que vocês sempre fizeram por mim… Muito obrigada, mesmo.

Ela não fazia ideia de seu passado, sua origem e o que o destino preparou quando ela era ainda bebê e que a levou a estar em uma família que realmente a amava e acolhera.

Frank voltara a lembrar do passado anos atrás e agradecera a Deus por ter colocado essa garota em sua vida de uma maneira que ele mesmo [illegible] imaginara que ela fosse entrar.

— Pai, eu não tenho palavras para descrever tudo o que vocês significam para mim. Parece que não sou desta vida, que não mereço ter uma família que me ame apesar de nossos problemas, nunca [illegible] consegui agradecer o que vocês sempre fizeram por mim... [illegible] mesmo.

Ela não fazia ideia de seu passado, sua origem e o que o destino preparou quando ela era um bebê e que a levou a estar em uma família que realmente a amava e acolhera.

Capítulo 9

O grande dia

Robert estava se arrumando para o grande dia, o dia da sua formatura. Depois de cinco anos de estudo, chegara o dia mais aguardado. Tudo estava ocorrendo conforme o esperado, Robert estava muito feliz, e logo seu amigo Fred liga para ele.

— Fala, Fred.

— Fala aí, brother, como você está?

— Muito corrido aqui. Estou me arrumando para hoje à noite, e você?

— Nossa, eu nem me arrumei ainda, irmão. Vou me arrumar daqui a pouco, tenho que pegar meu terno novo no alfaiate.

— Você está louco, cara? Acho que vai se atrasar.

— Relaxa, Robert, tá tranquilo aqui. Nos encontramos hoje à noite... vou acabar com tudo, beber até cair.

Robert dá risada.

— Imagino! Tomara que não fique igual ao dia do aniversário da Flávia.

— Fiquei quase ruim... Nós tropica, mas não cai.

— Com certeza, quase cai — disse Robert, sorrindo.

— Então, beleza. Nos falamos à noite, tenho que terminar de resolver umas coisas para a minha mãe. Abraço.

— Um abraço, até mais.

A festa de formatura se aproxima, o dia em que Robert e seus amigos irão comemorar o fim do curso, o dia que eles mais sonharam está se tornando realidade. Eles são, enfim, psicólogos, e agora têm uma nova jornada pela frente, cada um seguirá um rumo diferente a partir do dia em que se completará mais uma etapa para cada um deles.

A família de Robert está muito feliz por vencer mais um desafio, sua mãe, orgulhosa pelo triunfo do filho, e logo se recorda de todas as dificuldades superadas, todas os problemas passados. O principal pensamento, porém, é em relação ao pai de Robert, que ela não conseguia esquecer a cada momento especial que o filho passava; nesses momentos, ressurgiam as velhas e vagas lembranças daquele passado. Robert não perguntava mais sobre seu pai há um tempo, principalmente depois do início de sua relação com seu tio na infância, mas, no fundo, Catarina sabe que Robert tem vontade de conhecê-lo. Ela não sabe, porém, se quer revelar quem era o pai dele, pois não sabe qual seria sua reação. Ela nunca mais ouviu falar dele, só soube que ele tinha se mudado para o Rio de Janeiro e foi a única notícia real que teve sobre o seu paradeiro.

No dia da formatura de Robert, sua namorada Esthefany estava muito bonita. Ela é uma moça de vinte anos, loira, baixa, de cabelos longos e olhos azuis, uma estudante de Veterinária muito bonita. Eles se conheceram na faculdade e namoravam há seis meses, apesar de alguns problemas, principalmente por causa dela, que tem muito ciúme de Robert. Às vezes essa questão o faz se sentir mal, e eles já tiveram uma briga que quase os fez terminarem o relacionamento por um motivo totalmente frívolo.

****

Uma tarde de verão, Robert estava indo para o clube com toda a galera, amigos e suas namoradas. Robert sempre foi um rapaz centrado, sem motivos para alguém desconfiar de seu caráter, sempre foi uma pessoa de boa índole, preservava suas virtudes como ser humano por ter sua crença cristã. Naquele dia, Robert estava sentado na mesa enquanto todos estavam na piscina e o pessoal falava:

— Robert, entra na piscina. A água está uma delícia.

— Estou esperando a Esthefany chegar. Vou pedir uma água de coco enquanto isso.

Ele chama uma garçonete que estava no quiosque.

— Ei, por favor.

— Diga o seu pedido.

Robert sempre foi simpático com as pessoas, além disso, sempre foi um cara muito bonito; um metro e oitenta e cinco, pele bronzeada, olhos castanhos, cabelos escuros, corpo atlético.

— Primeiramente, qual é o seu nome?

— Meu nome é Patricia!

— Uhum. Tudo bem, Patricia?

— Tudo, sim!

— Prazer, meu nome é Robert.

— O que você vai querer?

Patricia era uma atendente muito bonita, magra, alta, olhos castanhos.

— Nossa, nesse calor fica até difícil escolher o que tomar ou comer. O que você tem de opções no cardápio de bebida?

Ela entrega o cardápio a ele e ele começa a conversar com ela.

— Então, Patricia, eu não sei ainda. Estou esperando minha namorada para decidir.

— Bacana. Sempre vejo vocês aqui no clube, vocês vêm direto aqui?

— Sim, sempre. Às vezes ela vem sozinha também, às vezes eu também.

— Que legal.

— E você trabalha aqui direto?

— Trabalho mais nos fins de semana. O quiosque é do meu pai, por isso venho ajudá-lo nos fins de semana, pois são os dias mais movimentados.

— Eu entendo como deve ser.

— Pois é, complicado. Eu estudo durante a semana e, nos fins de semana, sempre estou aqui.

— Uhum, entendo como é essa vida de trabalhar e estudar... não é fácil, não.

— Ainda que meu estágio não começou, mas semestre que vem já começa...

De repente, alguém aparece e corta o assunto, perguntando em voz alta:

— Posso saber o que você está fazendo aqui?

— Oi, Esthefany, estava aqui te esperando.

— Me esperando aqui? De conversinha?

— Como assim? Estava pegando uma bebida enquanto te esperava.

— Eu vi que você estava conversando com essa garota aí, de papinho furado.

— Eu estava conversando com ela normalmente. Não posso?

— Não estava, não, porque vi de longe como você estava falando com ela.

A conversa começa a tomar rumos diferentes do esperado e a atendente tenta explicar o que está ocorrendo.

— Não é nada do que você está pensando. Eu só vim atendê-lo, e ele estava escolhendo a bebida.

Esthefany, nervosa, grita com ela:

— Cale sua boca! Pensa que não vi você se insinuando para o meu namorado?

Robert tenta abrandar a situação.

— Esthefany, não fale desse jeito e para de se comportar dessa maneira. Não é nada do que você está pensando, eu só pedi um drinque para ela, e estávamos conversando normalmente.

Mas Esthefany continua, ainda nervosa:

— Não tente me enganar. Eu sei que você está de graça com essa garota, eu vi vocês conversando um tempão já.

Na piscina, Fred e seus amigos começam a perceber a confusão que está se formando, mas só observam para não criar mais problemas. Fred fala para Felipe:

— Nossa, cara, está acontecendo alguma coisa com o Robert lá. Parece que eles estão brigando, e a garota do Quiosque está lá também... O que será que está acontecendo?

— É melhor nós ficarmos por aqui mesmo, a não ser que as coisas esquentem.

— Ok, não vamos nos meter. Deixa, mas se piorar, eu vou lá.

Sem jeito, a atendente Patricia tenta explicar novamente:

— Seu namorado fez um pedido, eu vim atendê-lo e estava falando das opções do cardápio e nada mais, por isso estava demorando.

Sem querer entender a situação, Esthefany continua sendo agressiva com ela:

— Eu conheço papinho de vagabunda fura-olho, essa é velha pra mim.

— Eu só estou trabalhando, fazendo o meu serviço. Não tenho tempo para essas coisas que você imagina em sua mente, garota.

Robert tenta novamente apaziguar a conversa:

— Esthefany, chega de baixaria, você está me fazendo passar vergonha na frente dos meus amigos. Por favor, se comporte.

Ela grita com Robert.

— Você me paga, seu canalha.

— Chega, Esthefany! Para mim, chega, você já passou dos limites com suas neuroses de ficar imaginando coisas que não existem.

— Como não existem? Eu estou vendo com meus próprios olhos o que você está fazendo.

A atendente fala para eles:

— Eu me recuso a ficar aqui ouvindo tanta besteira dessa garota paranoica.

— Peço desculpas por ela estar agindo assim, me desculpe mesmo.

— Você ainda pede desculpas para essa vagabunda?

— Esthefany, fique sozinha aí, eu estou indo embora. Não venha atrás de mim, porque que eu não estou com paciência para ouvir suas besteiras, você é insuportável.

Ela tenta ir atrás de Robert na saída do clube, mas ele a segura pelo braço e fala com ela:

— Esthefany, já deu. Não quero falar com você. Já passei muita vergonha por aqui hoje e, quer saber? Não adianta mais falar comigo, nem tentar me ligar, eu não vou atendê-la.

Com isso, Robert entra em seu carro, bate a porta e sai cantando pneus.

Enquanto isso, Felipe comenta com Fred:

— Cadê o Robert? Ele não está mais aqui, nem a namorada dele. O que será que aconteceu? Vou sair da piscina para tentar descobrir.

Felipe os procura no clube, mas não os acha, então volta e diz para Fred:

— Eles não estão mais aqui, devem ter ido embora.

— Pois é, depois dessa briga ainda... parece que foi feia a coisa, nunca os vi brigando, ainda mais desse jeito.

— Estranho, digo o mesmo.

Robert vai para casa furioso por causa da briga que teve com sua namorada. Ele ficou muito bravo, pois nunca deu motivos para ela falar essas coisas dele, ainda mais na frente de seus amigos e colegas e no clube onde ele tinha muitos conhecidos. Ele ficou com muita vergonha por conta dessa situação constrangedora que sua namorada ocasionou.

De noite, Esthefany liga para ele, mas Robert não quer falar com ela. Depois de cinco chamadas perdidas, ele resolve atender.

— Já falei para não me ligar. O que você quer?

— Quero falar com você.

— Nós não temos nada mais para conversar, não estou com cabeça para falar com você.

— Por favor, me escute.

— Já estou te ouvindo. O que tem pra me dizer sobre tudo o que fez hoje à tarde?

— Então, me entenda, por favor. Eu não fiz isso por maldade, só achei que aquela garota estava dando em cima de você.

— Nossa, Esthefany, de onde tirou essa ideia? Olha a vergonha que me fez passar, ficou xingando a garota na frente de todos.

— Eu fiz isso tudo porque te amo e não quero te perder.

— Esthefany, isso é coisa de pessoa doente. Eu nunca dei motivos para você desconfiar de mim, sempre fui sincero em tudo, nunca menti para você.

— Eu perdi a cabeça, agi sem pensar. Confesso que exagerei, mas não é pra tanto.

— Como assim, Esthefany? Todo mundo viu o que você fez. Os meninos ficaram sem acreditar no que estava acontecendo, realmente foi um fiasco da sua parte. Estou muito chateado com você, conseguiu estragar meu fim de semana desse jeito.

— Mor, me desculpa? Eu não sei o que está acontecendo comigo, agi de forma impulsiva, não pensei.

— Pensasse antes, então! O que eu sempre te disse sobre as atitudes? Pense antes de falar, antes de agir.

— Eu não pensei, meu. Quem não erra? Eu errei, porra! O que você quer que eu faça por você?

— Eu estou de cara com sua maluquice, estou muito chateado com você, Esthefany!

— Vamos nos falar pessoalmente, então.

— Tudo bem. Marcamos hoje à noite pra conversarmos, ok?

— Tudo bem, beijo.

— Até mais.

Chegando a noite, eles se encontram para conversar sobre o relacionamento. Depois de muita conversa, acabam se acertando, mas para Robert era a última oportunidade que ele daria para esse relacionamento. Ele gostava muito de Esthefany, mas já estava meio confuso de suas convicções; apesar de não estar apaixonado por nenhuma outra garota, seus sentimentos por Esthefany já não eram mais como ele achava, parecia que tudo que estava vivendo já não era a essência de um relacionamento que ele idealizava. Mesmo com esses problemas, ele deu uma segunda chance para recomeçarem, acreditava que tudo ia dar certo agora.

****

Na noite de formatura, tudo estava conforme o imaginado, a festa estava muito boa.

— Robert, vamos tirar uma foto só nós dois agora?

— Espere um pouco. Vou só terminar de tirar foto com a galera da sala, depois eu venho pra tirar foto com você.

— Tudo bem, amor, eu te espero.

Depois das fotos com a turma, ele volta até sua namorada.

— Amor, vamos tirar uma foto aqui no hall de entrada, vai ficar muito bonita com essa decoração.

— Uhum, vamos, sim. Chama um fotógrafo.

— Tudo bem, vou chamar. Me espera lá, então.

— Ok.

E a festa continua fantástica, conforme o esperado. A partir de agora os desafios serão outros; Robert pretende atuar na clínica de um amigo, um profissional muito renomado na área, o que garante que Robert consiga um apoio no começo da carreira, já que é tão difícil o mercado de trabalho em todas as áreas em que se inicia.

Capítulo 10

Um dia que ficará marcado

Logo pela manhã, Victor acorda ansioso para o grande dia de sua vida: ele ia ter a oportunidade de participar de uma seleção no seu clube do coração, o Santos F.C.

— Mãe, você já arrumou as minhas coisas? A chuteira nova está dentro da minha bolsa?

— Sim, filho, já guardei.

— Valeu, mãe, já estava preocupado. Essa chuteira é a que vai me dar sorte para passar no teste.

— Com certeza, filho. Se Deus quiser você vai passar na seleção e vai dar tudo certo.

— Com certeza, mãe.

Logo teria que sair para o local da seleção e se encontrar com os outros amigos que também participariam, todos iriam com um ônibus do clube.

— Filho, anda logo que o Jerry vai passar aqui para te buscar. Seu pai já ligou avisando, se apressa.

— Tudo bem, mãe, eu já estou terminando o café.

— Deixei sua bolsa com tudo pronto em cima da mesa da sala de jantar.

— Ok, mãe.

Passados dez minutos, o interfone toca, era Jerry.

— Victor, estou aqui embaixo te esperando. Você está pronto?

— Bom dia. Eu estou pronto, já estou descendo.

— Ok, te espero.

Victor vai no quarto se despedir de sua mãe.

— Mãe, o Jerry já está lá embaixo me esperando.

— Tudo bem, meu filho. Agora me dê um abraço bem gostoso.

Victor dá um abraço bem apertado em sua mãe.

— Boa sorte, filho. Que Deus lhe acompanhe nessa jornada, que você passe nessa seleção e seja um grande jogador, o que sempre sonhou.

— Obrigado, mãe. Vou passar nesse teste pela senhora, escreve aí.

— Vai, filho, vou torcer aqui. Me ligue quando acabar a prova, vou querer ser a primeira a ficar sabendo.

— Tudo bem, mãe. Agora deixa eu ir que o Jerry está me esperando, se não vou me atrasar.

Margarete dá um beijo no rosto de seu filho e diz:

— Tudo bem, filho, boa sorte! Te amo.

— Eu também te amo, mãe.

Victor parte para prova torcendo para que tudo ocorresse conforme ele tanto sonhava.

Margarete já tinha acordado mal, estava meio para baixo devido ao problema de pressão que ela tinha, imaginou. *Nossa, hoje acordei mal. Tenho que tomar meu remédio de pressão, estou com uma dor no peito que não é normal. Parece que não é minha pressão, vou ligar para o Dr. Marcelo para ver o que é, pois estou tomando meus remédios.* Margarete não imaginava o que era a dor que estava sentindo e também não fazia ideia de que isso iria se agravar depois desse dia, que com certeza ela irá querer apagar da memória.

Victor chega no clube para embarcar para Santos, ele encontra seus amigos, que estavam muito felizes. Senta ao lado de Lúcio, seu grande amigo de clube, grande parceiro de jogos.

— Como vai, Lúcio? Preparado para a peneira?

— Eu estou bem, Victor. Estou, sim, estava ansioso por esse dia.

— Somos dois. Não vejo a hora de chegar lá para participar.

— Eu também.

O ônibus parte de São Paulo para a Baixada Santista, rumo ao sonho de Victor. A viagem deveria ser curta, mas com o imprevisto no meio do caminho seria muito longa, talvez nunca chegassem ao destino.

Na Serra do Mar sentido Santos, na SP-150, o ônibus vai descendo a serra. Em uma curva, um carro desgovernado entra na contramão, forçando o motorista do ônibus a fazer uma manobra brusca; mesmo assim, o carro raspa no canto do ônibus, que acaba perdendo o controle e colidindo com a barreira de proteção, caindo em um barranco ao lado da rodovia. O ônibus desce a ladeira, destruindo tudo pelo caminho, quebrando os vidros e amassando tudo. Com o ônibus naquele estado se imaginaria que o pior tinha acontecido com todos os passageiros. Após o acidente, carros pararam para ajudar, chamando ambulâncias, ligando para os bombeiros, por isso o socorro chegou rapidamente para atender as vítimas daquele trágico acidente; os paramédicos atendem os feridos e os bombeiros chegam para cortar as ferragens do ônibus.

Durante o dia, a dor no peito de Margarete só piorava, até que ela teve uma dor muito forte que a obrigou a se sentar no sofá e chamar sua funcionária para ajudá-la.

— Bernadete, me ajuda aqui. Liga urgente para o Doutor Marcelo, eu não sei o que está acontecendo comigo, estou passando muito mal… acho que vou morrer desse jeito.

— Senhora, vou trazer um copo d'água e ligar para o doutor. Vou ligar para Mary vir para cá também.

Bernadete liga para o Doutor Marcelo pedindo para atendê-la urgentemente e logo liga para Mary também.

— Alô.

— Mary, preciso falar com você.

— Nossa, Bernadete, o que aconteceu para você me ligar tão preocupada assim?

— Sua mãe…

— O que tem minha mãe, Bernadete?

— Ela está passando mal, parecia que ia dar um treco nela de repente. Quase desmaiou, mas sentou no sofá antes.

— Você já ligou para o médico dela? Ligue urgente, pelo amor de Deus.

— Eu já liguei, Mary. Ele está vindo para cá.

— Cuida dela aí que eu já estou a caminho. Tranquilize-a até o médico chegar, ok?

— Ok, vou tranquilizá-la. Já dei até o remédio para ela, o calmante para quando ela está estressada.

— Ok, Bernadete, obrigada. Está certa, agora não tire os olhos dela até o médico chegar, ok?

— Ok, Mary, farei isso. Pode ficar tranquila.

— Obrigada, Bernadete.

Mary volta para a sala de aula para pegar seu material e ir para casa. Priscila percebe que Mary está nervosa e sai da sala atrás dela.

— Mary, me espera. O que está acontecendo? Percebi que você está nervosa, pálida…

— Aconteceu alguma coisa com a minha mãe, ela está passando muito mal.

Mary continua andando apressada pelo corredor junto com Pri ao seu lado.

— Mas o que aconteceu?

— Você lembra daquele problema de pressão que falei que ela tem? Então, ela passou mal de uma forma que quase desmaiou, está com a funcionária lá ajudando.

— Já ligou para o médico?

— Ela já ligou, mas estou muito preocupada.

— Você quer ajuda, Mary? Eu vou com você!

— Não precisa, Pri, obrigada. Você vai perder aula de anatomia, que é muito importante. Eu só estou indo embora porque aconteceu isso com a minha mãe, se não eu ficava.

— Negativo, amiga, você não está em condições para dirigir. Está muito nervosa, eu dirijo para você, me dê sua chave.

— Tudo bem, Priscila. Sei que não vai mudar de ideia mesmo.

Priscila pega as chaves do carro de Mary e a leva para casa.

****

Enquanto isso, uma ligação via rádio chega até o comandante.

— Comandante Sérgio, mande urgentemente mais ambulâncias para o local do acidente, na SP-150, temos muitos feridos aqui.

— Temos vítimas fatais no acidente?

— Bom, comandante, era um ônibus que levava garotos, todos com idade entre onze e doze anos. Está sendo difícil para nós, é realmente uma fatalidade, mas não sei ainda dizer se houve vítimas fatais.

— Ok, daqui a dez minutos passo o rádio para você verificar e me passar as informações.

— Ok, comandante.

****

Chegando em casa, Mary entra desesperada, procurando sua mãe e logo encontra Bernadete na cozinha.

— Cadê minha mãe, Bernadete?

— Ela está na sala com o Doutor Marcelo.

— Obrigada.

Mary vai até a sala e vê sua mãe no sofá, e o doutor examinando-a.

— Mãe, está tudo bem com a senhora?

O doutor responde no lugar de sua mãe:

— Calma, Mary, ela só passou uma crise de estresse, já vai se recuperar.

Sua mãe fala logo depois:

— Bom, filha, é isso aí que o doutor falou, foi só uma crise de estresse e nada mais.

No fundo, Margarete sentia algo que sabia que não era por causa do estresse. Ela não sabia explicar o que era realmente, mas o que não tinha contado para ninguém era que não sabia explicar o motivo dessa angústia que estava sentindo desde de manhã, antes mesmo de Victor sair de casa.

****

Na central, pelo rádio, o sargento liga para o comandante:

— Comandante, temos uma triste notícia: entre os quarenta garotos, temos vítimas fatais.

O comandante logo pergunta:

— Quantas?

— Três, comandante, e temos uma vítima que está muito ferida, foi levada para o hospital em estado grave, não sei se escapa dessa, tomara Deus que sim. Não podemos fazer mais nada, a maioria dos meninos está sendo resgatada com ferimentos leves a moderados, e esse mais grave está indo para a UTI.

— Tudo bem, sargento. Fico sentido pelo fato, não é fácil, ainda mais quando se trata de crianças. Como ficam os familiares em relação a essas mortes? É realmente uma pena. Como foi o acidente, sargento?

— Segundo o que as testemunhas relataram, um carro desgovernado, com dois jovens alcoolizados dentro, entrou na contramão em alta velocidade, perdeu o controle do veículo e veio a colidir de raspão no ônibus. O motorista do ônibus, ao tentar desviar, acabou perdendo o controle e batendo na proteção da pista, descendo a ladeira.

— Imagino, sargento.

****

Já terminada a consulta, quando Margarete vai se despedir do doutor, seu telefone toca com um número desconhecido. Sem saber quem estava ligando, Margarete atende:

— Alô.

— Senhora Margarete, tudo bem?

— Estou bem, sim, quem está falando?

— Aqui quem fala é o sargento Thomas.

— Pode falar, sargento.

— Eu falo do Departamento de Resgate Urgente, o D.R.U.

Margarete, já preocupada, começa a ficar ansiosa.

— O que o senhor tem pra me falar?

— Percebo que a senhora está nervosa. Peço que a senhora se acalme, por favor. Tem alguém junto com a senhora?

— Tem, sim.

— Então tudo bem. Espero que a senhora não se desespere com o que eu vou contar.

Margarete queria saber logo e fala:

— Por favor, me diga logo.

— Tudo bem, vou lhe contar: houve um acidente com o ônibus em que seu filho estava viajando, então estou ligando para avisar...

Margarete começa a passar mal, sua pressão começa a se alterar e sua visão fica turva. Mary coloca sua mãe no sofá novamente e o doutor volta a examiná-la, então Mary pega o telefone e continua a ligação:

— Alô. Quem está falando?

— Aqui é o sargento Thomas da D.R.U.

— Pode falar que eu estou ouvindo.

— Venho avisar sobre o acidente que ocorreu com o ônibus em que o garoto Victor estava.

Mary começa a suar frio, mas consegue continuar na ligação.

— Pode falar, sargento, estou ouvindo.

— Victor é o que seu?

— Meu irmão, ele está bem? Onde ele está?

— Calma. Seu irmão ficou ferido gravemente no acidente, e nós encaminhamos para uma UTI em São Paulo.

— Meu Deus, não estou acreditando. Como aconteceu esse acidente?

— Um carro atravessou a via do ônibus e o motorista, ao desviar, acabou perdendo o controle e caindo em uma ladeira.

— Meu irmão está bem?

— Ele foi encaminhado em estado grave para o hospital.

— Para qual hospital ele está indo?

— Estamos mandando para a Santa Casa.

— Por favor, mande-o para o Albert Einstein. Tenho amigos médicos que irão recebê-lo lá, vou avisá-los.

— Vou mandar um rádio para a ambulância transferi-lo de hospital, será levado para lá, então.

— Muito obrigado por nos avisar. Tomaremos as providências possíveis para acompanhar meu irmão, muito obrigado.

— Somente nossa obrigação, senhorita, sempre fazemos o melhor pela vida.

Priscila pergunta a Mary:

— O que está acontecendo?

— Eu não estou acreditando no que está acontecendo. Meu irmão sofreu um acidente no ônibus em que estava.

— Nossa, mas ele está bem?

— Infelizmente, não, Priscila, ele está indo para a UTI.

Doutor Marcelo liga para seus amigos médicos do Albert Einstein para atender o irmão de Mary logo que ele chegar no hospital, enquanto ele está atendendo Margarete, que passou mal com a notícia do acidente de seu filho. Mary fica perdida com essa situação, e logo Priscila fala:

— Mary, eu vou estar aqui para o que você precisar, ok? Vamos agir com calma agora, tente ligar para seu pai para avisá-lo.

Mary pega o celular para ligar para seu pai que, após cinco toques, atende o celular:

— Alô, filha?

— Sim, pai, sou eu.

— O que está acontecendo? Você parece estar nervosa.

— Sim, pai, aconteceu algo grave.

— Filha, você está me preocupando. Me diz logo o que está acontecendo!

— Pai, o Victor sofreu um acidente.

— Como assim, filha? Quando e onde?

— Você lembra que ele estava indo para Santos fazer o teste de futebol?

— Sim, estou lembrado.

— Então, o ônibus em que eles estavam acabou sofrendo um acidente, descendo a ladeira na lateral da rodovia.

— Eu não estou acreditando, filha, não estou acreditando no que aconteceu.

Frank fica sem saber o que dizer, mas fala:

— E onde ele está, filha? Para qual hospital ele está indo?

— Ele estava indo para a Santa Casa, mas mandei transferi-lo para o Albert Einstein.

— Excelente, filha. E como é a situação dele?

— Ele está em estado grave.

Frank começa a pensar em coisas inevitáveis, mas prefere ser otimista, dando esperança à sua mente.

— Estou indo pra lá agora! E sua mãe, como está?

— Ela já estava meio mal e quando soube da notícia ficou pior, mas o Doutor Marcelo já estava lá em casa e a atendeu.

— Que bom. Vou desligar, estou indo para lá.

— Eu também estou indo, pai. Nos encontramos lá.

— Ok, filha. Beijo, se cuida.

— Beijo, pai, até mais.

Frank rapidamente pede à sua secretária para cancelar todas as reuniões, pois ele estaria saindo para resolver problemas urgentes.

A secretária, preocupada, pergunta:

— Senhor Frank, aonde o senhor está indo?

— Preciso resolver um imprevisto familiar. Depois eu ligo para informar.

— Tudo bem, Sr. Frank. Se cuide.

Frank sai às pressas de seu escritório para ir para o Hospital Albert Einstein para acompanhar a chegada de seu filho.

Enquanto isso, Priscila tenta ajudar Mary:

— Eu vou levá-la até o hospital, você está muito nervosa para dirigir. Pode deixar que eu te levo, chegaremos lá rapidinho.

— Vamos, então. Quero saber notícias dele logo.

— Ok.

Mary se despede de sua mãe e avisa que mandará Jerry para buscá-la e levá-la até o hospital. No hospital, ela vai até a recepção e pergunta para a secretária sobre seu irmão.

— Boa tarde. Gostaria de saber se meu irmão chegou. Ele sofreu um acidente de ônibus e seria trazido para cá.

— Qual é o nome dele?

— Victor Ribeiro Casagrande.

— Vou consultar o sistema aqui, ele deve estar chegando.

No mesmo momento, no corredor, passa uma maca com três enfermeiros e um médico levando às pressas um garoto para a sala de cirurgia.

— Meu irmão... — diz Mary.

Ela vai na mesma direção para onde a maca foi levada para tentar vê-lo. Ele está muito machucado, respirando com a ajuda de aparelhos, e vai passar por uma cirurgia na região torácica. Mary, então, pergunta para um dos médicos:

— Como está meu irmão?

— Ele está com uma perfuração na caixa torácica. Vai passar por uma cirurgia de emergência, um procedimento muito delicado.

— Quanto tempo vai demorar a cirurgia?

— Tudo vai depender de como ele irá responder. A pressão arterial não pode estar muito baixa, pois, se estiver, será uma cirurgia de risco. Mas ele é um garoto forte, vai aguentar e vai dar tudo certo.

— Tudo bem, doutor. Vamos aguardar com fé e em oração para que tudo dê certo.

Mary vê seu pai chegando no corredor, desesperado para saber notícias, e vai ao encontro dele.

— Pai, pai...

— Mary, tem notícias de seu irmão? Ele já chegou? Como ele está?

— Ele acabou de chegar, eu o vi entrar na sala de cirurgia. O estado dele não é nada bom, ele está bem machucado e com perfuração na região torácica. A cirurgia vai começar agora e não há nada que possamos fazer, só pedir a Deus para que dê tudo certo.

— Nossa, filha, com certeza só Deus agora, não podemos fazer mais nada! Você já ligou para sua mãe?

— Ainda não. Cheguei tão desesperada nesse hospital, que acabei indo direto perguntar sobre o Victor. Depois disso ainda não tive tempo de falar com ela.

— Pode deixar que eu ligo para ela, filha.

Frank se retira para uma sala de espera para ligar para Margarete.

— Alô, Frank?

— Sim, sou eu, Margarete. Está melhor?

— Sim, minha pressão já estabilizou. Como está nosso filho?

— Eles acabaram de chegar com ele, o estado dele não é nada favorável...

— Ai, meu Deus do céu, meu filho...

— Margarete, calma. Vai dar tudo certo. Ele teve perfuração torácica, mas os médicos o levaram para a cirurgia. Tenhamos fé que tudo vai se resolver, ele é um menino forte.

— Não estou acreditando no que está acontecendo com meu filho, nunca imaginei uma coisa dessas.

— Pois é, nunca pensamos que algo assim aconteceria, acho que ninguém espera por isso. Quer que eu mande o Jerry buscar você?

— Não precisa, Frank, eu mesma vou dirigindo e chego aí...

— É melhor que ele vá até aí para te buscar, você está muito nervosa para dirigir, Deus me livre acontecer mais alguma coisa. Vou ligar para ele te buscar em vinte minutos.

— Tudo bem, então, vou estar esperando.

— Ok, até mais.

— Até mais, Frank.

Frank fica na sala, sentado em uma poltrona, pensando em sua vida. O que vou fazer agora? Por que comigo? Não estou acreditando nisso... Meu menino, vai dar tudo certo. Você é forte, garoto, vai sair dessa e nós ainda vamos comemorar este triunfo! Depois, começa a rezar em silêncio, pensando e refletindo em Deus. *Deus, eu sei que o Senhor é soberano sobre tudo e todos, mas peço que o Senhor tenha compaixão do meu filho. Eu sei que tenho errado contigo severamente por não ter feito sempre o certo, negligenciei a minha vida no passado, não fui uma pessoa correta. Agora, o Senhor deve estar pesando a mão em mim, vendo meu filho nessa situação e não poder fazer nada. Te peço perdão por tudo isso, e que acima de tudo seja feita Sua soberana vontade, porque eu confio em ti. Apesar dos erros e pecados que cometi contra ti e contra pessoas que um dia amei, tenho a certeza de que posso encontrar a misericórdia em sua presença. Muito obrigado! Amém.*

Frank não sabia, porém, que Deus escreve certo por linhas tortas, e não fazia ideia do que aconteceria em sua vida.

Capítulo 11

Um grande profissional

Robert está se preparando para um evento de seu doutorado, um dia antes de completar vinte e oito anos. Ele está muito feliz por ter desenvolvido uma tese durante quatro anos de estudo, quatro anos de dedicação. Foi um período difícil em que teve que conciliar trabalho e sua tese. Com muito sacrifício, conseguiu construir seu nome como terapeuta; não foi fácil, mas Robert já estava sendo reconhecido por várias pessoas, sua agenda estava sempre lotada, atendia vários artistas, atores e empresários, também se tornou palestrante, participando de eventos mundo afora. Do que ele mais gostava, porém, era trabalhar na clínica, gostava desse contato com as pessoas; sempre muito atencioso, também fazia publicações diárias em seu blog e estava se tornando um dos maiores psicanalistas de São Paulo. Se sentia mais realizado a cada dia, pois não havia nada que fizesse Robert se sentir melhor do que poder cuidar de pessoas, esse era seu dom.

No evento, Robert receberia uma premiação, mas ele não estaria acompanhado de sua namorada com quem namorou por cinco anos, pois haviam terminado o relacionamento devido a um fato que aconteceu em sua clínica.

****

Esthefany liga para Robert às sete horas da noite, mas seu celular só chama e cai na caixa de mensagens. Ela já começa a pensar o que poderia ter acontecido com ele. Será que ele está fazendo alguma coisa? Não ligou nem apareceu até agora...

O que será que deve estar fazendo? Começou a imaginar. *Vou ligar para a clínica para ver se alguém atende.* Esthefany liga para a clínica, mas também só chama e ninguém atende. Ela começa a imaginar coisas erradas sobre Robert, coisas que ele detestava, porque ele é um rapaz que zela pelo seu caráter e nunca faria uma coisa dessas com ela e com ninguém. Como a secretária já tinha ido embora porque seu expediente era até as seis da tarde, os pacientes que chegavam depois desse horário eram recepcionados por ele mesmo, por isso que ninguém atendia ao telefone. Nessa altura, Esthefany já está desesperada, pensando que ele a estivesse traindo. Ela sempre teve esses problemas por causa de seu antigo relacionamento conturbado e cheio de traições. Então, resolve ir até o consultório de Robert. Ao chegar, dá de cara com a porta fechada, mas consegue ver que há pessoas lá dentro, então já começa a pensar o que poderia estar acontecendo, pois ainda não sabia que Robert havia começado a atender até mais tarde devido ao número de pacientes.

Esthefany toca o interfone e ninguém atende, pois Robert está atendendo sua paciente. Esthefany fica dentro do carro, esperando alguém sair do consultório e pensa: *Hoje eu o pego em flagrante e acabo com essa conversinha fiada.* Ela fica esperando até que vê Robert se despedindo de sua paciente, Sofia, que tinha começado o tratamento recentemente. Ela sai do carro e vai na direção da recepção da clínica fazendo escândalo:

— Eu sabia que ia te pegar. Você fala que fica até mais tarde trabalhando, mas está com essa aí.

— Do que está falando, Esthefany? Você pirou?

A paciente fica em estado de choque, sem saber o que falar diante dessa situação.

— O que essa garota está fazendo com você a essa hora no seu consultório?

— Ela estava aqui para fazer terapia!

— Essa hora? Conta outra!

— Esthefany, não vou ficar discutindo com você. Isso que estou falando é verdade e ponto.

Sofia, sem jeito, diz para Robert:

— Estou indo embora. Não sei o que está acontecendo aqui.

— Tudo bem, Sofia, depois mando a secretária te ligar para agendar o retorno.

Esthefany continua brigando com Robert.

— O que você anda fazendo depois de seu horário na clínica com essa garota? Está me traindo?

Robert entra na clínica e puxa Esthefany para dentro, onde a conversa continua.

— Enlouqueceu de vez, Esthefany. Eu estava atendendo uma paciente, minha agenda está lotada e estou tendo que atender fora do meu horário, e agora você faz esse escândalo. Já estou cansado disso!

— Por que você não avisa?

— Por causa da minha agenda de trabalho. Sabe que ando trabalhando muito ultimamente, por isso não cheguei a falar para você, mas não é motivo para você desconfiar de mim. Nesses cinco anos em que estamos juntos nunca te dei motivos para desconfiar de mim.

— Mas você sabe como eu sou... Não pensei nisso!

Robert começa a falar e Esthefany só ouve.

— Você lembra da nossa primeira briga por causa disso? É o que eu te falei: pensa antes de falar ou imaginar coisas que não existem. Isso está me desgastando de uma maneira que você nem imagina. Eu acho melhor darmos um tempo, ou acabarmos de vez enquanto é cedo para nós. Não quero continuar passando por isso na minha vida, tendo por perto uma pessoa que desconfia do meu caráter. Você nunca confiou em mim, sempre mexe em minhas redes sociais para saber com quem converso, faz essas palhaçadas, mas nunca achou nada. Sabe por quê? Porque eu nunca fiz nada de errado pra você desconfiar de mim!

— Não sei, não. Você se faz de certo, mas depois daquela vez que ficou conversando com aquela garota fiquei meio desconfiada de suas atitudes.

— Estou vendo que você não tem jeito mesmo. Já disse para fazer terapia com outro profissional, mas você não quis. Eu não posso fazer nada por você, pois sou seu namorado, mas já tentei te ajudar de todos os jeitos e você nunca quis. É melhor acabarmos tudo.

— Como assim, Robert? Ficou maluco? Você está com problema!

— Quem tem problema aqui é você. Por hoje já chega! Tentei levar nosso relacionamento para a frente o máximo possível, tentei de tudo, mas você nunca quis ser ajudada. Nosso relacionamento se desgastou e acaba hoje. Vai seguir sua vida, que eu vou seguir a minha. Nosso namoro já deu o que tinha que dar!

— Não, Robert, você está nervoso. Eu te amo e você me ama também!

— Acabou de vez. Chega! Siga a sua vida e seja feliz. Já te perdoei aquela vez, mas você fez novamente, então acabou.

Esthefany começa a chorar e diz:

— Não, Robert, não faça isso. Eu te amo! Não quero que o nosso namoro acabe.

— Não tenho mais o que falar, não quero mais, isso não vai fazer bem a ninguém. Por favor, está tudo acabado entre nós. Agora é melhor você ir embora.

— Não, Robert, eu não quero terminar nosso namoro. Por favor, não faça isso. O que nós vivemos todo esse tempo foi em vão?

— Não, Esthefany, só que tudo tem um tempo, e eu lutei o máximo que pude por esse relacionamento. Infelizmente não deu certo, mas você vai arrumar uma pessoa que a ame também, e eu vou seguir a minha vida, sem ressentimentos de você... juro que vou guardar só as boas lembranças, mas agora é melhor ir embora e pensar no seu futuro.

— Já que você quer dessa forma, Robert, tudo bem, não vou discutir mais. É melhor deixarmos dessa maneira, não vou ficar implorando amor de sua parte. Seja feliz, então, mas eu juro que nunca vou te esquecer.

Com isso, Esthefany arranca de seu dedo a aliança de compromisso, joga no chão, sai do consultório batendo a porta da recepção, entra no carro e sai acelerando.

Robert, em um sussurro, diz para si mesmo:

— Vai ser melhor assim, vai ser melhor assim.

****

No grande dia de sua premiação, Robert está na festa com seus amigos e sua mãe. Seu tio Carlos não pôde estar presente por causa de uma viagem de última hora, mas tudo correu bem, pois Robert está comemorando seu aniversário também, muito feliz por estar com quem ele ama, sua família e seus amigos.

De repente, no meio da festa, seu telefone toca e ele atende. Era o presidente do Hospital Albert Einstein.

— Alô, quem fala?

— Robert, sou eu, seu grande amigo Alfredo!

— Puxa vida, como não reconheci sua voz, Alfredo? Como você está, meu amigo?

— Opa, eu estou bem. Estou ligando para parabenizar pelo grande dia. Depois desses anos todos de pesquisa e dedicação, eu, que acompanhei toda essa trajetória de seu doutorado, sei que foi intenso. Fiquei chateado por não poder estar presente por conta de alguns imprevistos aqui no hospital. Gostaria de estar aí comemorando essa grande conquista e quero parabenizá-lo novamente por ser esse grande profissional que você é, além de um grande ser humano.

— Nossa, Alfredo, estou sem palavras para agradecer. Metade de toda a inspiração para fazer esse trabalho devo a você, que sempre me incentivou em toda a minha carreira, me deu força para começar e me ajudou me indicando para pacientes. Sou muito grato a Deus por ter colocado pessoas como você em minha vida, só tenho a agradecer por tudo.

— Robert, não é nada que você não mereça. Sempre te tratei como filho. Sua personalidade e seu coração enorme sempre foram essenciais para você ter chegado aonde chegou.

Alfredo foi a peça essencial para a carreira de Robert. Seu primeiro estágio como psicólogo foi no Hospital, onde eles se conheceram e tornaram-se amigos. Alfredo foi quem influenciou Robert a fazer doutorado, pois, depois que Robert se formou, ele ainda trabalhava no hospital, até conseguir abrir sua clínica; sempre indicou as pessoas para Robert porque acreditou no trabalho que ele fazia, confiava no seu profissionalismo e em sua pessoa. Esse elo entre eles é grande, e o que mais sente por Alfredo é gratidão.

Alfredo continua falando para Robert.

— Robert, como eu não pude ir na sua festa, passe amanhã no hospital para conversarmos. Vamos sair para um happy hour, afinal, amanhã é seu aniversário ainda.

— Opa, com certeza, doutor. Vamos colocar o papo em dia e sair para aquele happy hour.

— Tudo bem, Robert, combinado. Passe aqui amanhã.

— Ok, passarei, sim!

— Aproveite a festa por mim, então, já que não pude estar presente.

Robert dá risada e diz:

— Tudo bem, Doutor Alfredo, pode deixar que eu vou aproveitar!

Alfredo dá risada e se despede:

— Tudo bem, Robert, um grande abraço!

— Abraço, doutor, até mais.

Capítulo 12

Um dia todos se vão

Margarete chega ao hospital, desesperada para saber como está seu filho. Logo encontra Frank na sala vip de espera e o abraça, perguntando:

— Frank, alguma notícia de nosso filho?

— Ainda não, Margarete. Ele está na sala de cirurgia ainda, faz apenas quarenta minutos que ele entrou.

— E onde está Mary?

— Ela foi na cantina comprar um suco.

— Robert, estou muito preocupada com nosso filho. Fiquei muito chocada ao receber a notícia do que havia acontecido com ele.

— Eu também fiquei muito preocupado quando a Mary me ligou, larguei tudo e vim correndo para cá.

— Eu já tinha acordado mal hoje, minha pressão não estava boa e estava com uma dor no peito. Passei mal em casa, quase desmaiei... graças a Deus que Bernadete estava lá, me socorreu e chamou o Doutor Marcelo para me atender. Depois disso tudo, veio essa notícia trágica desse acidente. Realmente fiquei sem chão, tive que tomar uns calmantes para aguentar tudo isso, mas agora estou melhor.

— Que bom, Margarete. Cuide de sua saúde para que não fique doente, pelo amor de Deus.

— Pode ficar tranquilo, Frank.

Passando-se alguns minutos, o celular de Frank toca, era sua noiva, Susie.

— Alô, Susie!

— Sou eu, meu amor. Fiquei sabendo que você saiu da empresa com muita pressa para resolver alguns problemas familiares. O que aconteceu?

— Meu anjo, aconteceu algo terrível...

— O que aconteceu?

— Meu filho sofreu um acidente, e estou aqui no hospital acompanhando sua cirurgia.

— Cirurgia? Foi tão grave assim?

— Foi sim, Susie. Ele está na UTI, estou muito preocupado.

— Meu Deus, mas como aconteceu esse acidente?

— Você lembra daquele teste que eu te contei que ele ia fazer no Santos?

— Lembro, sim, porque aquele dia que ele veio jantar conosco estava comentando sobre esse teste.

— Então, hoje era o dia que ele deveria ir para Santos fazer o teste. Os candidatos foram em um ônibus, junto com toda a equipe, mas, durante a viagem, um carro entrou na contramão e acabou batendo na lateral do ônibus, que se desgovernou e despencou ladeira abaixo, e Victor ficou gravemente ferido.

— Nossa, amor, estou chocada com isso tudo. Eu lembro que ele estava muito contente com a oportunidade de fazer o teste dos sonhos.

— Pois é, mas ele vai sair dessa. Tudo vai dar certo, se Deus quiser.

— Vai sim, amor. Eu vou me arrumar e já vou para aí, não posso deixar você sozinho nessa situação, você precisa de mim.

— Tudo bem, Susie. Estou mesmo precisando de você.

— Tudo bem, amor, já estou indo. Beijo.

— Beijo, meu anjo.

Priscila está na cantina com Mary tomando um suco e conversando.

— Mary, não fica assim. Vai dar tudo certo, acredite.

— É o que eu penso, Priscila. Se Deus quiser, Victor vai sair dessa. Ele é forte.

— Vai, sim, amiga.

O celular de Mary começa a tocar, era Gessy ligando para saber sobre o acidente de seu irmão.

— Oi, Gessy.

— Oi, Mary. Fiquei sabendo que seu irmão sofreu um acidente. É sério isso?

— Sim, Gessy, é sério.

— Nossa, que tenso... minha mãe me contou que ela ficou sabendo porque tinha ligado para sua mãe. Como foi o acidente, Mary?

— Então, hoje era o dia que ele iria para Santos fazer o teste. Foi em um ônibus com os amigos, mas no caminho, um carro, com duas pessoas alcoolizadas, veio na contramão e bateu na lateral do ônibus. O motorista perdeu o controle e o ônibus caiu na ladeira do lado da rodovida, o que deixou Victor gravemente ferido.

— Que tenso. Sempre acontecem coisas assim por causa de motoristas que cometem o erro de beber e dirigir. Quando saímos, sempre vamos de táxi para poder beber, mas não são todas as pessoas que têm bom senso.

— Verdade, Gessy.

— Mas você está bem, Mary?

— Estou no hospital, ele está fazendo cirurgia agora, ainda vai demorar. Ele estava bem mal, sabe? Eu estou preocupada com isso, mas vai dar tudo certo, se Deus quiser.

— Vai dar, sim, o Victor é forte. Eu vou aí para fazer companhia para você. Está sozinha?

— Obrigado, Gessy. Estou com a Priscila, coitada, ela ficou o dia inteiro comigo acompanhando tudo isso.

— Então daqui uma hora, no máximo, estou chegando, beleza?

— Obrigada, Gessy, mas não precisa. Você deve estar muito cansada.

— Que é isso, amiga? Amizade é pra isso mesmo. Estou indo para aí.

— Muito obrigada, Gessy.

— Então, fica assim, nos encontramos no hospital. Beijo.

— Ok! Beijo, Gessy, até mais.

Depois de desligar o telefone, Mary fala para Priscila:

— Pri, você devia ir pra casa tomar um banho, descansar, já que ficou o dia inteiro comigo.

— Não, Mary, não tem importância. Eu estou tranquila, pode ficar sossegada.

— Não, Priscila, você ficou o dia inteiro fora, deve estar cansada. Pode ir para sua casa descansar.

— Imagina, Mary, estou tranquila.

— Por favor, Priscila, você precisa descansar e fazer suas coisas também, já ocupou parte do seu dia comigo. Não sei nem como agradecer pelo que fez por mim. Muito obrigada, Priscila.

— Ah, mas você não vai ficar sozinha aqui?

— A Gessy falou que ia vir para cá daqui a pouco. Pode ficar tranquila, vai descansar!

— Então tudo bem, mas qualquer coisa me liga que eu volto.

— Tudo bem. Muito obrigada, amiga.

— Estou indo, então. Beijo, até mais.

— Beijo, até.

Susie chega no hospital e encontra Frank na sala de espera acompanhada de sua ex-esposa. Entra na sala e cumprimenta Margarete:

— Oi. Como vai, Margarete?

— Oi, Susie. Bem, bem, não estou, você sabe, né?

— Puxa, é difícil mesmo, posso imaginar!

Apesar da relação como atual mulher de Frank, Susie e Margarete sempre se respeitaram, nunca houve qualquer tipo de rivalidade. Susie entrou na vida de Frank após o divórcio, a separação deles foi por motivos pessoais, pois eles já não se entendiam, então decidiram que a solução seria o divórcio. O processo só foi litigioso por causa da guarda dos filhos, porque Frank sempre quis ficar com eles, mas a justiça deu a guarda para a mãe. Ainda assim, Frank sempre esteve presente na vida dos filhos, independente de sua rotina de trabalho.

Susie cumprimenta Frank com um beijo e pergunta:

— Oi, amor. Como você está?

— Eu estou muito ansioso para ver meu filho bem logo.

— Vou deixar vocês a sós para conversarem, com licença — Margarete fala e sai da sala.

Frank e Susie continuam conversando.

— Ele vai ficar bem, amor. Vamos ter fé em Deus que tudo vai dar certo.

Gessy chega no hospital, encontra Frank saindo da sala de espera no corredor e pergunta a ele:

— Como vai, Frank?

— Estamos indo, pensando no caso do Victor.

— Eu entendo a preocupação que você tem com ele, Frank. Filho é filho, né? Sei que está sendo difícil para vocês esse momento.

— Pois é, mas temos fé de que tudo vai dar certo…

— É o que eu também espero, Frank. Logo que soube do ocorrido, fiquei muito preocupada. Vim aqui para fazer companhia para Mary.

— Ah, sim, obrigado, Gessy. Ela está precisando, está bem abalada com isso… sua companhia vai ser excelente para ela.

— Com certeza. O senhor sabe da consideração que tenho por ela e por todos vocês.

— Sim, Gessy, também tenho muita consideração por você, é como se fosse uma filha para mim.

Frank dá um abraço apertado em Gessy, e ela diz:

— Obrigada.

— Mas onde está a Mary?

— Ela estava na cantina do hospital. A Priscila acabou de ir embora, ela deve estar por lá ainda.

— Tudo bem. Vou lá ver se a encontro.

— Ok, vai, sim. Depois conversamos mais.

— Certo, até mais.

Gessy encontra Mary sentada em uma mesa na cantina do hospital e chama:

— Mary?

— Oi, Gessy. Tudo bem com você, amiga?

— Estou bem, Mary, e você?

— Eu estou bem preocupada com essa situação com meu irmão...

— É, amiga, é complicado isso... fiquei em choque quando soube do acidente.

— E eu minha mãe passamos mal. Sorte que a Priscila estava comigo na hora, se não eu estaria perdida.

— Que bom que a Priscila estava lá. Ela é muito parceira com a gente, muito gente boa. Mas onde ela está?

— Ah, mandei que fosse para casa. Ela ficou o dia inteiro comigo, achei que tinha que descansar. Ela não queria ir, mas insisti para que fosse... Coitada, ficou o dia inteiro me ajudando.

— Pois é, devia estar cansada mesmo. Eu não pude vir antes por causa das provas que tive hoje, me desculpe.

— Para com isso, Gessy, você sempre me ajudou em tudo. Se eu fosse te agradecer por tudo o que já fez por mim não teria como. Relaxa, meu, de boa... você sabe que é minha irmã, né?

— Ah, Mary, sempre tento ser útil para as pessoas. Eu é que devo agradecer por tudo o que sempre fez por mim, me ajudando em tudo. Você e sua família sempre me acolheram superbem, a consideração que tenho por vocês é infinita.

****

Robert chega no hospital para se encontrar com o Doutor Alfredo, então fala com sua secretária:

— Boa tarde, Daniela. Tudo bem com você?

— Oi, Robert. Tudo bem, e com você?

— Que bom. Eu estou bem também.

— Que bom.

— O Doutor Alfredo está por ai?

— Ele está, sim. Vou ligar para a sala dele avisando que você está aqui.

— Tudo bem, Daniela, obrigado.

Robert espera o Doutor Alfredo, enquanto Daniela diz:

— Robert, pode subir até o quinto andar, porque o doutor mudou sua sala.

— Ah, sim, tudo bem. Obrigado.

— De nada.

Robert chega no escritório do Doutor Alfredo e bate na porta, é recepcionado por ele e lhe dá um abraço.

— Robert, meu querido, tudo bem com você?

Robert, muito entusiasmado, bate em suas costas e fala:

— Tudo bem, doutor.

— Robert, já falei para você parar com essa mania de me chamar de doutor. Eu sou seu amigo, poxa, me chama de Alfredo.

Robert dá uma risada e diz:

— Mas você sabe, doutor, quer dizer, Alfredo, que é costume antigo. Prometo que vou tentar chamar você só de Alfredo.

— É doutor pra cá, doutor pra lá... Você não, né, Robert? Sabe que nossa amizade nunca precisou dessas coisas. Você é um grande parceiro e amigo.

— Eu que o diga, Alfredo, você sempre foi um grande amigo.

— Mas e hoje, quem está ficando mais velho? Estou vendo algo estranho em você?

— O quê?

— Tem algo em seu cabelo... estranho mesmo, está ficando branco.

— Ah, sério mesmo?

— Sério, rapaz, você está ficando mais velho.

Alfredo começa a rir muito vendo a reação de Robert diante da sua brincadeira e diz:

— Ver a sua cara de preocupação é o mais engraçado de tudo, você sempre cai nas minhas brincadeiras.

Então Robert começa a dar risada também, sem acreditar que tinha caído em mais uma brincadeira de seu amigo Alfredo.

— Você me paga. Eu acreditando que estava com cabelos brancos já...

Alfredo, dando mais risada ainda, diz:

— Você sempre cai, Robert, sempre cai nas mesmas brincadeiras que eu faço... Você é uma comédia!

— Eu? Você que sacaneia todo mundo nesse hospital. Desde que eu entrei no estágio ouvia falar da sua fama de ficar zoando todo mundo no hospital, mas depois que te conheci percebi que era pior do que contavam.

Os dois continuam a dar risada da conversa, mas lá embaixo o clima não é muito positivo por causa do garoto Victor. Durante a cirurgia, seu estado de saúde piorou mais ainda. No corredor, seu pai vê o coordenador do hospital passando e logo o aborda querendo saber notícias:

— Doutor, por favor, como está a cirurgia do meu filho? Está demorando. Pelo amor de Deus, me dê notícias dele.

— Estamos operando ainda, mas não posso te informar ainda sobre o estado de saúde dele, senhor Frank. Não tenho informações diretas para passar, mas cremos que tudo irá dar certo.

— Tudo bem, doutor. Estamos na expectativa, vamos aguardar.

— Ok, manteremos vocês informados sobre o estado do garoto.

Na sala de cirurgia, o Doutor Marcos, chefe da equipe, está operando Victor há seis horas. A situação é muito delicada e, de repente, ele sofre uma queda de pressão arterial seguida de uma parada cardíaca. O médico rapidamente fala para o assistente:

— Aplique adrenalina para ver se ele responde.

— Sim, doutor, já estou aplicando...

— Verifique a pressão dele.

— Não está respondendo.

— Verifique a pressão novamente. Vou injetar mais adrenalina para ver se responde.

A situação de Victor não é nada boa, parece que o menos esperado poderia acontecer.

— Pegue o desfibrilador, vamos ver se ele vai reagir...

— Está em mãos.

O Doutor Marcos aplica o choque em seu peito uma vez.

— Um, dois, três. — Dá a primeira descarga.

Sem resultados, tenta de novo.

— Um, dois, três. — Segunda carga.

Ainda sem resposta de Victor, tenta uma terceira vez.

— Um, dois, três. — terceira carga.

Mesmo assim, nada acontece.

— Verifiquem os batimentos cardíacos, como estão?

— Nada, doutor.

Novamente, ele tenta reanimá-lo, mas parece que está sendo em vão. O médico começa a perder a esperança de uma evolução do garoto, mas ainda tenta reanimá-lo.

— Aumente a potência da desfibrilação, ok?

— Ok.

— Um, dois, três. — Mais uma tentativa...

Depois disso, só se ouve um bipe contínuo da máquina de batimentos cardíacos avisando que Victor já não estava mais naquela mesa cirúrgica, ele se foi. Doutor Marcos observa com pesar a situação: Victor se foi, não resistiu à cirurgia. Por mais profissional que Marcos fosse, é impossível não se sensibilizar com esse fato; ele nunca tinha perdido um paciente, ainda mais uma criança. Isso o sensibilizou, e foi realmente triste para ele e toda a sua equipe. Agora seria a parte mais difícil, avisar a família sobre o óbito do garoto.

Na sala do Doutor Alfredo, ele ainda estava conversando com Robert, de repente o telefone toca e ele atende.

— Pode falar, Daniela.

— Doutor Alfredo, aconteceu algo com a equipe do Doutor Marcos.

— Pode falar, estou ouvindo.

— Você lembra daquele garoto que sofreu uma acidente de ônibus, que chegou em estado grave no hospital?

— Sim, eu lembro.

— Então, durante a cirurgia ele não resistiu e veio a óbito.

— Nossa, Daniela, é lamentável. Quem são os pais do menino?

— Você se lembra daquele colega nosso do hospital, o Sr. Frank?

— Frank? Nossa, sério? Não estou acreditando que era o filho dele... Estou realmente chocado com isso. É um grande amigo, um cara que sempre estava conosco em eventos e outras coisas. Lamentável mesmo! Ele está no hospital?

— Sim, doutor, ele e toda sua família.

— Meu Deus, fale para o Doutor Marcos que eu mesmo irei falar com eles. Será melhor eu dar a notícia e confortar a ele e sua família.

— Tudo bem, vou avisar o Doutor Marcos.

— Tudo bem, Daniela, muito obrigado.

Robert logo pergunta a Alfredo.

— O que aconteceu, Alfredo?

— Algo lamentável. Um garoto de onze anos acaba de morrer aqui no hospital, além disso era filho de um amigo que sempre estava conosco nos eventos e tudo mais, o Sr. Frank. Gosto muito dele, é um cara gente boa, mas dar essa notícia para ele não vai ser nada fácil. Não há quem não se sensibilize com a situação...

— Pois é, Alfredo, digo por experiências que vivenciei aqui no hospital: era difícil lidar com isso mesmo, ver pais perderem seus filhos, e filhos perdendo os pais. Como profissionais, somos obrigados a saber lidar com isso.

— Dar essa notícia a esse meu amigo vai ser meio difícil. Você sabe, né? Conhecer as pessoas muda a forma como vemos o momento de dar a notícia.

— Sim, quando são amigos e familiares, nós fazemos parte do momento, porque somos humanos também, sofremos e sentimos a dor como qualquer outro ser humano. Nessa hora, acabamos sendo mais humanos com quem amamos, seria impossível não ser.

— Com certeza, Robert, com certeza...

— Alfredo, se precisar de alguma ajuda minha para falar com a família ou algo assim, pode contar comigo.

— Ah, Robert, até queria, mas não dá. É melhor eu mesmo falar com eles. O afeto que sinto por Frank e sua família vai ajudar um pouco, mas vai ser muito difícil para ele, ainda mais que esse garoto era o caçula.

— Imagino, vai ser bem difícil aceitar de primeira toda essa situação.

— Me espere aqui que eu vou descer para falar com os familiares, tudo bem?

— Certo. Espero você por aqui, vai lá.

Alfredo desce e vai em direção à sala vip, mas, já no corredor, acaba encontrando Frank e vai em sua direção.

— Frank.

— Doutor Alfredo, como vai o senhor?

Alfredo queria ao máximo não deixar transparecer o que havia ocorrido com seu filho, por isso tenta disfarçar sua ansiedade em contar sobre a morte de Victor.

— Eu estou bem. Fiquei sabendo que o filho do senhor sofreu um acidente e estava em processo cirúrgico aqui no hospital.

— Sim, Doutor Alfredo, ele está na sala de cirurgia ainda... estou meio preocupado.

— Vamos até a sala vip, lá conversamos um pouco. Você está sozinho, Frank?

— Não, minha noiva, minha filha e minha ex-mulher estão aqui também.

— E onde elas estão?

— Minha noiva está na sala vip e minha ex-esposa saiu, mas já deve estar voltando, deve estar aqui no hospital mesmo. E minha filha está na cantina.

— Uhum, queria vê-las. Faz tempo que não vejo a sua filha, a última vez que a vi ela tinha quatorze anos.

— Vou ligar para ela vir até aqui.

Alfredo estava tentando ser natural para reunir a família e contar sobre a morte de Victor.

— Tudo bem, Frank.

Enquanto Frank liga para Mary, Margarete aparece na sala e cumprimenta o Doutor Alfredo:

— Oi, doutor. Quanto tempo.

— Quanto tempo mesmo, Margarete. Como você está?

— Estou desesperada pelo que ocorreu com meu filho.

— Fiquei sabendo, mas não sabia que era o filho de vocês. Fiquei chocado quando descobri.

Mary chega na sala com sua amiga Gessy e logo seu pai diz:

— Filha, esse é o Doutor Alfredo, lembra dele?

— Ah, lembro, sim, mas faz tempo que não o vejo.

Alfredo logo responde:

— Nossa, como você cresceu, mocinha. Está com quantos anos?

— Eu fiz dezoito anos há dois meses.

— Que bacana. Eu fui convidado para seu aniversário, mas estava em Londres.

— Que pena você não ter comparecido, foi o melhor aniversário que tive.

— Seu pai comentou comigo em um dia em que nos encontramos na padaria que você tinha amado a festa.

— Foi muito boa.

— E essa que está com você, é sua irmã?

— Bom, ela é uma amiga-irmã — Mary diz isso e sorri.

Logo Frank completa:

— Ela é minha terceira filha, Alfredo, nós a consideramos muito.

— Que bom que sua família é assim, unida.

No meio da conversa, Mary indaga Alfredo.

— Doutor, como está o estado do meu irmão? Ele está bem já?

Alfredo pensa: *Agora é a hora de me posicionar e falar a verdade sobre o ocorrido. Não vai ser fácil, mas tem que ser agora.*

— Bom, Mary, justamente por isso vim aqui.

Logo o semblante de Alfredo começa a mudar para uma expressão mais séria.

— Então nos diga, como ele está?

Mary não esperava essa triste notícia, ninguém esperava ou imaginava que eles iam ouvir isso. Não seria nada fácil suportar a dor da perda.

— Foram seis horas de cirurgia, tudo muito delicado, pois ele teve várias fraturas no corpo. O que tenho a dizer a vocês é que Victor não resistiu e veio a falecer.

Nesse momento, todos ficam em choque. Mary é a primeira a começar a chorar; Margarete entra em estado de total pânico e começa a chorar descontroladamente; Frank fica sem reação e logo recebe o abraço de seu amigo Alfredo, mas logo começam a escorrer lágrimas dos seus olhos, e ele aperta fortemente Alfredo, inconsolável pela perda de seu filho. Alfredo se emociona também, era impossível não sentir a dor do luto de um amigo, então ele diz a Frank:

— Você aguenta, amigo, você vai aguentar. Eu sei que vai superar...

Frank fica sem palavras e continua abraçado ao amigo e diz:

— É difícil, é difícil... meu mundo está acabando, estou sem chão!!

— Força, amigo, força! Eu sei que é difícil para você, mas estou aqui para o que precisar.

Susie, sua noiva, com os olhos marejados e com a mão no rosto sente a dor de Frank e sua família.

Mary começa a chorar muito, e Gessy a abraça e as duas choram juntas. Gessy, então, diz:

— Força, amiga, força! Deus vai te consolar, essa dor vai passar. Ele está agora nos braços de Deus. Tudo isso vai passar!

Margarete passa mal por causa de sua pressão e acaba desmaiando, logo entram na sala duas enfermeiras para ajudar Margarete e medicá-la. Ela está muito mal depois dessa notícia da morte de seu filho, a família inteira está sem chão com a morte do menino.

Com a situação se acalmando, Alfredo diz para Frank:

— Frank, vou estar disponível para o que precisar, para ajudar você e sua família. Pode contar comigo, meu irmão.

— Agradeço muito, Alfredo, pela pessoa que você tem sido, muito obrigado. Mas agora vou ter que arrumar as coisas para o velório de Victor. Não estou acreditando, ainda parece que algo rasgou a minha alma ao meio.

— Te entendo, Frank — disse Alfredo, triste. — Vou mandar o hospital providenciar tudo para você e sua família com agilidade para ser mais rápido a liberação do corpo, ok?

— Tudo bem, Alfredo, agradeço novamente pela sua atenção.

Alfredo sai da sala e passa a mão em seus olhos para secar as lágrimas. Ele sempre tinha a postura de um homem meio racional nessas situações, mas com seu amigo sofrendo, era impossível não sentir a emoção de se colocar na situação do outro. Logo ele volta para sua sala e encontra Robert esperando-o no sofá, assistindo TV. Robert pergunta:

— Como foi, Alfredo?

— Foi difícil, pois ele é um grande amigo que eu sempre encontrava nos eventos e no clube de golfe. Ele está sem chão e sua família também está bem abalada.

— Imagino como deve ser perder um filho de onze anos, os pais devem estar inconformados com a notícia. Vai ser difícil assimilar a realidade.

— Pois é, Robert, é realmente bem difícil.

— Mas e você vai querer ir no churrasco hoje ainda?

— Vou, Robert, com certeza. Me desculpa por não termos ido para um happy hour, mas esse imprevisto foi complicado, ainda mais que era filho de um amigo. Se fosse outra pessoa, pedia para o vice-diretor quebrar esse galho para mim, mas enfim…

— Que é isso, Alfredo. Eu entendo perfeitamente, não esquenta com isso.

— É seu aniversário, não posso me abalar a ponto de não poder participar. Aliás, não podemos deixar as coisas nos abalarem, por mais difíceis que sejam, porque faz parte da nossa profissão lidar com isso, você como psicólogo e eu como médico… conhecemos essa realidade.

— Sim, eu perguntei por ser um amigo seu também.

— Não se preocupe, já pedi para a equipe agilizar o processo e dar apoio total a eles. Amanhã vou no velório prestar minha homenagem à família, pode ficar tranquilo, Robert. Hoje a festa é sua, vamos comemorar.

— Com certeza! Agora vou falar com o Fred, ele já está agilizando a compra dos ingredientes para o churrasco. Falando nisso, vou indo para ajudá-lo na preparação. Aguardo você lá em casa, ok?

— Pode me aguardar que eu vou, nem que chova canivete com granizo, eu vou! — Alfredo diz isso e dá risada.

— Tudo bem, vou te esperar, sim! — Robert responde, rindo. E completa, já próximo à saída — Então, fica assim, nos encontramos lá em casa. Até mais.

— Até mais tarde, se cuida.

Capítulo 13

Acaso ou destino?

Robert sai andando pelo corredor, verificando a mensagem que seu amigo tinha enviado, de repente um homem sai de uma sala às pressas, com um copo de água na mão, meio aflito, com o semblante muito triste, e não vê Robert, se chocando contra ele, o molhando e derrubando seu celular no chão. Assim que percebe o que aconteceu, o homem olha para Robert espantado e diz:

— Me desculpa, moço. Não sei onde estou com a cabeça, me desculpa...

Ele rapidamente pega o celular de Robert no chão meio molhado e continua dizendo:

— Molhei você, me desculpa. Veja se aconteceu algo com seu celular, se quebrou algo, que eu lhe pago outro... me desculpa!

Robert, vendo o desespero dele, entendeu que aquele homem estava totalmente sem chão, com os olhos cheios de lágrimas, então diz:

— Que é isso, senhor, fique tranquilo. Não aconteceu nada, eu estava distraído mexendo no celular e provoquei tudo isso. Peço desculpas pela minha falta de atenção, percebo que o senhor não está bem...

— Me desculpa novamente, eu te molhei todo — ele diz e oferece um lenço seco que estava em seu bolso. — Por favor, aceite, sua camisa está toda molhada.

Robert, muito calmo e entendendo a situação daquele homem, responde em um tom tranquilo:

— Fique tranquilo, por favor. Posso lhe ajudar? Percebo que o senhor está muito nervoso.

— Nossa, não sei nem como explicar...

— Como é o seu nome?

— Meu nome é Frank.

— Prazer, Frank, meu nome é Robert. O senhor precisa se acalmar, o que está acontecendo?

— Estou sem palavras para descrever, acabei de perder um filho em uma cirurgia — ele fala, mas começa a chorar.

Robert, sem reação, dá um abraço apertado no homem e o deixa chorar em seus ombros. Depois, tira um lenço do seu bolso e lhe entrega para enxugar suas lágrimas. Ele se esforça para conter as emoções, mas consegue administrar a situação, depois diz:

— O senhor está sozinho aqui no hospital?

— Não, minha família toda está aqui. Eles estão na sala de espera, eu estava levando água para minha filha, que está bem abatida com a morte do irmão.

— Entendo. O momento do luto é bem difícil, eu já passei por isso com a morte de um amigo-irmão em um acidente, foi muito difícil para mim...

— Meu filho também morreu em um acidente de ônibus, ele estava indo para um teste de futebol, era o sonho dele.

— Estou sem palavras, mesmo. O senhor é pai, a dor deve ser grande...

De repente, no corredor, aparece a noiva de Frank, que vem na direção deles e diz:

— Frank, estava preocupada com você, achei que tinha acontecido algo.

— Aconteceu, sim. Eu estava saindo dessa sala com um copo de água para levar para Mary e acabei trombando nesse rapaz que estava passando pelo corredor, derrubei água nele e seu celular. Agora estávamos conversando...

— Nossa, Frank...

Frank, então, apresenta sua noiva para Robert.

— Robert, essa é minha noiva, Susie.

— Prazer, Susie, meu nome é Robert. Estava conversando com o senhor Frank, meus sentimentos a toda a família — Robert responde educadamente.

— Percebi que sua camisa está meio molhada mesmo.

— Fique tranquila, essas coisas acontecem.

— Amor, vamos, temos que resolver o procedimento de liberação — Susie fala para Frank.

— Ah, sim. Antes, deixa eu me desculpar com o rapaz — fala para a noiva e emenda, virando-se para Robert. — Me desculpe novamente pelo ocorrido, gostei muito de falar com você.

— O prazer foi todo meu. Meus pêsames a você e toda sua família, espero que consigam superar esse momento difícil — Robert diz com sinceridade e abraça Frank e Susie e completa. — Meus sentimentos, sejam fortes. Que Deus abençoe vocês.

Frank segue seu caminho para resolver a burocracia que falta e fica pensando o quanto aquele rapaz foi simpático e atencioso com ele. Frank ficou surpreso pelo acolhimento em um momento tão difícil, aquele abraço foi diferente, nunca tinha recebido um abraço tão espontâneo.

Robert, já no carro, fica pensando no que tinha acontecido entre ele e Frank no hospital, mas, ao mesmo tempo, sentindo algo que não conseguia descrever. *Foi tão diferente a reação daquele homem, o jeito com que ele me abraçou foi tão intenso. Não sei como explicar isso.*

Mais tarde no mesmo dia, todos os convidados de Robert estavam em sua casa para o churrasco. Ele já tinha uma casa em um condomínio de chácaras, mas ainda morava com sua mãe, já que a chácara servia para festas e eventos comemorativos, pois ele não gostava de morar sozinho. O local era bem aconchegante, com campo de futebol, piscina e área para churrasco. A vida de Robert tinha se tornado muito diferente daquela infância sofrida quando passou muitas necessidades financeiras e pessoais. Ele já havia superado todo esse passado, ainda mais com a posição social que tinha conquistado ao longo dos anos; ele agora podia ter uma vida tranquila graças ao seu trabalho como palestrante e psicólogo clínico. O que permitia que ele ganhasse muito dinheiro eram as palestras, que pagavam muito bem, o que demonstra que Robert deu a volta por cima em pouco tempo, como se ele fosse predestinado ao sucesso.

Alfredo chega na festa de Robert, que estava muito feliz pelo aniversário. Conversa vai, conversa vem, até que Robert comenta sobre o que aconteceu no hospital à tarde.

— Alfredo.

— Fala, Robert.

— Lembrei há pouco sobre uma coisa que aconteceu no hospital hoje. Sabe quando eu estava indo embora, logo depois que me despedi de você?

— Sim, o que aconteceu?

— Eu estava no corredor, indo para o estacionamento, e você não sabe o que aconteceu…

— Fala para mim.

— Eu estava mandando mensagem para o Fred pelo celular, sobre o churrasco e tal, quando um homem, com um copo de água na mão, trombou em mim e quase molhou minha camisa inteira. Ele estava bem abatido, então a primeira coisa que fiz foi falar com ele, perguntar se ele estava bem, foi aí que me surpreendi…

— Com o quê?

— Você lembra daquele seu amigo para quem você teve que dar a notícia de que o filho dele faleceu?

— Sim, sei.

— Então, foi com ele que aconteceu tudo isso. Ficamos conversando, mas ele começou a chorar e eu acabei o abraçando, dando uma força para ele. Depois apareceu a noiva procurando por ele. Conversei com ela também, ele me apresentou.

— Nossa, Robert, é ele mesmo, o Sr. Frank ...

— Então, ele parece ser um cara gente boa, mas estava realmente sem chão. Foi difícil, parecia que eu estava sentindo a dor dele, e nunca senti algo tão profundo em um abraço. Foi incrível, Alfredo, parecia que o cara transmitia algo da alma, me segurei para não chorar junto com ele. O que mais me deixou pensativo foi como me senti diferente; eu já lidei com muitos casos assim, e fui me acostumando com essas situações. Você lembra nos estágios iniciais no hospital que o que eu mais fazia era falar com familiares? Mas com ele foi diferente, não sei explicar o que aconteceu, mas foi bacana conhecê-lo, apesar de ser em um momento tão difícil para ele. Fiquei pensando nisso, como pode ele, ao mesmo tempo, sentir a dor da perda de um filho e passar algo tão verdadeiro.

— Pois é, Robert, tem dias que parece que estamos mais sensíveis e sentimos a dor do outro. Aliás, falando nisso, amanhã vou comparecer ao velório do filho dele para prestar minhas homenagens a ele e a toda sua família.

Capítulo 14

A dor da separação

Toda a família de Frank estava em luto, não seria fácil enfrentar a triste realidade da perda de um ente querido. Apesar de tristes, todos estavam prontos para ir para o funeral que ia acontecer logo pela manhã, mas Mary era a que estava mais abalada, não queria acreditar e ainda estava em estado de choque em relação à morte de seu irmão. Ela queria ficar em casa mais um tempo, mas seu pai diz:

— Mary, por favor, vamos.

— Pai, eu não quero ir, não quero... Eu não estou bem.

— Eu também estou muito abalado, não tenho chão, e sei que todos nós estamos assim, sentindo muita dor por esse acontecimento.

Frank dá um abraço em Mary e a incentiva a ir:

— Vamos, Mary. Nessa hora temos que ser mais fortes e unidos ainda.

Toda a família estava vestindo preto para ir ao funeral de Victor, onde esperariam a chegada do seu corpo.

Na chegada, estava toda a família de Mary e suas duas amigas inseparáveis, Gessy e Priscila, que estavam lá para apoiá-la nesse momento tão difícil. Quando chega o caixão de Victor, os funcionários arrumam tudo e abrem a tampa; nesse momento, sua mãe, desesperada, começa a chorar inconsolavelmente, dizendo:

— Meu filho, por que você se foi? Eu não acredito nisso.

Frank é abraçado por sua noiva e começa a chorar, Mary e suas amigas também choram inconsolavelmente. Algum tempo depois, chegam amigos e parentes de Frank e sua família, amigos do exterior também vieram para prestar solidariedade.

Esse dia triste é um daqueles dias que ninguém gostaria de passar na vida, um dia que eles queriam esquecer, mas lembrar das coisas boas que Victor deixou, aquele menino alegre, feliz, solidário.

Era chegada a hora da despedida, ao final da tarde, por volta das cinco horas, quando aconteceria o enterro. Não seria fácil a família encarar esse momento. O enterro seria no cemitério Recanto da Saudade, onde também estava ocorrendo o velório. Quando o caixão de Victor é fechado e todos seguem em direção ao túmulo, Mary está abraçada com o pai, chorando,

Frank também está abatido, como toda sua família. Neste momento, começa a última homenagem; ouve-se o som de trombetas e logo começam a enterrar o menino. A mente de Frank fica vazia, ele não acredita realmente que está vivendo tudo aquilo; Margarete, à base de calmantes, está mais tranquila nesse momento. O dia que nunca imaginariam viver estava acontecendo, mas a esperança de dias melhores estava presente, pois eles nunca entenderiam o que a vida ainda tinha reservada para eles, principalmente para Mary e Frank.

Capítulo 15

Perdendo o sentido da vida

Após quatro meses, Mary ainda não conseguiu se recuperar do luto, se tornando uma menina triste, solitária, apesar de sua família e amigos estarem junto. Esse sentimento era pior, uma solidão na alma, um buraco imenso provocado pela perda do irmão; as coisas simples da vida haviam perdido o significado e tudo começou a se somatizar com problemas e traumas passados. A morte do seu irmão foi apenas uma válvula por onde saíram os problemas, por isso ela se sentia tão incapaz de superar o luto. Seu irmão era uma das pessoas que ela mais amava, e Mary já tinha perdido pessoas importantes de outras formas: primeiro, foi a separação de seus pais, que a tinha abalado muito durante a adolescência, pois ela não veria mais seu pai todos os dias; depois, veio o problema de seu primeiro namorado, uma pessoa por quem ela se apaixonou profundamente, mas a feriu com uma traição; agora a morte do irmão, que abriu a janela para saírem todos aqueles problemas mal-resolvidos. Todos aqueles fantasmas apareceram para amedrontá-la.

Frank estava levando a vida, mas sentia muita falta do seu menino. Ainda assim, sua maior preocupação era com sua filha, que ainda estava muito triste pela morte do irmão; não saía de casa, tinha pouca disposição para ir à faculdade, estava indo mal em quase todas as matérias, só queria ficar em seu quarto. Tudo era um sacrifício para ela, até o que ela mais gostava de fazer, sair com as amigas, não fazia mais.

Em um domingo, Gessy liga para Mary para tentar convencê-la a sair:

— Oi, Gessy. Tudo bem com você?

— Eu estou bem, e você, amiga?

— Ah, eu estou daquele jeito sabe, tentando me animar para essa vida, mas não tenho vontade de fazer nada… só fico pensando em tudo.

— Amiga, você tem que melhorar. Eu vou ir aí para irmos no shopping. Não faz bem ficar trancada no quarto, você tem amigos e família que se preocupam com você, e eu estou aqui sempre que precisar. Quero você bem, por favor, entenda.

— Obrigada, Gessy, mas não sei ainda… está muito difícil.

— Eu vou na sua casa, Mary, para conversarmos, ok?

— Tudo bem, Gessy, estou esperando você.

Gessy vai na casa de Mary para fazer companhia e tentar animá-la, convencê-la a sair um pouco com as amigas para sair dessa crise de tristeza. Quando chega na casa de Mary, Margarete abre a porta e a cumprimenta.

— Oi, Gessy, como vai?

— Tudo bem, senhora Margarete. E você, está melhor?

— Sim, estou melhor. Ainda aprendendo a lidar com tudo isso, mas tenho recebido a graça de Deus para superar. Não é nada fácil, sinto muita falta dele ainda, mas me preocupo com Mary, que está bem abatida ainda.

— Sim, Mary está bem triste mesmo. Vou falar com ela para ver se consigo convencê-la a ir comigo no shopping, passear um pouco, se distrair, sair desse aprisionamento.

— Nossa, Gessy, se conseguir fazer isso já é um grande passo. Ela só fica no quarto, come e volta para lá, realmente está me preocupando.

— Pode deixar, Margarete, vou falar com ela.

— Por favor, Gessy. Agradeço sua ajuda! Ela está no quarto, pode ir lá.

— Ok, muito obrigada.

Gessy chega no quarto de Mary e bate na porta.

— Mary, sou eu, Gessy.

— Ah, sim, Gessy, pode entrar.

— Oi, amiga, como você está?

— Ah, estou bem, eu acho. Estou de boa aqui no quarto, fico assistindo seriados aqui, estou tranquila.

— Uhum, sei. Você quase não foi na faculdade essa semana, Priscila me contou sobre isso.

— Ah, só não estava a fim de ir…

— Você está me preocupando desse jeito. Não sai mais, não tem vontade de fazer mais nada… Precisa de ajuda!

— Gessy, eu estou bem, só quero ficar na minha, de boa…

— Mas não hoje, porque você vai sair comigo. Vamos no shopping fazer compras, tenho que comprar algo para a minha mãe que faz aniversário amanhã.

— Ah, não sei, não, Gessy.

— Eu vim aqui contando que você iria comigo. Vai fazer isso por mim, não vai?

— Ah, Gessy, Gessy… o que você não pede chorando, que eu não faço sorrindo? Tá bom, mas só vou porque insistiu.

— Agora, sim, garota, vamos lá.

— Tudo bem. Só vou tomar banho e trocar de roupa porque estou de pijama o dia inteiro... olha minha situação.

— Tudo bem, Mary, espero você se arrumar para irmos.

— Ok, vai ser rápido, não esquenta.

— Relaxa, eu vou ali na sala te esperar, vou conversar com sua mãe um pouco.

— Tudo bem, Gessy, fique à vontade.

Gessy se encaminha para a sala e encontra Margarete deitada em um dos sofás, e logo Margarete diz:

— Sente-se no outro sofá, fique à vontade.

— Obrigada, Margarete.

— E Mary, animou para sair com você?

— Ah, foi meio difícil, mas animou. Ela está bem abatida ainda, parece que vive aquele dia como se fosse hoje.

— Ah, Gessy, não foi fácil para ninguém, uma mãe enterrar seu filho é a pior coisa do mundo, mas estou superando. A Mary não está conseguindo, deve ser porque ela é muito nova e tudo isso a abalou mesmo.

— Pois é, a senhora, por ser mais madura, conseguiu administrar a situação, mas com a Mary é o contrário.

— Então, estava pensando em falar com o pai dela sobre procurarmos um terapeuta para ajudá-la nesse processo. Eu acho que seria muito bom para ela, se ela continuar assim vou tentar fazê-la começar uma terapia.

— Excelente ideia, Margarete, é muito bom. Eu já fiz um tempo de terapia e me ajudou muito a resolver problemas e conflitos que eu tinha comigo mesma. Vou conversar com a Mary sobre isso, vou dar essa ideia a ela.

— Faz isso mesmo, Gessy, pelo menos acho que já a deixa com uma visão mais tranquila sobre isso, ajuda a abrir mais seus horizontes, pois ela ouve bastante você.

— Pode deixar, Margarete, deixa comigo.

Mary aparece na sala com um novo visual e chama Gessy.

— Vamos, então?

Gessy, impressionada com o visual de Mary, diz:

— Nossa, amiga, você está linda, assim vai até arrumar um namorado nesse passeio no shopping, está arrasando! É assim que eu gosto de ver você, forte e linda.

Sua mãe, vendo como Mary estava, também ficou muito contente em vê-la.

— Nossa, filha, você está linda! Adorei como se vestiu, fico muito contente por você.

Para não perder a piada, Gessy completa:

— Aquela múmia que estava no quarto desapareceu.

Mary começa a rir e responde:

— Gessy, Gessy, você e suas piadinhas. Vamos agora?

— Vamos, sim.

Elas saem, se despedindo de Margarete.

— Mãe, estou indo.

— Beijo, filha, se divirtam e se cuidem.

— Relaxa, Margarete, está comigo, está com Deus. Beijo, até mais — Gessy responde por fim.

Com isso, as duas vão para o shopping fazer compras e passear, e tudo leva a crer que Mary estaria melhorando, mas nem todo sinal de melhora é real.

Enquanto isso, seu pai está vivendo normalmente, mesmo que ainda sinta a perda do filho consegue administrar sua vida, mesmo parecendo que os sentidos agora são outros. Frank não gosta de relembrar os momentos com Victor ainda, então, para ocupar sua mente, ele corre diariamente, hábito que não tinha antes. Além disso, sua vida mudou muito depois do ocorrido, agora ele a enxerga de outra maneira: valoriza mais a família, sua noiva e sua filha Mary; os momentos juntos passaram a ser mais frequentes, sem viagens rápidas e de última hora como era antes. Ele elegeu um diretor de confiança para a empresa, um funcionário que, desde o início, foi seu braço direito, para que o represente na maioria dos eventos e congressos, assim sua tranquilidade estava garantida.

No shopping, Mary e Gessy estão indo para a loja de sapatos. Gessy quer ver um sapato para a sua mãe, e elas acabam ficando por lá algum tempo, escolhendo. Então Gessy pergunta para Mary:

— Será que minha mãe vai gostar desse de bico fino?

— Ah, pelo que eu sei dela, ela gosta desse tipo de sapato. Este está muito bonito!

Gessy pergunta para a vendedora:

— Quanto está esse sapato?

— Ele está na promoção, deixa eu confirmar o valor.

— Tudo bem.

— Este está custando oitocentos reais. Ele estava mil e cem, mas com a promoção baixou trezentos reais. É um lindo sapato italiano, não faz um mês que chegou aqui na loja.

— Muito bonito mesmo, vou ficar com ele.

— É para você mesmo ou para presente?

— É para presente. Tem como embrulhar para mim?

— Com certeza, colocarei em um pacote bem bonito. Qual é a forma de pagamento?

— Vou fazer no cartão, à vista.

— Tudo bem.

Com a compra realizada, elas saem da loja e a vendedora se despede.

— Muito obrigada, volte sempre que precisar.

— Eu que agradeço — Gessy responde e se vira para Mary. — Vamos para a praça de alimentação comer algo?

— Ah, não estou com muita fome, mas vamos, peço algo leve para comer.

— Tudo bem. Vamos lá, então!

Enquanto estão comendo, Gessy fala sobre terapia com Mary.

— Mary, eu estava pensando: fiquei muito contente por você ter vindo comigo, ter se arrumado e ficado bonita para vir, isso aumenta sua autoestima. Apesar disso, percebo que não está cem por cento ainda, eu recomendaria um terapeuta, seria muito bom você ir. Digo isso porque eu já fiz terapia por um tempo, foi muito bom. O que acha sobre isso?

— Ah, Gessy, eu estou bem, para com isso. Você acha que eu estou ficando louca?

— Não, Mary, nada a ver. Terapia serve para você se encontrar novamente, dar um novo sentido à sua vida, você vai pensar totalmente diferente quando fizer. Eu tinha algumas questões pessoais e a terapia me ajudou a resolver tudo de uma maneira ótima. Você se encontra, é uma experiência muito boa.

— Ah, sei lá, as pessoas vão achar que eu estou ficando louca. Essa coisa de psicólogo me deixa meio assim, não fico tão à vontade.

— Para com isso, psicólogo nunca foi para louco. Todos nós precisamos fazer terapia, todos têm questões não resolvidas, e isso ajuda muito, ainda mais que você ainda sofre com a morte de seu irmão, sei que não foi nada fácil para vocês.

— Pois é, Gessy, eu luto ainda contra a saudade que tenho dele, ele faz muita falta para mim, mas nunca pensei em ir ao psicólogo.

— Então comece a pensar sobre isso. Você vai ver, vai ser muito bom.

— Hum, quem sabe.

****

Enquanto isso, a vida de Robert está cada vez mais corrida. Pacientes em busca de terapia entravam em contato com ele frequentemente, ele precisava até dispensar alguns casos por causa da grande demanda. Ele dá muita importância à qualidade no atendimento, por isso preferia estar com sua agenda sempre fechada para não ter que atender pessoas de última hora. Apesar da correria, ele está satisfeito com os resultados que vem obtendo em clínica com os pacientes, muitas pessoas evoluíram para melhor, muitas têm conseguido aumentar a qualidade de vida graças à terapia. Sua maior recompensa era ver a melhora de seus pacientes ao superar seus medos e traumas, era muito gratificante para ele, isso realmente não tinha preço.

Capítulo 16

Uma falsa melhora

Mary começa a voltar à sua rotina de vida. Nas aulas, ela começa a apresentar mais entusiasmo, sendo mais participativa na sala. Tudo se encaminha para sua recuperação e, aos poucos, é possível notar melhoras. Ela sai mais, mas ainda não está indo em festas como antes, desde a morte do irmão não saiu mais, nem com suas amigas. Quando tudo estava indo por um caminho melhor, ela passa por uma crise mais profunda de tristeza por uma coisa boba, uma briga com Gessy.

Mary ligou para Gessy convidando-a para irem a um clube.

— Oi, Mary.

— Oi, amiga!

— Fala aí…

— Vamos para o clube hoje?

— Vamos, sim. Que horas?

— Agora à tarde, às três.

— Beleza, combinado.

— Ok, Gessy, nos encontramos lá. Beijo, até mais.

— Beijo, até mais.

No horário marcado, Mary vai para o clube encontrar Gessy e passar a tarde conversando e curtindo, mas Gessy, por um imprevisto, não pôde ir, nem avisar Mary. Ela foi assaltada e levaram a sua bolsa, celular, tudo. Enquanto isso, Mary ficou sozinha no clube, esperando Gessy chegar, mas passa o tempo e ela não aparece. Mary tenta ligar para Gessy, mas ela não atende o celular, então, depois de uma hora e meia, Mary decide ir embora, chateada pela amiga não tê-la encontrado, pensando: *Que sacanagem da Gessy, combina, mas depois me dá um furo desses, que tratante essa menina.* Mal sabia o que ela havia passado no assalto no sinaleiro, perdendo tudo, fora o susto de ter que passar por isso. Gessy foi fazer um boletim de ocorrência, por isso não chegou a passar no clube. Logo depois, chegando em casa, Gessy liga para Mary para contar sobre o ocorrido, sem saber que Mary iria reagir daquela forma.

— Oi, Mary?

— Não é a Mary, não. É a sua amiga trouxa que ficou te esperando no clube igual a uma retardada — ela responde ironicamente.

— O que é isso, Mary?

— Ainda pergunta? Você me dá um furo, me deixa plantada igual a uma besta no clube, e ainda pergunta isso?

— Você não sabe o que aconteceu?

— Não quero saber, Gessy. Você é uma tratante, combina as coisas depois não vai. Fiquei plantada lá te esperando, puta que pariu, meu. Você pisou na bola!

— Mary, calma. Eu fui... — Quando Gessy ia contar o que aconteceu, Mary desligou o telefone em sua cara.

O clima ia ficar tenso demais, os comportamentos de Mary estavam muito diferentes ultimamente. Tudo levava a crer que ela estava melhorando, mas esse comportamento era preocupante, já que antes ela não era agressiva com seus amigos e familiares. Ela estava muito estressada, não deprimida como antes, até tinha brigado com sua mãe. Não tinha mais paciência, era outra garota, totalmente diferente daquela menina de antes.

Mary, quando foi conversar com Gessy, percebeu que estava de cabeça quente e resolve retornar a ligação para ela mais tarde, quando estiver mais tranquila.

— Oi, Mary. O que você quer?

— Vim falar com você, pedir desculpas pelo que fiz. Exagerei sobre uma coisa boba, nem quis saber por que você não tinha aparecido, fiquei sabendo depois que tinha sido assaltada. Foi mancada minha, me desculpa, Gessy, estava de cabeça quente e acabei descontando em você. Estou até com vergonha.

— Ah, Mary, tudo bem. Eu te desculpo. Você pisou feio na bola, mas deixa pra lá, espero que isso não se repita.

— Me desculpa mesmo, Gessy. Mas me conta, o que aconteceu no assalto? Depois que fiquei sabendo, fiquei preocupada com você.

— Então, eu estava no sinaleiro na rua Augusta, aí vieram dois caras em uma moto, eu estava com o vidro aberto e eles apontaram uma arma para mim pedindo tudo. Eu entreguei minha bolsa e o celular porque estava tudo junto, além dos cartões, cheques e um monte de coisas minhas, aí tive que ir na delegacia, ligar no banco para cancelar o talão de cheque e os cartões. Foi muito tenso tudo isso.

— Nossa, e eu achando que você tinha me dado o cano de propósito. Estou até me sentindo mal por isso, acho que não ando bem. Até pensei naquela sua ideia de ir no terapeuta, lembra?

— Sim, lembro. Vai, sim, Mary, vai ser muito bom para você, ainda mais do jeito que anda, está meio diferente ultimamente.

— Pois é, todo mundo que me conhece está falando a mesma coisa. Aliás, esses dias briguei com minha mãe por um motivo idiota.

— Então, Mary, eu acho que você precisa da ajuda de um terapeuta mesmo, vai gostar, isso eu te garanto.

— Ah, acho que vou atrás de um contato, mas não conheço nenhum profissional bom, estou sem referências.

— Ah, Mary, eu conheço uma terapeuta muito boa, eu gosto dela... ajudou muito meu pai quando ele teve depressão.

— Ah, bacana. Mas acho que não me sinto à vontade falando com uma mulher, sinto mais facilidade em falar dos meu problemas com um estranho que seja homem. Para mulher, a não ser você e minha mãe, não consigo contar, parece que me sinto insegura. Você não conhece nenhum terapeuta homem?

— Vixi, Mary, conhecer assim para te indicar, não, mas tem aquele superfamoso que atende aqui em São Paulo, um tal de Robert... O cara só atende pessoas da alta sociedade, a procura por ele é muito grande.

— Uhum, legal, Robert... vou tentar marcar algo com esse terapeuta aí.

— Tenta a sorte, porque ele deve ter muita gente para atender, mas vai que você consegue fazer terapia com ele.

— Vou falar com meu pai sobre isso, porque ele tem amigos médicos que conhecem pessoas da psicologia. Se não der com esse Robert, tento com outro mesmo... eles devem conhecer muitos terapeutas bons.

— Ah, com certeza, Mary, mas fico contente pela sua iniciativa de querer fazer tratamento.

— Com certeza. Mas, Gessy, vou ter que sair agora. Vamos fazer algo mais tarde?

— Vamos naquele shopping da zona sul, é muito bom.

— Vamos! Você passa aqui em casa ou eu passo na sua?

— Passa na minha, Mary. Te espero às seis e meia, pode ser?

— Pode, sim.

— Combinado, então. Liga para a Priscila para ver se ela quer ir com a gente. Faz tempo que não a vejo também.

— Ligo, sim, vai ser muito bom ela ir conosco.

— Beleza, combinado. Beijo, amiga, até mais.

— Beijo, até.

****

Frank vai visitar sua filha, toca a campainha da porta da casa e, em seguida, Margarete o recebe.

— Oi, Frank, tudo bem? Por favor, entre.

— Oi, Margarete, tudo bem, e com você?

— Estou bem, já me sinto melhor.

— Que bom. E a Mary, como está?

— Ah, Frank, ela anda meio diferente.

— Como assim? Ela anda meio triste, só no quarto, como antes?

— Nesse sentido ela melhorou, a Gessy a ajudou bastante a começar a sair mais, mas ela anda meio diferente, estressada, fora do comum.

— Deve ser por causa da faculdade.

— Não é. Essa semana tivemos uma briga porque não deu tempo de buscar umas coisas que ela tinha pedido, coisa boba.

— Agora eu desconfio que ela não esteja bem mesmo. A Mary não é assim. Vou falar com ela para ver se está tudo bem, se ela precisar de ajuda vou estar aqui.

— Vai ser bom, Frank, ela sempre te ouve. Conversa com ela para ver o que está acontecendo, pois essa semana ela também brigou com a Gessy.

— Nossa, com a Gessy? Por quê?

— Porque elas combinaram de ir para o clube, mas Gessy foi assaltada no sinaleiro e só ligou para ela depois. Mary foi muito intolerante com ela, não quis nem saber o motivo de ela não ter ido no clube.

— Aconteceu algo com Gessy?

— Graças a Deus, não, só roubaram o celular e a bolsa com cartão de crédito e talão de cheque.

— Ainda bem que o prejuízo só foi financeiro, Deus me livre acontecer alguma coisa. Mas é realmente preocupante isso que está acontecendo com a Mary, estou estranhando minha menina… para brigar com Gessy não deve estar muito bem.

— Pois é, eu também estranhei, elas que vivem grudadas…

— Falando nisso, onde ela está?

— Está no quarto dela, vai lá, só bater na porta.

Frank, então, vai no quarto da filha e bate na porta.

— Mary, é seu pai. Posso entrar?

— Pode sim, pai, a porta está aberta.

Frank entra no quarto e a abraça.

— Oi, filha, como você está?

— Oi, pai, eu estou bem, e o senhor?

— Estou bem também.

— Como andam as coisas?

— Ah, filha, um pouquinho, mas estou mais tranquilo ultimamente.

— Que bom, pai.

— E a faculdade, como está?

— Está tudo muito atribulado, mas além disso têm acontecido algumas coisas estranhas.

— Conta para mim. Você está saindo mais? Antes só ficava isolada no quarto, triste, eu estava preocupado com você!

— Aconteceram muitas coisas, briguei com a Gessy, depois briguei com a mamãe, enfim... estou meio chateada com isso, ando meio ansiosa e nervosa, sabe? Depois que o Victor morreu, nunca mais fui a mesma.

— Eu sei como foi difícil superar isso, ainda estamos superando, mas percebo que você está muito triste ainda... Precisa de ajuda.

— Acho que eu preciso mesmo. Conversei com a Gessy, ela me falou que seria muito bom eu procurar um terapeuta para me ajudar.

— Excelente ideia, filha, o que você precisar seu pai vai lhe ajudar. Quer realmente fazer um tratamento com um terapeuta?

— Quero, sim, mas não conheço os terapeutas da cidade. Liguei para um bem conhecido, o Robert, mas não consegui vaga, ele tem a agenda lotada.

— Posso falar com o Doutor Alfredo, ele conhece bons profissionais e indicará um ótimo, eu te garanto. Falo com ele e depois te passo o contato de um psicólogo, pode ser?

— Pode sim, pai.

— Então está bem. Vou ver se ligo ou falo com ele pessoalmente... ele é um grande amigo, nos ajudou no momento mais difícil pelo qual passamos. Com certeza vai indicar um bom profissional.

— Com certeza, pai.

— Então está bem, filha. Agora vou indo, pois tenho que resolver algumas questões da empresa. Passa lá em casa à noite se puder.

— Até gostaria de ir, mas já deixei combinado de sair com as meninas.

— Sem problemas. Você sabe que lá também é sua casa e pode ir quando quiser.

— Eu sei, pai, muito obrigada.

Frank dá um abraço e beija a filha.

— Estou indo. Quando eu conseguir falar com o Dr. Alfredo, te dou um retorno.

— Sem problemas, pai, tchau.

Capítulo 17

A verdade sobre o passado

Em um domingo à tarde, Robert está na casa de sua mãe almoçando. Toda a família está reunida conversando à mesa: seu tio; sua avó, que tinha vindo de Minas Gerais para visitá-los; sua mãe; e alguns sobrinhos, já que seu tio Carlos agora tem três filhos — o Pedrinho, de seis anos, Maicon com três e a recém-chegada à família, Isadora, de apenas dois meses de vida, uma gracinha.

A conversa estava boa, todos davam risada, principalmente seu tio Carlos, que sempre foi o mais engraçado da família e ficava contando piadas dos acontecimentos da vida e das pessoas. Até que sua avó fala sobre seu pai sem querer.

— Nossa, Catarina, como o Robert lembra o pai dele!

Catarina, no mesmo momento, fica sem jeito e, com um sorriso forçado, responde à sua mãe.

— Ah, sim. — Depois, tenta mudar de assunto. — Nossa, tenho que agilizar as coisas aqui.

Mas Robert percebe e fala:

— Nossa, vó, sério que eu me pareço com meu pai?

Catarina continua tentando desconversar.

— Filho, sua avó lembra pouco dele, ela o viu poucas vezes, foi mais por foto mesmo.

— A senhora nunca me mostrou foto do meu pai, quase nunca comentou nada sobre ele. Eu sei que ele morreu, mas você devia ter me contado mais coisas, não sei nada dele, nunca pesquisei nada, nem sei onde está enterrado.

Catarina, sendo forçada a falar sobre ele, diz:

— Ah, filho, perdê-lo foi complicado para mim. Na época em que ele morreu, ainda éramos namorados.

Mal sabia Robert que sua mãe preferia que ele tivesse morrido do que contar a ele que seu pai o abandonou, porque a dor que ela tinha sentido com a separação foi grande. Agora ela teria que contar a verdade para Robert, porque ele ia começar a questionar sobre o paradeiro dele, e Catarina carregava um peso na consciência por esconder de seu filho informações de seu pai. Robert não perguntava muito sobre isso, pois sempre acreditou que ele estivesse morto, mas agora que sua avó tinha comentado, tudo o que ela tinha enterrado seria descoberto, mas chegara o momento de Robert descobrir tudo, ou quase tudo.

— Mas já faz muito tempo, mãe, acredito que você já tenha superado isso… passaram vinte e nove anos já.

Sua avó percebe que não devia ter comentado esse assunto, mas agora não tinha como voltar atrás.

— Eu te conto, filho, mas não agora. Depois nós conversamos, ok?

Catarina fez isso para tentar se esquivar do assunto, mas de hoje não passaria, pois Robert estava focado em descobrir coisas de seu passado e de seu pai.

— Tudo bem, mãe, mas vou te cobrar. Pode ficar tranquila.

Depois disso, o assunto mudou, mas houve um olhar discreto de Carlos para Catarina, que significava mais do que palavras. Ele sempre foi a favor de que Robert soubesse de toda a verdade desde sua adolescência, mas Catarina achava muito difícil para seu filho compreender toda a história. Com o passar do tempo, ela começou a achar que não deveria contar, porque agora ele já era um homem feito, e isso nunca teve importância para ele. Pelo contrário, Robert sempre quis saber disso, e Carlos sempre dizia a Catarina para contar a ele sobre seu pai, pois quanto mais tarde, pior seria, mas ela discordava, mesmo sabendo que iria parecer como se ela quisesse ter privado Robert de saber o que era seu direito.

Mais tarde, Carlos fala com sua mãe.

— Mãe, vai ficar na minha casa hoje?

— Como eu estou a passeio, hoje fico na sua casa.

— Tudo bem, mãe, então vamos indo, já são cinco horas e tenho que fazer umas coisas lá em casa ainda.

— Tudo bem, filho, vamos indo.

Catarina se despede:

— Se cuida, mãe.

— Tudo bem, filha. Vou ficar uns dias na casa do seu irmão.

— Sem problemas, mãe.

Carlos se despede de sua irmã e diz no ouvido dela:

— Seu tempo está acabando.

— Eu sei, Carlos, eu sei… contarei para ele.

— Assim espero.

Carlos se despede de Robert.

— Até mais, Robert, se cuida.

— Fica tranquilo, tio, fique em paz.

Depois de todos irem embora, ficam somente Catarina e seu filho em casa, essa seria a hora de Robert indagar sua mãe sobre as questões que tanto queria saber.

— Mãe, por que nunca vi uma foto do meu pai? Você não tem nenhuma? Eu sou mesmo parecido com ele?

O momento seria esse. Catarina não tinha mais escapatória.

— Então, filho, tenho que te contar uma coisa, mas sempre tive medo de sua reação em relação a isso.

— Conte-me, mãe, por favor.

— Eu acho que você não vai me perdoar por isso, mas eu nunca quis te ver sofrer. Fui obrigada a fazer o que fiz, pois não queria que seus amiguinhos da escola te questionassem sobre o porquê de seu pai não estar presente.

— Mas o que aconteceu? Meu pai está morto, então só queria saber quem ele era, o que ele fazia. Todo mundo compreenderia que meu pai tinha morrido, o que tem de mais nisso?

— O grande problema é justamente esse — Catarina fala, já com seu semblante sério. — Filho, seu pai não morreu.

— Como assim? Não estou te entendendo.

— Ele não morreu, filho, eu fiz isso para poupar você de todo constrangimento que teria em saber que sua mãe era uma mãe solteira.

— Não estou acreditando no que está falando. Isso é um absurdo, não estou conseguindo absorver tudo isso.

Catarina continua falando, mas começa a chorar ao mesmo tempo.

— Filho, me perdoe por eu ter feito isso, só não queria te fazer sofrer.

— Agora isso não interessa mais. Quero saber quem foi ele, quem é ele, onde mora, o que faz... não posso perder tempo da minha vida com um passado que não poderei mudar. Agora me diz, como ele se chama? Quero saber tudo sobre ele.

— Ele se chama Wagner...

— Wagner do quê?

— Eu não me lembro do sobrenome, faz muito tempo tudo que perdi contato com ele. Quando eu te registrei, foi somente no meu nome, de nossa família, você foi registrado sem pai, então não sei muitas informações sobre ele.

— Nossa, mãe, não estou acreditando. Vou fazer de tudo para encontrá-lo... não sei por onde anda, mas se ele estiver vivo ainda, vou encontrá-lo.

— Filho, perdoe sua mãe por tudo isso. Nunca tive a intenção de tirar algo que era de direito seu, só quis te privar do sofrimento que você ia passar porque seu pai tinha lhe abandonado antes de você nascer… ele fugiu e me largou sozinha, grávida de você.

— Me conte mais, mãe. Como foi tudo isso?

— Eu e seu pai nos conhecemos em uma festa. Foi tudo muito bacana aquela noite, foi o primeiro beijo do nosso futuro relacionamento. Passaram alguns dias e nós continuamos ficando, até que chegou o dia em que não conseguíamos mais ficar separados, foi quando começamos a namorar. Quando estávamos namorando há quatro anos, descobri que estava grávida de você. Lembro até hoje como dei a notícia a ele e como tudo aconteceu de uma forma que eu nem esperava.

****

— Wagner, tenho uma boa notícia para contar, estou muito contente.

— Por que está tão feliz, meu amor?

— Adivinha! O que acha que deve ser?

— Você passou no vestibular de Arquitetura?

— Não, não…

— Então, não faço ideia do que seja. Me conta.

— Estou grávida!

Ele fica sem reação, pasmo, nervoso e começa a gritar.

— Como pode ter acontecido isso, Catarina?

— Como assim?

— É uma criança, isso não poderia acontecer agora. Como vai ficar a nossa vida? Estou lutando tanto para passar no vestibular dos meus sonhos, e você vem com esse papo de criança?

Ele, muito nervoso, acaba quebrando a jarra que estava em cima da mesa.

— Calma, você acha que eu que queria que as coisas fossem desse jeito? Aconteceu, e eu não sou responsável sozinha por isso!

— Está decidido, não vamos ter essa criança!

— Mas nem sonhando, não vou cometer esse crime.

— Catarina, você é louca, vai estragar toda nossa carreira, tudo o que nós planejamos um dia!

— Um bebê era um dos planos. Eu sei que esse não é o melhor momento para ter um filho, mas aconteceu.

— Você não entende mesmo. Não temos condição alguma de ter esse bebê agora. É difícil você entender, Catarina?

— Teremos que enfrentar a qualquer custo. Você sempre falou que me amava, que faria tudo por mim, então agora prove o que sente por mim.

— Eu sempre te amei, mas agora não podemos ter esse bebê, droga.

— Eu vou ter esse bebê, você gostando ou não. Não sou louca em matar meu filho!

— Filho? Que filho? Você não tem nada ainda, é apenas algo que vai se formar. Não faz nem uma semana que carrega isso, e você vai tirá-lo!

— Não vou tirar, seu mentiroso. Tudo o que nós vivemos esse tempo todo foi mentira, foram quatro anos de mentira, e você me fazia acreditar que me amava.

— Cale a boca.

— Eu que lhe digo cale sua boca. Você é um imprestável! Nunca imaginei que teria coragem de fazer algo assim.

— Você não me entende mesmo. Só estou querendo fazer algo bom para nós dois.

— Você só pensa em si mesmo? Não pensa em mim? Pensa no bebê! Estou surpresa pela sua atitude, quanta irresponsabilidade. Você é um moleque! Quando me envolvi com você achei que fosse um homem, mas está provando o contrário disso.

— Você está me deixando furioso. Não me fale mais sobre isso, se não terei que tomar outras providências!

— Fala, fala, seu covarde, o que você vai fazer?

— Não me obrigue a nada que eu não queira fazer.

— Fale o que você vai fazer? — Catarina grita.

— Ou você desiste dessa loucura de ter esse filho, ou eu te largo e você esquece quem eu fui na sua vida.

— Eu te odeio, seu canalha, desgraçado! Vagabundo, canalha, pilantra, você me paga…

— A culpada disso tudo é você. Se não tivesse dado bobeira, isso não teria ocorrido. Me esqueça, Catarina, esqueça tudo o que aconteceu entre nós. Some da minha vida, você e seu bebê.

— Por mais que negue, esse filho também é seu, e você vai lembrar pro resto de sua vida que tem um filho.

— Me esqueça!

****

— Ele estava muito frustrado porque não seria nada fácil ter você naquelas circunstâncias, mas sempre quis. Ele queria que eu abortasse de qualquer forma, mas jamais faria uma coisa dessas — disse Catarina, chorando, e continua. — Ele dizia que queria nosso bem, mas eu não entendia que bem era esse, pois não tem nada melhor do que um filho. Por mais que não tenha acontecido em circunstâncias favoráveis, foi ótimo, mas ele me ameaçou…

eu estava estranhando aquele homem. Até que ele fez algo que nunca imaginei, me deu um tapa no rosto. Aquele dia não saiu da minha cabeça até hoje, foi um dia muito difícil, filho.

Robert começa a chorar ao ouvir toda a história, mas ele tenta se conter, abraça sua mãe e diz:

— Mãe, eu entendo a senhora, está perdoada. Por favor, não chora. Muito obrigado pelo que a senhora fez por mim todo esse tempo, por nunca ter deixado faltar nada para mim, principalmente amor, que sempre tive da senhora e de toda a família que Deus me proporcionou.

Robert estava de alma lavada, mas ainda não seria o fim da busca pelo passado, apenas o início de uma grande revelação de sua vida. Ele iria à procura de seu pai, mas não poderia imaginar o que aconteceria daqui para frente.

Capítulo 18

O início de uma terapia

Em uma manhã, a secretária de Frank recebe um convite destinado a ele.

— Senhor Frank, chegou um convite para o senhor.

— Ok, pode deixar em cima da minha mesa. Obrigado.

No envelope estava escrito Frank. W. Casagrande, e o convite era destinado ao Sr. Casagrande e família. Frank não gostava de ser chamado pelo sobrenome, porque queria parecer mais simples, evitando formalidades, mas em se tratando de um convite era o sobrenome que era usado.

— Carol, estava me esquecendo, daqui a pouco o Alfredo está chegando. Combinei de conversar com ele, então vai me fazer uma visita.

— Tudo bem, Sr. Frank. Assim que ele chegar, aviso o senhor.

— Ok, muito obrigado.

Passando-se trinta minutos, Carol liga para a sala de Frank.

— Doutor Alfredo está aqui. Posso mandá-lo entrar?

— Com certeza, Carol.

Carol acompanha Alfredo até a sala de Frank, que cumprimenta Alfredo com um abraço.

— Alfredo, meu amigo, como vai?

— Estou bem, de folga hoje do hospital.

— Que bom, fico contente. Sempre é bom ter um tempo para descansar.

— É verdade. Nesses últimos dias o hospital estava uma loucura, tivemos que nos organizar de forma diferente para dar conta da demanda.

— Nossa, imagino, ainda mais um hospital daquele tamanho.

— Enfim, aproveitei o meu dia de folga para te visitar e conversar um pouco. Como você está?

— Estou indo, levando minha vida de um jeito mais tranquilo depois da morte de meu filho. Valorizo mais minha vida pessoal, passando mais tempo com minha família e amigos, mas estou me recuperando do luto aos poucos. Às vezes sinto falta de Victor, não tem como não sentir, mas consigo administrar numa boa tudo isso.

— Que bom, Frank, fico feliz em ouvir isso de você. E o restante da família, como anda?

— Margarete está no mesmo estado que eu. Logo que Victor morreu, ela sofreu muito, mas foi se estabilizando. Continuou tomando seu remédio certinho para se acalmar, estava fazendo atividades para não ficar só lembrando, está superando bem. A única coisa que está me preocupando é minha filha.

— O que acontece com ela?

— Ela foi quem mais sentiu a perda do irmão, estava muito mal. Estive falando com a mãe dela e ela me contou como Mary estava reagindo durante esse tempo: ia mal na faculdade, não saía, só queria ficar em casa. Fiquei muito preocupado quando soube disso, então fui conversar com ela, e resolvemos que seria bom ela fazer terapia para ajudar em sua recuperação; ela até já tinha conversado com uma amiga sobre isso, que a incentivou a tentar. Eu não conheço nenhum terapeuta para indicar, mas falei para ela que iria pegar uma indicação com o senhor. Qual você recomenda para ela começar a terapia, Alfredo?

— Fico muito feliz em saber que ela teve interesse em buscar ajuda, isso é muito bom, ainda mais nesse caso que já apresenta sintomas depressivos. Vou ligar para aquele meu amigo, Robert, ele é um ótimo profissional. Inclusive é quem você encontrou no hospital no dia da morte de Victor, lembra?

— Sério? Sim, lembro daquele rapaz simpático em quem derramei água... Ficarei muito contente se minha filha se consultasse com ele, ele parece ser uma pessoa muito boa.

— Sim, ele é um dos melhores profissionais de São Paulo e o melhor com quem já trabalhei, ela vai gostar do trabalho dele. Vou ligar para ele agora para saber se tem um horário para sua filha; ele tem a agenda muito cheia, mas talvez consiga arrumar um jeitinho de encaixar sua filha se eu pedir.

Alfredo pega seu celular e liga para Robert.

— Alô, Robert?

— Fala, Alfredo, tudo bem?

— Tudo bem, graças a Deus, e você?

— Estou bem também. Está bem trabalhoso, são muitos pacientes.

— Fico contente em ouvir isso, mas estou ligando justamente por isso.

— Pode falar, Alfredo.

— Então, tem essa filha de um amigo que precisa fazer terapia. Queria saber se você tem algum horário para atendê-la.

— Minha agenda está bem cheia, mas tenho uma paciente que terminou o tratamento, então tenho um horário disponível às sete horas da noite, pode ser?

— Pode marcar nesse horário, então, que vou falar com o pai dela. Lembra do Frank, aquele cara que você encontrou no hospital?

— Lembro, sim. Aquele seu amigo que tinha perdido o filho em um acidente e que trombou em mim com um copo de água na mão?

— Sim, esse mesmo. É a filha dele que você irá atender.

— Uhum, que legal. Vai ser um prazer tê-la como paciente.

— Então, tudo bem. Falarei para ele seu horário disponível, ele vai falar com a filha dele e vocês combinam certinho as coisas, ok?

— Ok. Fala pra ele que a partir de quinta-feira, às sete, estarei disponível para iniciar as sessões. Passe para ele o meu cartão se você tiver, ou o número da minha clínica, e peça para confirmar até quarta-feira à tarde o horário.

— Tudo bem, Robert, agradeço sua atenção novamente.

— Que é isso, Alfredo, eu que agradeço sua indicação.

— Então fica assim, Robert. Um grande abraço, meu querido, fique com Deus.

— Abraço, fique com Deus.

Assim que desligou o telefone, ele explica a Frank.

— Então, Frank, tenho um cartão dele aqui. Ligue para a secretária até quarta-feira para confirmar o horário de quinta, às sete, que ele poderá iniciar o tratamento com a sua filha. Ela passará valores de cada sessão e deixará tudo agendado para ela começar na quinta já.

— Que bom, Alfredo. Fico agradecido por ter conseguido uma vaga com ele, vai fazer muito bem para Mary.

— Com certeza.

— O que você vai fazer hoje à noite?

— Não tenho compromisso, e você?

— Eu também não. Vamos jogar tênis no clube? Vou fazer você perder aquela partida, quero revanche.

— Vamos, sim. Você sempre foi meu freguês, sempre perdeu pra mim.

— Nossa, Alfredo, você é gente boa, mas é mentiroso — Frank diz, dando risada.

— Tá bom. Depois não diga que eu não avisei, vai perder de novo — Alfredo retruca, rindo mais ainda.

— Combinado! Hoje à noite vamos jogar tênis, mas quem perder, paga a saída de hoje à noite.

— Fechado! Tenho que ir, Frank. Tenho algumas coisas para resolver em casa, levar minha filha no inglês e dar um tempo com a minha esposa.

— Sei, namorar um pouco, né?

— Pois é, estava meio complicado ultimamente por causa dos horários loucos, só via minha mulher nos intervalos dos turnos em que ia para casa.

Mas hoje vai dar pra namorar tranquilo, as crianças não vão estar em casa, aí ficamos mais à vontade.

— Com certeza. Então vai lá que sua mulher está esperando.

— Estou indo voando — Alfredo diz, rindo.

— Até a noite, Alfredo — Frank se despede, rindo também.

— Até mais, Frank.

Depois disso, Frank liga para Mary.

— Oi, pai.

— Oi, filha, tudo bem?

— Estou bem, e você?

— Estou bem também, graças a Deus. Então, estou ligando para te avisar que consegui um horário com o terapeuta amigo do Dr. Alfredo para quinta-feira.

— Sério, pai? Que ótimo! Estou muito contente.

— Ele só tem horário a partir das sete da noite.

— Sem problemas, pai, é um horário muito bom para mim.

— Que bom, filha. Então nesta quinta-feira você pode ir já, que ele vai estar te aguardando, ok?

— Ok, pai, muito obrigada, o senhor é o máximo.

— Que é isso, filha, só quero te ver bem. Tenho que desligar agora, te amo, filha.

— Te amo, pai, até mais.

Enquanto isso, no consultório de Robert, sua secretária agenda o horário de Mary. A partir desse dia, a vida deles não seria mais a mesma, nasceria algo que nem eles conseguiriam explicar. O destino estava fazendo com que todas as peças se encaixassem novamente, mas não será fácil esse verdadeiro jogo de xadrez.

****

Robert está terminando os atendimentos em seu consultório às seis horas, com pressa, e sua secretária o avisa:

— Robert, quinta-feira você tem uma paciente nova.

— Ah, sim, quem é?

— É uma moça chamada Mary.

— Sim, é uma filha de um amigo do Alfredo.

— Confirmado, então?

— Sim, confirmado. Já estou indo, tenho compromisso agora, tenho que ir rápido.

— Tudo bem, já estou fechando tudo aqui, pois também estou indo embora.

— Tudo bem, Verônica, até amanhã.
— Tchau, Robert.

****

Mary, na faculdade, se encontra com Priscila, e as duas começam a conversar.

— Oi, Pri, tudo bem?

— Oi, Mary, estou ótima, e você?

— Estou muito feliz hoje!

— Que bom. Me conta o motivo dessa felicidade.

— Ah, meu pai conseguiu marcar a terapia pra mim, vou começar amanhã e estou meio ansiosa para saber como vai ser.

— Nossa, Mary, fico contente por você ter conseguido marcar o terapeuta.

— Pois é, não vejo a hora de ir amanhã pra saber como é, acho que vai ser muito bom para mim.

— Com certeza vai ser excelente. Quem é o terapeuta que vai te atender?

— Vai ser um tal de Robert Pedolisky, ele é psicanalista.

— Sei quem é ele, muito conhecido aqui em São Paulo e no Brasil. Ele dá palestras também, não é?

— É, sim, Pri. Foi sorte ter conseguido uma vaga com ele. Meu pai conhece um grande amigo dele, por isso consegui.

— Uhum, mas mudando de assunto: você viu o trabalho da professora Jane?

— Acho que vi… é sobre anatomia humana, vai ser prova prática.

— Sim, temos que ir bem nos trabalhos, se não estamos perdidas.

— Uhum, pois é.

Capítulo 19

O primeiro encontro

Quinta-feira, quase sete horas da noite, Robert está no seu consultório esperando sua nova paciente Mary. Enquanto isso, ele está no celular, navegando nas redes sociais, quando sua secretária bate na porta.

— Robert, com licença. A sua paciente já chegou, ela está esperando.

— Tudo bem, Verônica, muito obrigado. Mande-a entrar.

— Tudo bem. Mary, por favor me acompanhe — Verônica diz para Mary e logo abre a porta da sala de Robert. — Fique à vontade.

Então Robert aparece em sua frente e olha para ela, uma linda moça de 1,70 m, pele clara, olhos verdes e longos cabelos lisos castanhos. Mary é muito bonita, e Robert a cumprimenta com um aperto de mão formal, dizendo:

— Prazer, meu nome é Robert.

À primeira vista, Mary o tinha achado muito bonito, alto, pele bronzeada, olhos castanhos, cabelos pretos e corpo atlético, fora o modo de se vestir, que é muito elegante.

— Prazer, meu nome é Mary.

— Por favor, Mary, sente-se e fique à vontade. Então, o que fez com que você procurasse um terapeuta?

— É difícil de dizer, mas tenho queixas sobre meus comportamentos ultimamente.

— Sim, conte-me sobre eles…

— Eu tenho estado muito nervosa, minha vida anda uma loucura.

— O que você faz? Fale de sua família… Do que você gosta?

— Eu moro com a minha mãe, porque meus pais são divorciados — Mary começa, mas sua expressão muda quando lembra de seu irmão. — Tinha um irmão, de onze anos, que morreu recentemente em um acidente…

— Há quanto tempo que ele morreu?

— Há quase seis meses… foi muito difícil para a família passar por isso, todos nós sofremos muito.

— Meus pêsames.

— Minha vida, depois disso, ficou totalmente diferente, sabe? Não tenho vontade de fazer muitas coisas, não sei por quê. Me sinto muito mal, às vezes, mas depois passa, também fiquei muito tempo sem sair de casa…

— Você tem muitos amigos, Mary?

— Tenho muitos colegas, mas amigas mesmo tenho duas, que são quase minhas irmãs. Uma é a Gessy, uma amiga de infância, e a outra é a Priscila, que conheci no colégio e estamos fazendo faculdade juntas...

— Que legal. Você cursa o quê?

— Medicina, eu gosto muito.

— Eu entendo. Interessante, você tem quantos anos?

— Tenho dezoito.

— Uhum, legal, então me conte como tem se sentido: muito ansiosa, algo assim?

— Um pouco. Essa semana foi bem puxada para mim, muitas provas da faculdade, trabalhos.

— Em relação à terapia, quais são suas perspectivas? O que você achava de fazer terapia antes?

— Sinceramente, achava que era coisa que só maluco fazia.

Robert sorri e diz:

— Que bom que você quebrou esse preconceito, já é um avanço pensar diferente e ter tido vontade de procurar um terapeuta.

Depois de quase uma hora conversando, Robert precisa finalizar a triagem, então diz para Mary:

— Hoje foi apenas uma pequena entrevista. Seu horário, a partir de agora, será nas segundas, quartas e sextas, às sete, ok? O tratamento tem que ser contínuo para obtermos bons resultados.

— Tudo bem. Estarei aqui nos dias combinados.

Robert encaminha Mary até a porta e se despede.

— Então ficamos assim, tenha uma boa noite. Até a próxima sessão.

— Boa noite, até a próxima.

Depois de Robert se despedir de Mary, organiza suas coisas para ir embora, enquanto pensa: *Que moça bonita, tem algo muito diferente.* Logo ele interrompe o pensamento, pois percebe que foi apenas uma memória de sua triagem.

Mary, indo para casa de carro, no trânsito, ouvindo música, pensa: *Nossa, como ele é bonito.* E dá um sorrisinho de canto de boca, mas logo volta a prestar atenção no trânsito.

Chegando em casa, Mary encontra sua mãe na cozinha, passa por ela e a cumprimenta.

— Oi, mãe, tudo bem?

— Oi, filha. Estou bem, e você? Conte-me como foi seu primeiro dia na terapia.

— Foi tudo bem. Ele se apresentou e conversamos sobre como serão as sessões. Foi uma conversa básica, ele perguntou algumas coisas sobre mim, como eu sou, do que gosto… enfim, foi bem tranquilo, achei-o bem interessante.

— Interessante como?

— Ah, mãe, diferente, né? Nunca fui em um terapeuta. Achei legal, porque antes achava que fosse coisa de louco, coisas assim, mas hoje vi que é bem diferente do que eu imaginava. Consegui quebrar essa visão que tinha sobre a terapia, até contei para ele sobre isso, porque ele perguntou o que eu achava sobre fazer terapia e tal.

— O que ele falou?

— Relaxa, mãe. Ele apenas sorriu e disse que isso é mais comum do que eu imagino.

— Ah, entendi.

— Mas achei ele bem legal até, simpático.

— Que bom, filha, tomara que continue gostando.

— Ah, mãe, estou ansiosa para começar segunda-feira, não vejo a hora.

— Fico feliz por você, filha.

— Obrigada, mãe. Agora vou para meu quarto, tomar um banho e me trocar, porque estou supercansada.

— Tudo bem, filha, quer que eu faça um lanche para você?

— Se não for incômodo, eu aceito.

— Tudo bem. Vou deixar pronto para você.

— Tudo bem, mãe, muito obrigada.

Capítulo 20

Triste lembrança

Frank está em seu escritório, já são nove horas da noite. Ele está sozinho, então pega em seu frigobar uma garrafa de uísque e um copo, coloca em cima de sua mesa, senta na cadeira com os pés em cima da mesa, afrouxa sua gravata e começa a beber. De repente, ele olha para uma fotografia que fica em sua estante, que não estava lá desde a época da morte de seu filho. Ele pensa que deve ter sido a nova faxineira do escritório que colocou o porta-retrato em cima da mesa quando limpou sua sala, pois ele estava guardado embaixo das estantes de Frank, e ela não sabia sobre a vida dele. Ele se levanta, pega a foto e olha para ela, então um filme começa a passar em sua mente com lembranças de seu filho. Ele toma um gole de uísque e continua olhando para o retrato em suas mãos e diz para si mesmo:

— Filho, filho, como você faz falta para seu pai.

Ele toma mais um gole de uísque, mas começa a derramar lágrimas pelas recordações.

Capítulo 21

A terapia

Segunda-feira, Mary acorda cedo e arruma suas coisas para ir para a faculdade. Ela tinha um trabalho para apresentar, seu dia prometia ser muito corrido, e no final ela não podia esquecer que começaria, de fato, a terapia e estava até meio ansiosa para chegar na sessão. Havia muito assunto para falar com Robert. De início, sente uma leve confiança para falar sobre alguns assuntos, o que é essencial para uma boa relação entre paciente e terapeuta: a formação de laços para obter-se bons resultados nas análises.

A primeira coisa que faz depois de arrumar as coisas é chamar sua mãe.

— Mãe, você viu a apostila que deixei em cima do sofá ontem à noite?

— Acabei de acordar, filha, e estou meio atrasada para sair de casa. Dê uma olhada lá, eu não posso fazer isso para você agora.

— Está bem, vou ver lá.

— Mary, não vá se esquecer que você tem terapia às sete hoje, por favor.

— Pode deixar, mãe, fique tranquila, não me esqueceria nunca.

— Então está bem. Estou saindo agora. Beijo, fique com Deus.

— Tudo bem, mãe, estou saindo também. Beijo, até.

Mary acaba trocando de roupa rapidamente, pega seu material e desce para ir para a faculdade, seria um longo dia para ela. Às seis e meia, Mary, depois de um longo dia de aula, se despede de Priscila.

— Pri, já vou indo. Tenho terapia às sete.

— Sem problemas, amiga, vai lá para não se atrasar.

— Até mais, Pri.

— Até mais, Mary.

Mary chega ao consultório quase em cima da hora, e logo a secretária de Robert a atende.

— Mary, por favor, entre e fique à vontade. Eu vou fechar o consultório já, Robert está com uma última paciente antes de você, mas meu horário terminou. Fique tranquila que o Robert vai te atender normalmente, só eu que estou indo embora.

— Ah, sim, sem problemas.

— Estou indo. Tenha uma boa noite, Mary, até mais.

— Boa noite, até a próxima.

Mary fica na sala lendo uma revista, até que, passados cinco minutos, uma mulher sai da sala de Robert, ele a acompanha até a porta e se despede.

— Boa noite, até mais.

— Boa noite, muito obrigada, até mais.

Robert, então, cumprimenta Mary.

— Boa noite, Mary, tudo bem?

— Boa noite. Estou, sim, na medida do possível.

— Então vamos. Por favor, entre e fique à vontade. Você pode se sentar no divã ou deitar, como quiser.

— Tudo bem.

Robert, em sua poltrona ao lado do divã, começa a conversar com ela sobre como tinha sido seu dia, mas logo começa a ser mais específico.

— Mary, o que você considera mais importante em sua vida?

— Minha família, ela é minha base de tudo. Amo meus pais e amava muito meu irmão.

— Compreendo. Conte-me mais sobre seu irmão, como era a relação que você tinha com ele... me fale o máximo que você puder.

— Ah, ele era meu irmão mais novo, éramos só nós dois de filhos. Nossa relação era muito boa, sempre saíamos juntos, conversávamos bastante, ele era muito meigo, um menino muito empático com as pessoas, e tinha um grande sonho: ser jogador de futebol do Santos, seu time de coração.

— Mary, o que mais te incomoda em relação a ele agora?

— A perda dele. Eu não consigo entender por que ele se foi tão cedo... todos os dias me pergunto por que se foi, sinto muita saudade dele.

Com a voz embargada, Mary tem dificuldades para continuar falando.

— Continue falando.

— Não consigo.

Depois de um breve silêncio, Mary começa a chorar.

— Me desculpe, mas foi tão recente que isso me entristece ainda.

Robert pega lenços de papel e dá para ela enxugar as lágrimas.

— Mary, só mais uma pergunta: há quanto tempo seu irmão faleceu?

— Faz quase seis meses.

— Tudo bem.

Depois de cinquenta minutos de sessão, Robert finaliza a consulta.

— Ficamos por aqui hoje. Vá para sua casa e tente fazer uma reflexão sobre o dia, tente analisar quais são os momentos que levam você a sentir mais saudade de seu irmão. Continuaremos na próxima sessão.

— Tudo bem, farei isso.

Robert a acompanha até a porta de saída.

— Boa noite, Mary, até mais.

— Boa noite, até.

Robert, logo depois de se despedir dela, faz anotações na prancheta e analisa o momento de luto pelo qual ela estava passando ainda, e viu quais os procedimentos que seriam tomados na próxima sessão.

Mary chega em casa e vê sua mãe na sala, deitada, assistindo TV e a cumprimenta.

— Oi, mãe.

— Oi, filha, tudo bem?

— Estou bem. Vou para o meu quarto para tomar banho e logo volto para conversarmos.

— Ok, filha, sem problemas. Depois nos falamos, então.

— Ok.

Chegando em seu quarto, Mary joga sua mochila em cima da cama e vê uma notificação em seu celular, é uma foto de um amigo em comum em que seu ex-namorado foi marcado. Ela olha a imagem e o pesadelo do passado vem à tona e ela relembra tudo o que viveu com ele, então escolhe ocultar a notificação para não ter que ver isso novamente. Por mais que tenha passado bastante tempo desde o término da relação, ela ainda tinha muitas lembranças dele, mas preferia deixar isso no passado, mesmo que ainda fosse algo que a incomodasse. Ela tentaria tratar na terapia e, aos poucos, se recuperaria de tudo isso, não da forma que esperava. Afinal, ela não sabia o que o futuro ainda iria aprontar, ou melhor, o destino.

Capítulo 22

A reviravolta

Certo dia, Mary está almoçando na faculdade com suas amigas quando seu celular toca.

— Oi, pai.

— Oi, filha, tudo bem?

— Tudo, sim, e com o senhor?

— Que bom! Eu estou bem também. O que está fazendo agora?

— Estou almoçando, e o senhor?

— Eu estou saindo para almoçar. Liguei para te convidar para almoçar comigo, mas como você já está comendo, não vai dar.

— Estou acabando já, posso aproveitar esse intervalo para te ver.

— Se não for incômodo, filha, faço questão de te ver, porque faz um bom tempo que não nos encontramos.

— Pois é, pai, faz mesmo. Vai ser um prazer falar com o senhor.

— Para mim também. Onde podemos nos encontrar?

— Onde ficar melhor para você.

— Tudo bem, vou naquele restaurante italiano na Paulista, sabe onde fica?

— Aquele que você sempre vai?

— Isso, filha, esse mesmo.

— Ok, daqui a pouco saio daqui.

— Tudo bem, filha, sem problemas. Te encontro lá. Beijo, até mais.

— Beijo, pai, até mais.

Chegando no restaurante, ela é recebida por um maître, que pergunta:

— A senhorita tem mesa reserva?

— Eu estou com meu pai, acho que ele já deve ter chegado.

— Qual é o nome dele? Assim posso levá-la até a mesa dele.

— Frank.

— Seu pai é o senhor Frank?

— Sim.

— É um prazer recebê-la. Seu pai é um dos melhores clientes daqui. Venha comigo.

— Tudo bem, muito obrigada

Chegando à mesa de Frank, o maître diz:

— Sua filha é muito bonita, Sr. Frank.

Em tom de brincadeira, Frank responde:

— Obrigado! Puxou ao pai.

A realidade de seu pai era bem diferente do que sua filha imaginava. Mary ainda não sabia o que seus pais escondiam.

— Engraçado você, senhor Frank! Seu pai é sempre bem-humorado, mas estou aqui conversando e nem perguntei seu nome, me desculpa.

— Ah, não tem problema. Meu nome é Mary.

— Foi um prazer conhecê-la, Mary. Meu nome é Edson e sou o maître da casa. Vejo que é simpática como seu pai.

— O prazer foi todo meu.

— Não quero atrapalhar vocês. Fiquem à vontade. O que precisarem, estaremos às ordens.

— Fique tranquilo, Edson, muito obrigado pela sua atenção — responde Frank.

— Bom apetite.

Depois do maître se retirar, Frank começa a conversar com sua filha.

— Como você está?

— Estou bem, pai. Estou sempre naquele ritmo, faculdade, trabalhos, comecei a terapia também essa semana.

— Como está indo?

— Então, pai, segunda-feira foi a primeira sessão. Começamos a falar sobre coisas pessoais, o que eu achava da minha vida, minha família e tal...

— Que interessante, filha. Vai ser muito bom para você.

— Vai ser, sim.

— E o que achou do Robert? Acha que vai ser produtivo o vínculo da terapia?

Mary, para descontrair e pegar no pé do seu pai, pergunta:

— Quer saber mesmo, pai?

— Sim, filha.

Ela, aos risos, responde:

— Ele é muito bonito, pai.

Frank dá um sorriso amarelo e diz:

— Filha, olha lá, hein? Não confunda as coisas.

— Ai, pai, relaxa. Falei brincando, você sabe disso.

— Eu sei? Não sei de nada.

Ele continua dando risada. A relação entre eles é muito aberta, ela sente muita liberdade em falar com seu pai sobre essas coisas, porque confia nele. Não existem assuntos problemáticos, mas ele sente ciúme da filha, como todo pai deve sentir. Eles, além de pai e filha, eram grandes amigos.

— Falando nisso, hoje eu tenho terapia às sete.

— Que bom, filha! Você vai querer comer algo?

— Não, pai. Eu disse pra você que almocei na faculdade.

— Pelo menos peça alguma bebida para me acompanhar.

— Com esse calor, seria impossível eu não aceitar.

O garçom chega na mesa deles e pergunta:

— Vocês já escolheram?

— Eu quero um macarrão à moda da casa, e uma picanha tradicional na chapa de acompanhamento.

— E a senhorita, vai querer o quê?

— Só um suco de abacaxi com hortelã.

— Tudo bem, mais algum pedido?

— Por enquanto é só isso. Muito obrigada.

Enquanto Frank almoçava, os dois conversaram sobre os acontecimentos, mas Mary toca em um assunto que deixa Frank muito desconfortável.

— Pai, essa semana, na faculdade, vai haver alguns exames de sangue para analisarem o DNA das famílias e montar uma árvore genealógica. Não precisa chamar os avós, pode ser só a família principal.

Frank leva um susto, mas consegue disfarçar bem sua reação diante desse convite da filha.

— Filha, não sei se dá tempo de eu ir. Posso tentar, mas não garanto.

— Mas, pai, se não der tempo eu mesmo tiro sangue de você e da mãe para fazer esse teste. É para um trabalho, vale metade da nota do bimestre.

— Seu pai não anda muito bem, sabe? Peguei uns resfriados fortes, acho que pode dar problema tirar sangue nessa situação.

Mary não aceita nenhuma desculpa, pois não faz sentido. Guardar o segredo de Frank e sua ex-mulher não ia mais ser fácil, ele precisaria tomar uma providência logo.

— Pai, não aceito desculpas.

— Filha, seu pai sempre teve medo de agulhas, não sou muito fã.

— Ah, pai, que coisa. Não sabia que você, desse tamanho, com essa idade, ainda tinha medo de agulha.

Frank tenta descontrair, porque já estava se encurralando.

— Então, filha, é um segredinho nosso.

— Eu guardo esse segredo, desde que aceite se submeter a isso. Me ajuda, é muito sério esse trabalho.

— Tá bom, filha, mas é pra quando? Não é pra essa semana, não? É? porque tenho uma viagem marcada para amanhã.

— Não pai, relaxa, é pra daqui duas semanas.

— Tudo bem, filha, sem problemas. Semana que vem resolvemos isso — ele diz, pensando em como será difícil contar a verdade para Mary.

Frank já havia acabado de almoçar, então Mary diz:

— Pai, tenho que voltar para a faculdade.

— Tudo bem, filha. Já estou indo também, ainda tenho uma reunião hoje.

Mary se despede de seu pai com um beijo no rosto e um abraço.

— Tchau, pai, se cuida.

— Tchau, filha, se cuida. Te amo.

— Tudo bem. Fique com Deus.

— Você também.

Frank continua na mesa por mais alguns minutos pensando sobre sua filha. Ele tinha que falar com Margarete urgentemente, não tinha mais como manter seu passado oculto, Mary teria que saber logo.

Chegando o fim da tarde, Mary se prepara para ir à terapia. Ela está muito bonita e cheirosa, porque depois da sessão ela iria em um evento da faculdade. Chegando na clínica de Robert, a secretária a atende, já de saída.

— Oi, Mary, tudo bem?

— Oi, tudo bem, e com você?

— Eu estou bem também, mas já estou saindo. Fique à vontade, até mais.

— Tenha uma boa noite, tchau.

Robert abre a porta de sua sala e a cumprimenta.

— Boa noite, Mary, como vai?

No momento em que Robert a vê, se encanta. Ela está linda, com um vestido mais curto, cabelos soltos lisinhos, olhos marcantes… impossível não se impressionar com sua beleza, mas não a deixa notar como ele a tinha observado.

— Oi, Robert. Estou bem, sim.

— Que bom! Por favor, entre. Como tem passado desde a última sessão?

— Andei um pouco pensativa.

— Antes de começarmos, fique à vontade no divã.

— Obrigada.

— O que andou pensando?

— Comecei a me questionar sobre questões familiares, principalmente em relação ao meu irmão. Tenho muitas lembranças boas dele, mas o mais difícil para mim é a questão de eu sentir muita saudade dele.

— Que bom, Mary.

— Sim, com certeza.

— Quando conseguiu pensar que seu problema está na falta que você sente do seu irmão? O que fez você enxergar dessa maneira?

— Tentei ficar apenas com as partes boas, como se ele estivesse aqui ainda, não pessoalmente, mas através do que ele deixou. Estou tentando enxergar por esse lado. Depois que ele morreu, nunca mais fui até o quarto dele, minha mãe já entrou lá, mas eu não consegui ainda. Tudo dele está lá, tudo do que ele mais gostava, mas não consegui ainda enfrentar isso; sinto uma angústia muito grande em saber que está tudo lá, mas ele não. Parece que eu vivo ainda o primeiro dia depois de sua morte, tudo é muito complicado, ainda não sei se estou pronta para lidar com as lembranças físicas dele... acho que entrar naquele quarto será como voltar no tempo, o que seria ficaria pior para mim.

Robert estava só escutando a sua fala, observando como ela se expressava, então diz:

— Conte-me como sua família reagiu a tudo isso.

— Todos ficaram muito chocados. Minha mãe ficou desesperada, meu pai ficou em choque, ainda mais sendo menino... acredito que meu pai sentiu muito, pois os dois eram muito próximos, Victor sempre contava para ele sobre seus treinos de futebol.

Na cabeça de Robert surge o pensamento de quando encontrou Frank no hospital, quando entornou o copo de água em cima dele, e percebeu o quanto o homem estava em choque com a morte de seu filho.

Mary continua contando:

— Meu pai sempre foi presente, mas houve um tempo, quando ocorreu a separação dos meus pais, que ficamos meio distantes. Brigávamos às vezes, nem queria ver a cara dele de tão brava que eu ficava, mas foi apenas por um tempo, pois ele quase não tinha tempo para mim. Sempre era trabalho, trabalho e trabalho, até acho que esse foi o grande motivo da separação. Ele ficava longe em viagens para o exterior, e minha mãe sentia falta dele, até que chegou um tempo que não deu mais, eles acabaram se separando mesmo. Ele mudou muito depois que meu irmão morreu, mas antes disso já estava tentando ficar mais tempo com a gente, e agora não viaja mais, me trata melhor ainda. Não tenho do que reclamar, nossa relação é muito boa, às vezes me sinto até desmerecedora de tudo o que eles fazem por mim. Parece que não sou daqui... não duvido que eles me amem, mas às vezes sinto como se eu não fizesse parte dessa família. Acho que são coisas da minha cabeça, nem sei por que penso em uma coisa dessas sabendo que tenho uma família maravilhosa, o que de mais precioso tenho na vida.

— Conte-me mais sobre esse sentimento de não fazer parte de sua família.

— Nem eu sei o que dizer, são coisas muito complicadas para mim. Só acho, às vezes, que não faço parte da família porque há coisas que parece que não mereço, sabe? Graças a Deus, tenho uma família muito especial, mesmo tendo problemas como todas as outras.

— Quando esses pensamentos ou sentimentos são mais fortes?

— Nos momentos bons da minha vida, como foi no meu aniversário de dezoito anos. Meu pai fez uma festa para mim, a festa dos sonhos de qualquer garota, de qualquer pessoa. Em uma viagem para os Estados Unidos, conheceu o empresário da banda Coldplay, então meu pai pediu para ele levar a banda em uma festa surpresa para mim, porque eles iam fazer uma turnê no Brasil e ele sabia do meu sonho de conhecê-los. Nesse dia, realizei esse sonho, sou muito fã deles, não aguentei de tanta emoção. Todas as minhas amigas estavam envolvidas na festa, foi inesquecível conhecer todos os integrantes da banda.

Completados os cinquenta minutos de sessão, Robert finaliza.

— Mary, por hoje sua sessão acabou. Vá para casa e tente esmiuçar o que você sente em relação à sua família, as razões desse sentimento de não fazer parte. Na próxima sessão continuamos a falar sobre isso.

— Tudo bem.

— Vou te acompanhar até a porta.

— Obrigada.

Ele se despede dela com um aperto de mão e diz:

— Tenha uma boa noite, Mary.

— Você também.

Depois de Mary sair do consultório, ela vai para uma festa da faculdade em que haveria um evento com médicos internacionais. Ela podia convidar pessoas de fora, então resolve chamar sua amiga Gessy, já que elas não se falavam há muito tempo, porque Gessy ficou um mês de férias na Flórida, na casa de umas tias. Agora já estava de volta, então Mary liga para ela:

— Oi, Gessy.

— Fala, amiga, tudo bem?

— Tudo, sim. Estou morrendo de saudades de você!

— Eu também, Mary... cheguei ontem de viagem.

— Sério?

— Sim, ontem de madrugada.

— Como foi de viagem? Tudo tranquilo?

— Sim, graças a Deus.

— Ah, que bom. Estava pensando em fazermos algo, você topa?

— Claro que sim. Estou morrendo de saudades e quero contar as novidades pra você.

— Tenho um evento agora da faculdade e posso levar pessoas de fora. Vai ser uma feira com pessoas de fora, depois tem um jantar. Você quer ir comigo? Pelo menos vamos conseguir conversar sobre as novidades.

— Mas é claro, Mary, vou, sim.

— Beleza, eu passo na sua casa para te buscar, pode ser?

— Pode, sim.

— Em trinta minutos estou aí. Acabei de sair da terapia, mas já estou indo na sua casa.

— Tudo bem, Mary, mas vou me arrumar ainda, então me espera.

— Sem problemas, amiga, relaxa. Logo estou aí.

— Ok, Mary, te aguardo. Beijo, amiga.

— Beijo, até mais.

Enquanto isso, Frank liga para Margarete para conversar sobre o trabalho de sua filha.

— Alô, Frank?

— Sim, sou eu, Margarete, tudo bem?

— Tudo, sim, e com você?

— Que bom. Eu estou, mas preciso falar com você urgente.

— Sim, Frank. Sobre o que você quer falar? Está me assustando!

— É sobre a Mary. Ela tem falado com você ultimamente sobre um exame?

— Não, não me falou nada.

Com um suspiro alto no telefone, ele diz:

— Margarete, vamos marcar de nos encontrarmos hoje à noite, e eu te conto o que é. Precisamos conversar sobre isso o mais rápido possível.

— Nossa, Frank, você está me assustando… me diga o que é, pelo menos, pra eu ficar mais aliviada.

— É sobre a origem de nossa filha.

— Sério?

— Sim, é sobre isso.

— Tudo bem, à noite nos falamos.

— Ok, vamos marcar um jantar no Takishi. Vou reservar uma mesa em um lugar mais privado do restaurante para conversarmos melhor.

— Tudo bem, Frank, sem problemas. Que horas?

— Às oito, pode ser?

— Pode, sim.

— Ok, Margarete. Até mais, se cuida.

— Beijo, até mais.

****

Mary, chegando na casa de Gessy, buzina e Gessy aparece na janela, pedindo para ela esperar um pouco. Cinco minutos, Gessy aparece e cumprimenta a amiga.

— Oi, amiga, tudo bem?

— Tudo bem, e com você?

— Que bom! Eu estou bem também.

Mary liga o carro, segue caminho e elas continuam conversando.

— Que bom. Como foram as férias nos States?

— Foram ótimas. Descansei bastante... estava precisando, Mary, andava muito estressada.

— Que bom, amiga. Férias fazem bem, sempre são boas.

— Com certeza. Trouxe uma lembrança pra você.

— Ah, sério?

— Sério! Está aqui na minha bolsa, mas é surpresa, vamos ver se você adivinha.

— Ah, Gessy, você sabe que pra mim pode ser qualquer coisa, qualquer coisa que tenha trazido é boa

— É algo que você queria muito.

— Sério mesmo?

— Sério! Acho que você vai gostar muito.

— Nem faço ideia do que deve ser.

— Vou te dar uma dica do que é.

— Tudo bem, vou aceitar, porque eu não faço a mínima.

— Lembra daquele último passeio no shopping?

— Sim, lembro.

— Então, lembra aquela loja de maquiagem que nós passamos, mas tinha acabado o estojo de maquiagem importado que você queria?

— Não estou acreditando que você fez isso, Gessy. Sério?

— Sim! Achei lá e comprei pra você.

— Gessy, você não existe!

— Ah, Mary, não podia esquecer das amigas, né?

— Pior, você sabe que é minha *best*, né? — Mary diz e dá risada.

— Sou nada — Gessy rebate, dando risada também.

— Muito obrigada, Gessy, muito obrigada mesmo.

— Relaxa! E como foi esse tempo aqui? Conte as suas novidades.

— Bom, comecei a terapia.

— Que legal! Conta mais.

— Estou fazendo com aquele psicológio conhecido de São Paulo. Ele é amigo de um amigo do meu pai, o nome dele é Robert.

— Ah, sim, conheço por nome.

— Pois é. Estou gostando de fazer terapia com ele, parece ser muito bom no que faz e é muito bonito também.

Gessy começa a dar risada e diz:

— Sério, amiga?

— Uhum, é muito bonito. Um cara elegante, charmoso...

— Hum... sei.

— É sério, mas é só meu terapeuta.

Gessy começa a dar muita risada, e Mary pergunta:

— O que foi, Gessy?

— Nada, Mary. Só estou dando risada da sua cara, do jeito que você falou dele.

— Mas é boba mesmo — diz Mary, dando risada também.

****

Quase às oito horas da noite e Frank já está no restaurante, em sua mesa, esperando Margarete, que aparece pouco depois. Os dois se encontram e se cumprimentam.

— Tudo bem, Frank?

Ele se levanta da mesa e a abraça, dando um beijo no rosto.

— Tudo bem, Margarete, e com você?

— Eu estou bem.

— Que bom.

Ele puxa a cadeira para ela se sentar, e ela agradece. Frank se senta também e logo depois chega o garçom para anotar os pedidos.

— Boa noite! Posso anotar o pedido de vocês?

— Sim, claro.

— O que vocês vão querer?

— Vamos querer uma barca com variedades e, para beber, dois saquês.

— Ok, anotado, fiquem à vontade.

— Muito obrigado.

Margarete logo pergunta a Frank ansiosamente:

— Frank, o que Mary falou com você?

— Acho que não tem mais como escondermos a verdade sobre ela.

— Como assim? Acho que não estou preparada, Frank, ainda mais depois dessa fase pela qual acabamos de passar. Acho que seria muito difícil pra ela, temo que ela fique muito mal, pois não está psicologicamente preparada.

— Também penso assim, mas não tem mais jeito de adiar essa verdade. Ela chegou a falar com você sobre um exame que ela vai precisar fazer para a faculdade?

— Ainda não comentou. Do que se trata?

— Então, hoje fui almoçar com ela, e ficamos conversando sobre as coisas. Em um determinado momento, ela me falou sobre um trabalho da faculdade no qual teria de fazer uma árvore genealógica da família através do DNA dos membros. Tentei desconversar, mas não teve jeito, porque é um trabalho que vale metade da nota bimestral. Então pensei que é melhor contarmos a ela toda a verdade da maneira mais natural possível do que ela ficar sabendo de outro modo, como se nós quiséssemos privá-la disso ou esconder dela por maldade. Ela já é uma jovem madura agora, acredito que a hora seja esta!

Margarete coloca as mãos no rosto, pensativa, mas logo responde:

— Parece que não há outra opção mesmo. Eu só fico preocupada com a reação dela diante dessa situação toda, é um grande risco que nós corremos.

— Mas, Margarete, não tem como adiar. Eu até queria que as coisas fossem diferentes, mas as circunstâncias nos prenderam contra a parede, não tem mais jeito agora.

— Para quando ela precisa desses exames?

— Ela me disse que é pra daqui duas semanas ainda, é um tempo que achei melhor usarmos pra pensar em uma maneira de dar a resposta a ela.

— Acho que devemos reunir a família, eu, você e ela, e conversar sobre tudo isso, dizer toda a verdade.

— Também acho, Margarete, quando você quer marcar, sabendo que temos pouco menos de duas semanas?

— Essa notícia me pegou de surpresa, mas temos que enfrentar agora. Semana que vem, Frank, sem falta, marcamos um jantar na minha casa, só nós três, depois contamos tudo para ela.

— Tudo bem, faremos assim. Se ela falar com você sobre o exame, aja naturalmente.

— Sim, com certeza. Agora ficarei mais tranquila quando receber essa notícia. Obrigada por me avisar, não sei como eu reagiria se ela viesse falar comigo sem eu estar sabendo antes.

— Ok, fica marcado. Qualquer coisa me liga.

E, acabando o jantar, Frank se despede de Margarete e ambos vão embora.

Capítulo 23

A grande revelação

O tão aguardado dia do jantar na casa de Margarete acontece, então ela avisa a filha.

— Mary, tenta não se atrasar hoje, pois seu pai vai vir aqui em casa para jantar, ok?

— Sério, mãe? Que bom! Que horas ele vem?

— Eu falei para ele que oito e meia estava bom.

— Tudo bem, mãe, não vou me atrasar, hoje está tudo mais tranquilo para mim.

— Ok, Mary.

— Estou indo, tá?

— Não vai tomar o café da manhã?

— Acordei meio sem fome hoje, qualquer coisa como algo na cantina. Hoje estou com muita pressa, porque ainda tenho que passar na casa da Priscila, o carro dela estragou.

— Tudo bem, filha, cuidado.

— Tudo bem, mãe. Beijo, até mais.

— Beijo, filha.

Mary passa na casa de Priscila e buzina em frente à sua casa. Sua amiga aparece e entra no carro.

— Oi, Mary, tudo bem?

— Oi, Priscila. Tudo bem, e com você?

— Estou bem.

— Que bom. Deixa eu te perguntar, o trabalho da árvore genealógica é pra semana que vem?

— É, sim, Mary. Você já fez a coleta de seus pais?

— Ainda não, e você?

— Ah, eu coletei ontem, estou levando para o laboratório hoje.

— Ah, que bom. Vou ver se consigo marcar com eles logo, aproveito que meu pai vai jantar hoje lá em casa e já falo com eles pra tirar amanhã cedo.

— Com certeza. Aproveita, pois temos que agilizar esse trabalho. Essa semana vou fazer a parte do laboratório já, poderíamos fazer juntas, né? Vou deixar minhas amostras na geladeira hoje, então, se você tirar dos seus pais amanhã cedo, fazemos juntas no dia seguinte.

— Sim, Pri, combinado.

— Fechou.

O dia de Mary foi muito agitado, devido às aulas de biologia durante o dia inteiro. Chegando o fim da tarde, ela retorna para casa, porque seu pai iria jantar lá. Como não tinha ninguém, ela resolve tomar banho, mas, passando-se dez minutos, sua mãe chega e vai até seu quarto chamá-la.

— Mary?

— Oi, mãe. Estou tomando banho.

— Só te chamei para ver se está tudo bem.

— Sim, mãe, está tudo bem.

— Milagre hoje ter chegado cedo.

— Ah, a aula acabou um pouco mais cedo e acabei vindo direto pra casa.

— Entendi. Vou pra cozinha preparar o jantar, ok?

— Tudo bem, mãe, já saio do banho para ajudar a senhora.

— Sem problemas, filha.

Às oito e dez, a campainha toca, e Mary atende a porta.

— Oi, pai! Entra.

Frank dá um abraço e um beijo nela.

— Oi, filha. Tudo bem?

— Tudo, sim, e com o senhor?

— Eu estou bem.

Frank vai entrando e continua conversando com Mary.

— Então, filha, como foi seu dia? Como está indo a faculdade e suas coisas do dia a dia?

— Está tudo indo bem, pai. Sente-se.

Frank puxa a cadeira da mesa de jantar e se senta.

— Que bom, filha, fico contente por você!

— Espere um pouco, vou no quarto pegar meu celular e já volto.

— Tudo bem, filha.

Margarete aparece na sala de jantar e pergunta:

— Tudo bem, Frank?

— Sim, tudo bem.

— Que bom. Tenho algo importante pra te dizer, aproveitar que ela foi para o quarto: ela vai querer tirar o sangue amanhã cedo para levar para a faculdade. Então, quando ela comentar sobre isso, nós contamos a verdade, temos que aproveitar a ocasião.

— Quem começa a falar?

— Eu acho melhor você, Frank.

— Tudo bem, então.

— Tudo bem.

Mary volta para a sala de jantar, dizendo:

— Só agora achei meu celular, puxa!

Ela se depara com sua mãe com um semblante diferente e pergunta:

— Mãe, o que aconteceu com você? Parece tão diferente.

— Não aconteceu nada, Mary, só quase derrubei a travessa de lasanha no chão.

Margarete dá essa desculpa para sua filha não perceber o tom da conversa que teve com o pai dela.

— Está bem, mãe. Cuidado, hein? Pelo amor de Deus.

— Relaxa, filha, sua mãe é experiente na cozinha.

— Falando nisso, o cordeiro deve estar quase no ponto. Vou lá ver.

— Deixa, filha, fica conversando com seu pai que eu vou lá ver.

— Tudo bem, mãe, cuidado.

— Fique, tranquila, filha, daqui a pouco coloco o jantar na mesa.

Margarete começa a trazer o jantar para a mesa logo depois, e todos começam a se servir. Durante o jantar, eles conversam entre eles, mas Margarete não consegue disfarçar o nervosismo.

— Mãe, por que está comendo tão pouco?

— Ah, filha, estou meio sem fome. Comi bastante à tarde.

— Compreendo, mãe.

— E você, pai? Está satisfeito?

— Estou, sim.

Este seria o momento para revelar a verdade sobre a origem de Mary. Ela iria descobrir coisas que jamais imaginou sobre sua vida.

Capítulo 24

Uma festinha com os amigos

Robert recebe uma ligação ao meio-dia e meia, rapidamente ele pega o celular, que estava em cima de sua mesa, e atende.

— Alô! Quem fala?

— Robert?

— Sim, sou eu. Quem está falando?

— Puxa, meu amigo, sou eu, Dick!

— Dick? Poxa, velho, eu nem tinha reconhecido sua voz. Você trocou de número? O número que eu tenho é outro.

— Troquei de número, agora esse é o novo. Salva no seu celular.

— Pode deixar! Como andam as coisas com você? Você sumiu, cara. Desde a última vez que veio para o Brasil não consigo mais falar com você.

— Pois é, Robert, eu estava com saudade de você, velho. Com a jornada de trabalho, estava muito difícil de vir para o Brasil. Estava na Europa resolvendo questões financeiras da empresa, por isso fiquei dois meses em Londres resolvendo coisas sobre a matriz na Europa, mas graças a Deus está tudo resolvido. Estou no Brasil para passar férias, aproveitar e relaxar um pouco.

Dick era um grande empresário da área de Marketing e Telecomunicações e tinha uma empresa multinacional, sua sede no Brasil ficava em São Paulo. Robert o conheceu quando Dick prestou serviço de coaching para sua empresa, foi quando se tornaram amigos.

— Que bom, Dick. Vamos marcar algo, o que você acha?

— Te liguei para isso mesmo. Vou para o Guarujá hoje, já pedi na marina para eles separarem o meu iate, estou a fim de ir para o mar. Quer ir?

— Vamos, sim! Deu sorte que hoje estou de folga, você vai de carro?

— Acho que vamos de helicóptero, é mais rápido. Vem aqui na empresa que vamos juntos, é rapidinho para chegar lá.

— Tudo bem, então, daqui uns quarenta minutos apareço na empresa.

— Ok, Robert, te espero.

— Até mais, abraço.

— Abraço, até

Chegando na empresa de Dick, Robert se apresenta na portaria e diz:

— Boa tarde. Avisa para o senhor Dick que o Robert está aqui.

— O senhor é o Robert?

— Sim, sou eu.

— Vou verificar aqui.

— Ok.

— Já deixaram avisado que o senhor ia aparecer, pode entrar. Vire à direita e entre no elevador privativo na terceira porta, sairá direto na sala da diretoria. Lá você fala com a Madeleine, ela o levara até a sala do senhor Dick.

— Ok, muito obrigado.

Robert chega no décimo oitavo andar, a cobertura do prédio, onde fica o escritório de Dick, e se depara com a secretária.

— Você é a Madeleine?

— Sim, sou eu. O senhor é o Robert?

— Sim.

— Por favor, me acompanhe. Vou levá-lo até a porta da sala do senhor Dick.

— Obrigado.

Madeleine bate na porta, abre e anuncia:

— Senhor Dick, seu amigo Robert.

— Muito obrigado. Robert, meu amigo, entre e fique à vontade! Aceita alguma bebida?

— Não, estou bem.

— Aceita pelo menos uma água?

— Tudo bem, aceito.

— Madeleine, traga uma água para o nosso amigo Robert.

— Tudo bem, senhor, já trago.

— Obrigado.

— Como anda, Robert?

— Eu estou bem, e você?

— Tirando os problemas do dia a dia, estou bem, sim.

— Normal, problemas sempre teremos, a questão é saber resolvê-los.

— Com certeza, Robert, aprendi muito com você sobre isso.

— Modéstia à parte.

— Pronto para ir?

— Com certeza.

— Estou com saudade de andar de iate já. Faz muito tempo que não passeio, muito trabalho.

— Complicado, pela vida que você leva é normal, relaxa.

— É disso que eu estava precisando.

Madeleine bate na porta e diz:

— Senhor Robert, aqui está a sua água.

— Muito obrigado, Madeleine.

— De nada, estou à disposição — ela responde, se retirando.

Dick pega o telefone em sua mesa e disca para o comandante da aeronave.

— Comandante Thomas, o helicóptero está pronto? Daqui a quinze minutos estaremos partindo para o litoral.

— Tudo bem, senhor Dick. Podemos ir na hora que o senhor quiser, está tudo pronto.

— Muito obrigado, já estamos saindo.

Robert, acabando de tomar sua água, diz:

— Na hora que você quiser, podemos ir.

— Vamos, então.

Para chegar ao helicóptero, foi necessário apenas abrir a porta de correr que dava para o hangar. Era um modelo AW109SP Grand New, com o nome de Dick bem ao lado da porta, assim como todos os seus meios de transporte. Seu jatinho, um Citation ten, da Cessna, um avião intercontinental que voa grandes distâncias sem escala, considerado o jatinho mais rápido do mundo, é um dos mimos dele. Não era uma questão de luxo, mas necessidade devido ao seu trabalho.

Os dois entram na aeronave, e Dick dá a ordem para decolar. Eles seguem rumo ao litoral paulista e, passando-se trinta e cinco minutos de voo, chegam no heliporto da marina. Quando aterrissam, um funcionário da marina abre a porta do helicóptero para recebê-los.

— Boa tarde, senhor Dick, tudo bem?

Apesar de Dick ter apenas trinta e quatro anos, ele é chamado de senhor por respeito das pessoas com quem convive, mas não liga para isso. Ele é um cara muito simples de coração, o que ele considera importante era estar bem com as pessoas e seus familiares. Ele tem uma organização não governamental que ajuda crianças com deficiências físicas e cognitivas. Robert conhecia seu trabalho na instituição que Dick mantinha junto com vários empresários que faziam doações, já que o trabalho era totalmente filantrópico, e seu principal objetivo era ajudar famílias carentes de crianças com algum tipo de deficiência, dando possibilidade de eles terem uma vida mais digna e de qualidade.

— Tudo bem, sim, e você?

— Estou bem, senhor!

— Esse é meu amigo Robert.

— Prazer, senhor Robert, é um prazer tê-lo por aqui.

— O prazer é todo meu.

— Senhor Dick, seu iate já está pronto e na água. Só falta o senhor ir até lá, até já preparei o frigobar e a champagne que o senhor pediu.

— Ok, muito obrigado.

— Seus amigos em breve estarão aqui. Deixei na portaria as credenciais deles.

— Ok, muito obrigado. Vou aguardá-los no barco, assim que chegarem, encaminhe-os para cá.

— Tudo bem, farei isso.

— Obrigado. — E, virando-se para Robert: — Vamos lá, Robert?

— Opa, vamos.

Quando os dois chegam no barco, Robert dá de cara com um mega iate de, aproximadamente, trinta metros de comprimento, com o nome Isis escrito nele, em homenagem à esposa de Dick. Robert elogia a escolha do iate de seu amigo.

— Nossa, Dick, muito bonito seu iate, gostei.

— Que bom que você gostou. Esse é um Azimut 100 Leonardo, comprei há um mês e vou inaugurar hoje, por isso te chamei... não poderia passar esse dia tão especial para mim sem meus melhores amigos.

— Fico muito agradecido por poder contar com pessoas como você, um cara tão humilde.

— Ah, Robert, eu que tenho orgulho de ter amigos como você, um cara que tem uma história fantástica, que quer fazer o bem, sempre me ajudou nos momentos difíceis.

— Nós estamos nessa vida pra isso, esse deve ser o nosso objetivo: "fazer o bem sem olhar a quem".

— Com certeza, Robert, mas agora vamos brindar. Vou pegar um champagne para nós e já volto.

— Tudo bem.

Na cabeça de Robert surgem alguns pensamentos, enquanto ele observa o mar, com os pensamentos fixados em uma pessoa. Não era comum isso acontecer, mas eles estavam lá, em sua mente, martelando sua consciência. Era diferente dos que havia tido ultimamente, era sobre uma mulher, mas não qualquer uma, uma que tinha deixado algo escondido em seu subconsciente, algo que aparecia em lapsos de memória. Era sobre sua paciente Mary; ele se lembrava da última sessão dela, em que estava com um vestido curto e um perfume maravilhoso, o que o tinha deixado realmente encantado por aquela menina-mulher. Essa era a melhor descrição para Mary: seu jeito de menina, mas, ao mesmo tempo, seus traços espetaculares e encantadores de mulher. Ele lutava contra esses pensamentos, porque nunca pensaria em se envolver com uma paciente e não saberia se era uma paixão real o que alguma paciente sentiria por ele, por causa dos processos de transferências que ocorrem na terapia, de paciente ao terapeuta. De repente, Dick chega e vê Robert daquela maneira, olhando paralisado para o horizonte e, em tom de brincadeira, pergunta:

— Alô, Robert! Você está brisando, pensando na vida?

Robert dá risada e responde:

— Estava no mundo da lua.

— Percebi, mas será que era da lua mesmo? Não parecia!

— Era, sim, relaxa.

— Olha lá, amigo, parece que sua mente estava em algo diferente da lua, deve ser uma paixão. — Dick dá risada e continua falando. — Isso é normal, amigo, você lembra? Até me ajudou quando estava mal com a Isa.

Dick continua rindo. Robert, então, dá risada meio sem graça, porque sabia que seus pensamentos eram sobre uma pessoa, mas jamais admitiria, e responde:

— Estou tranquilo, Dick, não é nada disso.

Dick continua a brincadeira com Robert e diz:

— Meu irmão, é normal gostar de alguém. Relaxa! Estou vendo que algo está diferente em você.

— Dick, só estou meio cansado, deve ser por causa do trabalho mesmo. Não é nada do que está pensando, só estava parado olhando para o horizonte. Aliás, você sabe que não faz muito tempo que terminei com minha ex, então estou em um período mais tranquilo, tentando colocar a casa em ordem.

O que Robert estava pensando, na verdade, era naquele momento em que viu Mary linda com aquele vestido, mas, depois que Dick veio falar com ele, deixou esse pensamento de lado.

— Então está bem, Robert, se está dizendo… se precisar de seu amigo aqui, é só falar — disse Dick, sorrindo.

— Está bem, contarei sempre com você — Robert responde, dando risada.

Capítulo 25

Uma criança abandonada

Mary indaga seus pais sobre a coleta de sangue do dia seguinte, para que pudesse fazer as análises para o trabalho da semana seguinte.

— Pai, mãe, amanhã cedo farei a coleta de vocês, preciso que estejam em jejum, está bem?

Margarete olha para Frank, e ele, automaticamente, devolve um olhar meio sem jeito para ela, mas respira fundo e fala:

— Filha, não vai dar.

— Por quê, pai?

— Tenho que falar algo muito importante para você, filha, aliás, nós dois.

Mary fica meio meio assustada, sem reação, e diz:

— Pode falar, pai. O que é?

— Bom, filha, não é fácil para nós falarmos isso para você. Eu e sua mãe...

Mary interrompe.

— Pai, você está me assustando, por favor...

Frank continua a falar.

— Não quero te assustar, filha, só precisamos te contar algo que deve saber.

Mary respira fundo e assume um semblante em choque.

— Pai, me diz logo... o que você e a mamãe têm pra me dizer?

— Calma, filha, por favor. Vou contar algo que nunca gostaríamos de ter escondido, só queríamos te privar de qualquer sofrimento, ainda mais depois do que aconteceu com nossa família. Não foi fácil pra ninguém, principalmente para você... Pra mim e para sua mãe também não foi nada fácil, por isso não te contamos antes.

Margarete tenta se segurar ao máximo, mas estava quase aos prantos. E Mary, nervosa e com a fala embargada, pede:

— Pode falar, pai.

Frank, com os olhos cheios de lágrimas, diz:

— Filha, nós não somos seus pais biológicos, mas sempre te amamos.

Com isso, Mary se levanta da mesa rapidamente e vai em direção ao seu quarto. Seu pai vai atrás dela e a impede de entrar no quarto, então a segura fortemente e diz:

— Filha, você é tudo para mim. Eu te amo e não sei o que seria da minha vida se eu te perdesse.

Margarete a abraça também, os três ficam assim, juntos, e sua mãe diz:

— Filha, eu te amo. Para nós, você sempre será a nossa filha, sempre, sempre.

Mary finalmente responde:

— Eu também, pai e mãe, sempre amei vocês. O meu medo sempre foi de perder vocês, e saber que não são meus pais biológicos me dá mais medo ainda, por mais que eu os ame.

— Filha, jamais aconteceria isso, nunca te abandonaremos. Eu e sua mãe te amamos mais do que tudo neste mundo e faríamos tudo por você, jamais alguém vai tirar você do nosso amor.

Os três ficam juntos, abraçados por alguns minutos, em prantos, mas logo se acalmam e voltam para a sala. Sentam no sofá e as perguntas de Mary começam.

— Se vocês não são meus pais biológicos, quem são? Onde moram?

Frank responde primeiro.

— É uma história meio longa, mas iremos contar todos os detalhes de como você veio para nossa vida. Era 14 de julho de 1998, estávamos eu e sua mãe passando férias no sul. Ficamos dez dias em Gramado, em um hotel muito bom, depois fomos para a casa de sua tia, em Porto Alegre. Em uma noite, por volta das sete e meia, fomos em um supermercado perto da casa, não havia quase ninguém na rua devido ao frio intenso. Lembro-me de como se fosse hoje: sua mãe queria comprar algumas coisas para o preparo de chocolate quente, então eu a acompanhei para ela não ir sozinha, por mais perto que fosse; no caminho, umas oito quadras de distância da casa da minha tia, ouvimos um choro, achamos que fosse alguma criança dentro de casa, mas parecia muito próximo. Sua mãe olhou para mim com uma cara assustada e disse que também achava que vinha de perto, só não imaginava que era uma criança mesmo, mas voltou e viu uma caixinha perto de um foco de luz.

Os olhos de Frank começam a se encher de lágrimas e, com a voz mais embargada, continua a história.

— Quando sua mãe me chamou, fiquei pasmo, não queria acreditar que seria uma criança naquela caixinha de papelão, enrolada com uma coberta velha.

Dos olhos de Mary começam a escorrer lágrimas, mas ela continua atenta ao seu pai falando.

— Quando eu a vi, aquela menininha que tinha apenas uma semana de vida, toda vermelhinha de frio, comecei a chorar. Eu e sua mãe choramos juntos quando pegamos você naquela situação.

Margarete não se contém e começa a chorar muito, mas começa a contar mais uma parte da história para sua filha:

— Filha, foi muito difícil acreditar, pois fazia muito frio em Porto Alegre. Quando a vi, tirei você daquela caixa rapidamente, tirei minha jaqueta e a coloquei em você, para aquecê-la. Depois, voltamos correndo para a casa da tia de seu pai, você estava quase com hipotermia, então colocamos uma coberta em você e chamamos uma ambulância para levá-la ao hospital.

"Eu e seu pai acompanhamos sua estadia no hospital, tememos perdê-la pelo estado em que você se encontrava. Foi por Deus que você acabou sobrevivendo, porque quando entramos no hospital, os médicos estavam quase sem esperanças, dizendo que você não tinha chances de sobreviver, pois estava está muito mal. Naquele momento difícil, eu tive fé, muita fé, porque não queria que algo ruim acontecesse com você. Quando orei a Deus para que Ele te salvasse disso tudo, que Ele desse outra chance a você, ele me atendeu. Passamos a noite inteira esperando resultados médicos sobre sua situação, filha. Quando eram quase três horas da madrugada, apareceu um médico e disse: 'Senhora Margarete e senhor Frank, por favor, compareçam na sala do Doutor Rosival'.

"Naquele momento, eu e seu pai estávamos temerosos de que algo ruim acontecesse, mas em meu coração eu sentia paz, uma certeza de que tudo daria certo. O médico, então, chegou e falou: 'Senhora Margarete e senhor Frank, não sei o que aconteceu, mas estou sem palavras. Em vinte anos de carreira médica, nunca vi algo tão surpreendente. A senhora acredita em milagres?'.

"Quando ele fez essa pergunta, meu coração já tinha me falado que tinha dado tudo certo, mas respondi entusiasmada: 'Sim, doutor, acredito que Deus faz milagres. Creio muito em Jesus Cristo, e foi para Ele que sempre estive orando por essa criança', então ele me deu a notícia: 'Então, senhora, acredite, pois foi um milagre mesmo. A criança está cem por cento bem, sem sequela ou qualquer problema. Se existe milagre, aconteceu atráves da sua oração'."

O médico falava nesses termos devido à maioria dos médicos serem agnósticos. Margarete continua contando a Mary sobre o ocorrido, e a emoção de ambas continua à mostra.

— Já tínhamos vencido a primeira barreira, que era a sua recuperação; a segunda seria descobrir quem era a sua mãe biológica e por que tinha feito aquilo.

Frank começa a falar das dificuldades em descobrir o paradeiro de seu pai e sua mãe biológica.

— As coisas foram mais difíceis do que imaginávamos. Enquanto você estava em observação no hospital, eu e sua mãe fomos na delegacia fazer um boletim de ocorrência pelo fato de que tínhamos encontrado você naquela situação. A procura pelo seus familiares não dava resultado, durante uma semana tentaram encontrá-los, mas só acharam dados, foi quando nos ligaram contando que tinham em mãos todo seu histórico familiar, pelo qual ficamos sabendo que você só tinha uma avó e que ela morava totalmente separada da filha por problemas familiares. Descobrimos que seus pais biológicos eram usuários de drogas, é muito difícil dizer isso, mas eles estão mortos. Eles eram traficantes, e ficamos sabendo que sua mãe tinha morrido na mesma semana em que abandonou você.

"Ficamos muito constrangidos, seu pai também tinha sido assassinado, então só restava sua avó, porém ela já estava em idade avançada, setenta e dois anos, e lutava contra um câncer. Foi aí que eu e sua mãe decidimos entrar com uma ação para adotá-la, não foi nada fácil, mas conseguimos. Você ficou em um abrigo nesse tempo todo em que estávamos lutando pela sua guarda, ajudamos a sua avó no tratamento do câncer, mas só foi possível prolongar um pouco mais sua vida, porque a doença já estava em estado avançado. Ela veio a falacer e, como era sozinha, ajudamos no funeral e tudo o mais. Só ficamos sabendo que ela tinha mais filhos no dia de seu velório, pois eles moravam em outro estado."

Logo Margarete começa a falar do momento especial em que a filha entrou na vida deles definitivamente.

— Filha, você foi um presente de Deus em nossas vidas, veio em um momento que eu e seu pai queríamos muito ter um filho, mas eu estava fazendo tratamento para engravidar. Já tinha sofrido dois abortos espontâneos, era um momento difícil para mim em todos os sentidos. Sempre pedia a Deus pra que ele me concedesse um filho, mas, às vezes, não entendemos como Ele age, e Ele fez acontecer de uma maneira linda e mágica, Ele realmente me deu você.

Mary, com lágrimas nos olhos e um sorriso no rosto, vai na direção de seus pais, dá um forte abraço nos dois e diz:

— Pai, mãe, jamais esquecerei o que fizeram por mim. Vou ter uma dívida eterna com Deus, e com vocês. Não tenho palavras para expressar a gratidão que tenho pelo que fizeram por mim. Amo muito vocês, muito obrigada!

Frank dá um beijo na cabeça de sua filha e mexe em seus cabelos.

— Filha, você é o maior presente que Deus nos deu. Eu sou o cara mais grato por ter a filha mais maravilhosa.

E o grande segredo foi revelado, sendo assim, não tinha mais nada a esconder agora, Mary sabe de toda sua origem, e sabe que a palavra gratidão é a que ia marcar sua vida para sempre.

Capítulo 26

E foi assim que tudo começou...

Robert acorda cedo, olha para o relógio, que está marcando seis e quinze da manhã, e se levanta, não tem mais sono. Vai para o banheiro para tomar banho, liga a água fria, como de costume para despertar e ficar bem disposto, entra embaixo do chuveiro e fica pensando no que tinha marcado em sua agenda. Logo se lembra que, no último horário do dia, iria se encontrar com ela, simplesmente a pessoa que vinha roubando seus pensamentos de uma forma inconsciente. Logo ele sai do banho, analisa sua agenda em seu tablet, confere o horário de todos seus pacientes e verifica seus compromissos. Quando vê o nome dela, dá um suspiro diferente.

Mary também precisa acordar cedo para ir para a faculdade, então, quando o relógio desperta às sete e quinze da manhã, ela lembra que precisa passar na casa de sua amiga em meia hora. Levanta rapidamente da cama e vai correndo para o banho, saindo cinco minutos depois. Troca de roupa, pega sua bolsa e vai direto para o carro, sem tempo para tomar café da manhã.

Robert, após olhar sua agenda e conferir tudo, vai para a cozinha tomar seu café da manhã e ler o jornal do dia, como sempre fazia, pois gostava de saber as notícias do dia a dia. O que ele mais gostava de ler era a página de esportes, pois gostava muito de futebol, golfe e tênis. Depois ainda dava uma olhada na folha de economia.

Chegando em seu consultório, ele já tem uma paciente marcada para atender entre oito e nove horas, depois precisaria fazer um treinamento coletivo.

Mary já está na faculdade, sua aula seria de genética e seu dia seria muito puxado. No final da tarde ela iria na terapia, não faltava a uma sessão sequer, pois estava gostando muito do tratamento e já estava notando uma melhora em sua vida, além de haver um motivo diferente passando em sua mente, ela só não entendia direito o que era.

Na hora do almoço, Mary liga para sua amiga Priscila para almoçar.

— Oi, Mary, onde você está?

— Estou te ligando pra nós irmos almoçar no restaurante do lado de fora da faculdade.

— Ah, sim, vamos, estou morrendo de fome. Em qual bloco você está?

— Eu estou no H, me encontra na portaria. Pode ser?

— Pode, sim.

— Tudo bem, te espero na frente da portaria, beleza?

— Beleza, amiga, beijo.

— Beijo, até.

Elas se encontram no local marcado e vão para o restaurante. Chegando lá, Mary diz:

— Vamos nos servir já?

— Vamos! Deixa as coisas na mesa doze e vamos.

Elas se servem e vão para a mesa, lá começam a conversar.

— Mary, lembra que eu falei para você do Marcos?

— Lembro. O que está acontecendo entre vocês?

— Então, amiga, estamos conversando, vamos sair amanhã à noite.

— Que bom, Pri, fico feliz por você.

— E você, Mary, está de caso com algum boy?

— Não estou, não, estou bem assim.

Após sua fala, ela abre um sorriso de canto de boca, com um ar pensativo, mas sua amiga percebe e logo pergunta:

— Mary, que cara é essa? Está apaixonada?

— Lógico que não, Priscila, estou tranquila.

Em sua mente, ela estava lutando contra um sentimento que surgia em seus pensamentos, que a incomodava e gerava conflitos internos.

— Não sei, não, Mary — diz Priscila, dando risada.

— Você está viajando — Mary diz, dando risada. — Você está usando tóxicos, só pode. Depois que larguei daquele que não quero nem falar o nome, sabe que não tenho me apaixonado por ninguém, nem quero.

Priscila responde, dando risada:

— Então tá.

— Você sabe que depois que comecei a terapia tudo mudou para mim, enxergo muitas coisas de forma diferente agora.

— Verdade, Mary, vejo que está mais sorridente ultimamente, parece estar muito bem.

— Sim, apesar dessas coisas que ocorreram na minha família, de saber que meus pais biológicos eram outros e de toda minha história de vida, ainda consegui encarar isso de uma forma positiva.

— Nossa, imagino, Mary, ainda mais depois de tudo pelo que passou ultimamente: a perda de seu irmão, saber sobre sua família, seus pais e tudo isso. Realmente tem que estar bem para aguentar, vejo que a terapia está surtindo efeitos muito positivos em você.

— Com certeza, Priscila, tenho que agradecer muito o trabalho do meu terapeuta, ele é muito bom, me entende de uma forma que eu admiro. Fico muito admirada com o que ele faz mesmo, como conseguiu fazer eu achar minhas próprias respostas.

Os olhos de Mary, quando falava em Robert, chegavam a brilhar, a forma como falava dele era impressionante.

— Nossa, Mary, pelo jeito que fala dele, deve ser realmente muito bom fazer terapia com ele. Vejo isso em seus olhos.

Mary, percebendo que tinha deixado transparecer essa admiração por ele, tenta desconversar.

— Mas é tranquilo, Priscila.

— Você disse que ele é bonitão!

Mary fica com vergonha e até meio vermelha, mas responde:

— Sim, ele é bonito mesmo, mas o que tem a ver, Priscila?

— Nada, ué, só vejo os fatos. Ele é um cara bonito, te entende, elegante ainda... esse homem é perfeito.

— Você está me deixando com vergonha, Priscila. Sim, ele é um cara bonito mesmo e tudo isso que falou. Falando nisso, tenho terapia com ele hoje às sete.

Mary dá um sorrisinho para descontrair, mas Priscila diz:

— Falando sério, vai lá, amiga, você está ficando bem mesmo. Nunca te vi tão bem como agora. Já faz quanto tempo que está fazendo terapia?

— Faz um mês já, três vezes por semana, está sendo excelente. Obrigada, Priscila, que bom que as pessoas estão percebendo, mas tenho muitas coisas para tratar ainda, problema com meu ex, né? Tem coisas que eu ainda não superei, tem momentos e algumas coisas que acontecem comigo que ainda me fazem lembrar dele, mas o que mais me incomodou foi a traição, não foi fácil. Às vezes penso que entrar em um novo relacionamento poderá mudar o que eu sinto, mas não sinto muita segurança em relação a isso, sabe?

— Pois é, amiga, não é fácil mesmo. Mas acho que deve encarar isso, aproveitar que está fazendo terapia e tratar essa questão que tanto te incomoda.

— É difícil mexer nisso, mas tenho que trabalhar essa questão, sim. Se eu consegui superar o luto do meu irmão já, consigo trabalhar isso também. O luto do meu irmão não foi fácil, lembrar todos os dias que ele tinha partido, mas a minha vida não poderia parar nisso. Hoje estou bem, ainda melhorando em comparação a como eu estava antes.

— Compreendo, Mary, eu vi seus problemas de perto, todo esse tempo difícil pelo qual passou, mas você está aqui, firme e forte.

— Obrigada, Priscila, tenho você e a Gessy como minhas irmãs, muito obrigada. Mudando de assunto, já está na hora de voltarmos para a faculdade, agora vai ter aula com o professor Frederico.

— Faltam vinte minutos apenas, vamos pagar e voltar logo para a faculdade, porque temos que ir para a clínica.

— Beleza, vamos.

Às duas horas, Robert olha para o seu celular e percebe que seu horário na empresa onde estava dando treinamento havia terminado, então se despede do pessoal e vai para casa, pois ainda tinha que terminar uma parte de um trabalho em que estava ajudando um amigo de profissão no doutorado. Ele estava escrevendo sobre a transferência que ocorre nas terapias entre paciente e terapeuta e como o profissional teria que lidar com isso. Robert era muito experiente nesse quesito, nunca teve problemas relacionados em toda sua carreira, sempre foi muito ético. Em casa, continuou escrevendo a respeito do fenômeno da transferência, uma espécie de deslocamento do sentido atribuído a pessoas do passado para outras, do presente. Na psicanálise, esse fenômeno era muitas vezes observado por parte do paciente com relação ao analista, sendo considerado parte importante do processo de cura.

De repente, seu celular toca, era sua secretária avisando sobre o agendamento de uma visita a uma empresa que teria solicitado treinamento para sua equipe.

— Oi, Verônica, pode falar

— Robert, tem uma empresa interessada em fazer o treinamento da equipe com foco em capacitação pessoal. Agendei para você fazer uma visita na próxima sexta-feira, no período da tarde.

— Tudo bem, vou, sim! Que horas você marcou?

— Marquei a partir das duas e meia, pode ser? Fiquei de confirmar com eles.

— Tudo bem, Verônica, sem problemas. Pode confirmar, era só isso?

— Sim.

— Muito obrigado, Verônica, tenha uma boa tarde.

— Obrigada, Robert, para você também. Até mais.

Depois de desligar o telefone, Robert diz para seu amigo Rosinei:

— Amigo, vou ter que ir nessa, tenho uns compromissos daqui a pouco. Se pudesse, ficaria mais pra te ajudar e te dar mais dicas para sua tese, mas fica pra outro dia.

Rosinei responde:

— Sem problemas. Agradeço muito que tenha vindo aqui para me ajudar. As dicas que me passou são muito boas, vou terminar de escrever e editar algumas coisas nesse texto ainda.

— Tranquilo, mas está ficando muito bacana sua introdução sobre o tema. Qualquer dúvida, me manda mensagem que te ajudo no que eu puder. Lembro da minha tese, foi difícil, precisei das orientações, sabe? Mas depois foi mais tranquilo.

— Não aceita um suco ou água?

— Estou tranquilo, muito obrigado. Tenho que passar em casa e voltar para a clínica ainda para atender uma paciente às sete.

— Ah, bacana. Cara, tenho essa questão ainda sobre a transferência na prática. Você sabe que eu atendi pouco tempo na clínica, que trabalhei mais no social todo esse tempo. Esse processo de transferência acontece a ponto de o paciente confundir a relação?

— Acontece, sim. É muito comum, na verdade, o importante é você ser ético e profissional para tratar sobre isso. Pode haver casos, principalmente se sua paciente for mulher, em que ela poderá confundir a função e se apaixonar pelo terapeuta. Por isso, você tem que estar bem consigo mesmo para saber lidar com isso. Até agora nunca tive problemas em relação a isso, sempre tento levar pelo lado profissional.

— Uhum, entendo… mas pode acontecer de você gostar de uma paciente?

— Tudo depende, tem que ver se não é um sentimento relacionado à interferência na transferência, pois isso pode gerar um conflito em você por não saber se é verdadeiro ou não. Sempre foque na ética profissional, isso é o mais importante na nossa área, como em qualquer outra.

— Entendi, Robert. Bom, não quero tomar mais seu tempo… Vai lá, amigo, outra hora conversamos mais sobre isso. Vou te levar até a porta.

Já na porta, eles se despedem.

— Tranquilo. Vou nessa. Abraço, até mais.

— Até.

Robert entra em seu carro e vai para casa, precisava de um descanso antes de atender Mary na clínica.

Às seis horas da tarde, Mary sai da faculdade e precisa levar sua amiga para casa antes de ir para a terapia. Ela passa na sala onde Priscila está e espera por ela na porta. Pouco depois, a amiga sai da aula:

— Oi, Mary. Está indo embora já?

— Sim, Pri, estou indo.

— Então, acho que vou pegar carona com o Marcos, lembra?

Mary dá um sorrisinho e diz:

— Lembro, sim. Vai lá, toma juízo, menina.

— Fica tranquila, amiga — Priscila diz, com um sorrisinho no canto da boca.

— Eu vou indo, então, para passar em casa e tomar um banho pra ir na terapia.

— Beleza, vai lá.

— Amanhã você quer que eu passe na sua casa de manhã?

— Não precisa, Mary, muito obrigada.

— Tudo bem, então, Pri. Se precisar é só mandar uma mensagem ou me ligar, ok?

— Ok, amiga. Não se preocupe comigo, não. Até mais.

— Até, tchau.

Às seis e vinte, Robert sai de sua casa para ir para a clínica, chegando lá faltando apenas quinze minutos para sua paciente chegar, então ele fica em sua sala esperando.

Mary, quando chegou em casa, tomou banho, trocou de roupa e se arrumou. Ela estava realmente linda, com um visual descolado, um perfume afrodisíaco que trouxe de Paris, quando viajou com sua família. Quando olhou em seu relógio, já eram seis e trinta e cinco, então ela precisava sair para não perder a hora.

São quase sete horas quando Verônica bate na porta da sala de Robert, abre-a e diz:

— Com licença, Robert, sua paciente chegou.

— Tudo bem, Verônica, pode mandar entrar.

Robert recebe Mary na porta e a cumprimenta com um aperto de mãos, dizendo:

— Boa noite, Mary, como vai? Entre.

Mary estava muito bonita com seus olhos marcantes e seu perfume delicioso. Assim que ela chegou, todo o lugar se encheu com aquele perfume maravilhoso, e Robert logo percebeu o quanto ela é linda. Era impossível não reparar na beleza de Mary, era a paciente mais bonita que ele já tinha atendido em toda sua carreira, mesmo que seja curta, afinal, achar uma beleza como a dessa garota era muito difícil, ainda mais combinada com sua doçura.

— Estou bem, sim.

— Por favor, deite-se no divã e fique à vontade.

— Obrigada.

— Conte-me, como você está? Como está indo em relação aos seus problemas?

— Tenho muito o que falar. Depois desse tempo em que estou fazendo terapia, já estou muito contente, pois estou conseguindo enxergar muitas coisas de forma diferente. Melhorei bastante em relação ao luto, estou conseguindo ver e resolver de um jeito diferente os conflitos familiares.

— Compreendo.

— Mesmo assim, essa semana aconteceu algo muito difícil para mim.

— E o que foi? Fique à vontade para me contar, quero saber dos detalhes.

— Eu tinha que fazer um trabalho para a faculdade na semana passada, no qual eu precisaria examinar o sangue dos membros da minha família para fazer a árvore genealógica, foi quando eu tive uma grande surpresa. Você se lembra que eu disse que tinha a sensação de não pertencer à minha família?

— Sim, lembro, conte-me mais.

— Então, eu não esperava uma notícia dessas, mas aconteceu que, quando pedia para fazer os exames nos meus pais, os dois sempre inventavam uma desculpa, de não terem tempo e tal. Até que um dia, à noite, meu pai foi jantar em casa, então acabei os encurralando, ou eu pensava que sim. No fim, foi o contrário, eles que me encurralaram para me contar uma grande revelação.

— E o que era?

— Na hora em que fui falar pra eles que tinha que fazer a coleta de sangue na manhã seguinte, meu pai disse que não ia dar e contou que eu não sou filha biológica deles.

Robert a interrompe e pergunta:

— O que pensou quando soube disso?

— Para mim, foi um choque. Na hora não pensei nada, mas vieram muitas lembranças em minha mente, travei e saí correndo para o meu quarto. Meu pai me segurou, e voltamos para a sala, onde eles me contaram como me encontraram e o que aconteceu com meus pais biológicos.

— É muito importante você relatar sobre sua origem, acha que está bem para contar isso para mim?

— Sim, estou bem. Então, eles me contaram que, quando eu ainda era bebê, eles me acharam na rua, em uma noite muito fria, em que estavam indo ao supermercado na cidade da minha tia, onde estavam passando férias. Eles ouviram um choro, meu pai não imaginou que era uma criança na rua, mas minha mãe acabou voltando pois o som vinha de muito próximo...

Mary faz uma pausa para tentar conter as emoções e fica em silêncio por alguns segundos, com a respiração mais forte. Robert continua em silêncio, esperando pela continuação de sua fala. Depois de um suspiro, ela volta a falar.

— Eles voltaram e encontraram uma caixinha, de onde vinha o choro. Meu pai ficou assustado na hora, não queria acreditar no que estava ali dentro, então minha mãe abriu a caixa, e eu estava lá, embrulhada em uma coberta.

Ela continua lembrando das emoções que sentiu recentemente com sua família após saber a verdade sobre sua origem e conta a história mais pausadamente para conseguir conter a emoção, enquanto Robert fica em silêncio, ouvindo e analisando os fatos. Ele a deixa à vontade para esmiuçar cada parte de sua fala.

— Eles me levaram para o hospital rapidamente, porque estava quase sofrendo uma hipotermia. Foi um milagre eu ter sobrevivido, segundo o médico, porque entrei no hospital desenganada pelos médicos, que disseram que eu dependia de um milagre para continuar vivendo. Graças a Deus estou viva, acredito que nada é por acaso nessa vida, temos um destino. Era pra eu estar morta, pela lógica, mas hoje estou com a família maravilhosa. Sou grata a Deus e meus pais por ter sido adotada por uma família que me ama muito. Não consigo acreditar que é tudo acaso, por isso consegui encarar tudo de uma forma positiva, porque meus pais são eles, que me criaram, me deram amor e todo o carinho do mundo.

Robert interrompe Mary e diz:

— Mas e a questão de seus pais biológicos?

— Vou contar a relação deles nessa história. Eles eram usuários de drogas, ambos morreram assassinados pelo movimento do tráfico, minha mãe biológica morreu uma semana após me deixar naquele lugar.

— Você tem algum pensamento ruim em relação a isso?

— Não, porque nem cheguei a conhecê-los. A única referência que tenho é de meus pais "adotivos", que são os meus pais de verdade. Não tem como eu sentir algo por pessoas que nem cheguei a conhecer. Mesmo se eles estivessem vivos, o sentimento pelos meus pais de criação não ia mudar, nem poderia dizer que sentiria algo maior por eles do que pelos meus pais atuais, afinal eles fizeram tudo por mim.

— Compreendo.

— Mas tenho muitas coisas que gostaria de falar com você.

— Sim, pode falar.

— É muito difícil para mim, porque foi uma coisa muito forte. Eu tenho muitas inseguranças hoje em meus relacionamentos por causa disso.

Robert olha para o relógio e percebe que o tempo da sessão já estava no fim, então ele corta a conversa de sua paciente e diz:

— Acabou seu horário, continuaremos na próxima sessão.

Eles se despedem, ela olha bem nos olhos dele com seu olhar penetrante, aperta sua mão e passa seus dedos nela de um jeito sutil, discreto, mas sedutor, e, com uma mordida em seus lábios, olhando para ele, diz:

— Tudo bem, Robert, irei fazer isso.

Robert olha nos olhos dela, mas de maneira mais discreta, e responde:

— Então está bem, boa noite.

Ele a acompanha até a porta do seu consultório e, saindo, ela diz:

— Boa noite, até mais.

Robert volta para a sua sala para guardar alguns pertences, faz algumas anotações, mas logo o pensamento vem à tona, ele pensa em Mary. Começa a lembrar dos traços dela, do jeito, seu perfume, que ainda estava na sua sala, mas logo dá por si e fala em voz alta:

— Deve ser apenas uma coisa à toa, não posso sentir nada por essa garota, não posso, não posso. Robert, Robert, isso é apenas uma coisa comum... é apenas um sentimento bobo, deve ser por causa da carência de momento, nada mais.

Ele dá um suspiro, passa a mão em seus cabelos e coloca a mão no rosto. Tenta reprimir esse sentimento que tanto o incomoda, mas nunca alguém mexeu com ele dessa forma, até que ele continua dizendo:

— O que essa garota tem? Meu Deus, ela é tão diferente, tem algo que me parece familiar, mas não é bem isso. Ela tem um jeito, um brilho nos olhos que me deixa totalmente sem chão. Meu Deus, o que ela tem? Nunca me identifiquei tanto com uma pessoa assim, ainda mais sendo uma paciente. Todo esse tempo que me relacionei com pessoas dentro e fora da clínica, nunca conheci alguém tão diferente, que me chamasse tanta atenção. O que ela deve ter?

Robert, apesar de ser um terapeuta muito experiente, tinha questões a serem trabalhadas, mas, acima de tudo, sempre foi muito ético em seu trabalho, nunca teve problema algum enquanto profissional. Mas jamais imaginaria que passaria por um conflito tão grande entre sua profissão e sua vida pessoal, porque nunca passou por sua cabeça que poderia ter algum tipo de sentimento por uma paciente. Esse era o seu maior conflito, ter que lidar com um sentimento que, ao mesmo tempo, é muito profundo e proibido. Já vinha lutando contra esse desejo, que surgiu de maneira tão sutil, há algumas semanas.

Mary chega em casa e aparece na sala para falar com sua mãe.

— Oi, mãe, tudo bem?

— Oi filha. Tudo bem, sim. Percebo que está diferente, chegou toda sorridente, o que aconteceu com você?

Mary não fazia ideia do quanto tinha deixado transparecer o seu jeito alegre e feliz, mas quando sua mãe percebeu, ela tentou disfarçar, dizendo:

— Nada, mãe, estou contente. Estava dando risada do que a Gessy estava falando para mim no celular, do cachorro dela que tinha quase morrido engasgado, que foi um susto para a mãe dela.

— Ah, entendi. Faz tempo que não te vejo desse jeito, com esses olhinhos tão alegres assim. Fico feliz!

— Ah, mãe, eu estou bem, estou me recuperando das coisas que aconteceram, sabe? Estou aprendendo a dar um novo sentido à minha vida, graças ao Robert. Quer dizer, à terapia dele — diz Mary, tentando corrigir suas palavras, pois acabou de ter um ato falho, em que o desejo do inconsciente é realizado involuntariamente. Ela não queria deixar evidentes os sentimentos que vinha tendo por seu terapeuta. — Mas, mudando de assunto; mãe, a senhora já jantou?

— Ainda não.

— Agora são oito e trinta e cinco. A senhora quer sair pra comer?

— Vamos, sim. Vou ligar para uma amiga minha para convidá-la. O que você acha?

— Vou ligar para a Gessy pra saber se ela quer ir também.

— Tudo bem, filha.

Depois do jantar com a mãe e suas amigas, elas voltam para casa. Mary diz para sua mãe:

— Mãe, estou cansada. Vou tomar banho e dormir.

— Tudo bem, filha. Eu vou assistir um pouco de TV na sala. Tenha uma boa noite, durma com Deus.

— Tudo bem, mãe, boa noite. Fique com Deus.

Mary vai para o seu quarto, mas antes de ir tomar banho abre suas redes sociais no celular, acaba vendo uma foto em que Robert aparece, então lembra dele e toma uma atitude: manda uma mensagem para ele.

Boa noite, Robert. Foi muito boa a terapia hoje. Você foi muito atencioso comigo! Só queria te desejar uma boa noite. Beijos, Mary.

O número de celular que ela tinha do trabalho dele, pois o número privado ele geralmente não passava para clientes por questão de privacidade, mas ele recebia todas as notificações no mesmo celular, pois seu celular tinha dois chips.

Robert estava em sua casa, relaxado, assistindo TV. Era quase meia-noite quando o celular dele vibra com uma nova notificação; ele pega o celular, vê um número desconhecido, mas abre a mensagem. Depois de ler e descobrir que o número é de Mary, ele dá um suspiro, abre um sorriso no canto da boca, mas, quase ao mesmo tempo, fica sério e tenta controlar a emoção. Ele não responde, mas seus pensamentos começam a entrar em conflito em relação a essa suposta paixão enrustida por ela. O que está em jogo, porém, são fatores pessoais e profissionais.

Capítulo 27

Uma visita ao médico

Frank acorda cedo com seu celular despertando às sete horas, olha para o lado e sua noiva já não está lá. De repente, ela chega com o café da manhã.

— Bom dia, amor. Vim trazer o seu café da manhã.

Frank, com um sorriso no rosto, responde:

— Que surpresa agradável, amor!

— Hoje pensei em fazer um agradinho para esse meu noivo lindo. Todas as vezes é você quem traz café na cama para mim, então resolvi fazer essa surpresa para você, meu gatão.

— Vem aqui, minha linda.

Susie se senta ao lado dele, e Frank a abraça e beija-lhe a boca, mas logo começa a falar com ela.

— Amor, preciso tomar café rápido. Me ajude a comer aqui, você trouxe bastante coisa. Tenho médico marcado às nove.

— Nossa, amor, você nem tinha me falado que iria ao médico. Você está bem?

— Estou bem, só ando meio cansado. Como faço check-up todo ano, aproveitei para adiantar esse para agora, em abril, já que normalmente faço em maio.

— Entendi, amor, fiquei preocupada com você.

Susie beija seu noivo novamente, e Frank responde:

— Não é nada, amor, só quero ver essa questão do cansaço.

— Você tem trabalhado bastante, e essa semana foi muito atribulada para você, com aqueles problemas na empresa… não foi fácil, amor.

— É, deve ser isso. Mas até eu mesmo estranhei, deve ser a idade — Frank diz, dando risada.

— Você é um mocinho ainda… digo por essa noite, me tirou o fôlego — ela disse com um sorriso malicioso.

— Você é uma gostosinha, minha princesa.

Susie começa a dar risada, mas logo Frank diz:

— Amor, tenho que ir. O seu café da manhã estava maravilhoso, agora vou tomar um banho e me trocar para ir para a consulta.

— Tudo bem. Vai lá, meu gato.

São quase nove horas quando Frank chega no hospital Albert Einstein e vai direto na recepção.

— Bom dia, tudo bem?

— Bom dia, sr. Frank. Tudo bem com o senhor?

— Estou bem. E você?

— Que bom. Eu também estou. O senhor tem horário às nove horas, certo?

— Isso, às nove.

— Tudo bem. O senhor pode aguardar que o Doutor Alfredo já vai te receber.

— Sem problemas, muito obrigado.

Alfredo é o diretor do Hospital Albert Einstein, mas também atende como clínico-geral, com especialidade em Cardiologia.

Daniela chama Frank:

— Senhor Frank, me acompanhe até a sala do Doutor Alfredo.

— Sim, vamos lá.

Chegando na sala, ele entra, e Daniela diz:

— Fique à vontade.

— Obrigado.

Alfredo se levanta e vai na direção de Frank para cumprimentá-lo, dizendo:

— Desapareceu, hein, senhor? Há quanto tempo não te vejo.

— Pois é, com a correria do trabalho e todo o resto ficou meio difícil aparecer, mas estou firme e forte, eu acho.

— Que bom. Por que "eu acho"? Por favor, sente-se na cadeira!

— Então, ultimamente eu venho sentindo um cansaço, sabe?

— Vamos ver isso certinho, ver o que está acontecendo com meu amigo. Você sente isso direto? Me descreva como está sendo esses sintomas.

— Começou mesmo há uns quinze dias. Sinto às vezes vertigem, palpitação no coração e uma moleza, de ficar quase sem vontade de fazer nada.

— Bom, Frank, vamos fazer uma bateria de exames para saber o que está acontecendo. Por favor, deite na maca para eu te examinar.

— Tudo bem.

— Tire sua camisa, pois quero ver como está a batida do seu coração.

Alfredo começa a examinar Frank e logo diz:

— Ouvindo sua batida cardíaca, não noto nenhum problema. Vamos fazer o eletrocardiograma, o ergométrico, um ecocardiograma e veremos como está seu coração. Por favor, venha comigo até a sala das esteiras, vamos fazer o teste ergométrico primeiro, depois faremos os demais.

— Sem problemas.

Depois de quase duas horas de consulta, Alfredo fala com Frank em sua mesa.

— Então, Frank, alguns exames ficaram prontos hoje. Consegui avaliar sua condição física, seu coração está bom em relação às atividades de esforço, o seu cardiorrespiratório está bem. Os outros exames ficarão prontos amanhã mesmo. Se tiver algo urgente, eu te ligo, mas vou pedir alguns outros exames de sangue, uma bateria completa: colesterol, diabetes, triglicerídeos, hemograma. Vou anotar os exames que vou lhe pedir, você vai na ala do laboratório, no segundo andar, entrega para a secretária, que ela já sabe que são urgentes. No máximo depois de amanhã eu te ligo para te dar os resultados e marcamos para você vir aqui pegar, ok?

— Sem problemas, Alfredo.

— Mas, por enquanto, está tudo certo com você, não se preocupe.

— Tudo bem, qualquer coisa é só me ligar.

Os dois vão em direção à porta de saída, e Alfredo diz:

— Frank, foi um prazer revê-lo. Qualquer hora vamos marcar alguma coisa.

— Com certeza. Marcamos algum dia no clube para jogar golfe, tomar uma cerveja.

— Vamos, sim. Manda um abraço para a sua filha.

— Mando, sim. Foi um prazer revê-lo, Alfredo, tudo de bom.

Eles se despedem, e Frank vai até a outra ala para fazer o restante dos exames. Ele não sabe ainda o que vai ser de sua vida daqui para frente, mas muitas coisas o aguardam, coisas que mudarão o sentido de sua vida.

Capítulo 28

Paixão cruel

Mary, desde o último dia de sua terapia até o dia da sessão seguinte, ficou pensando na sua antiga paixão, seu ex-namorado, mas só conseguiu lembrar coisas negativas sobre ele. Agora, no dia do retorno, estava mais tranquila para falar sobre isso. Quem não saía de sua mente era Robert, ela contava os dias para vê-lo novamente, ela o admirava de uma forma muito intensa, mas isso ainda não significava muita coisa, apesar de ela só pensar nele a todo momento.

Por volta das seis e vinte, Mary sai de sua casa para ir na terapia. Ela está muito bonita, cheirosa, o que reflete sua autoestima alta. Está sempre sorridente, autoconfiante, e sempre que vai para a terapia, ela se arruma de uma forma diferente: nada de trajes chamativos, mas sempre muito sexy, com cabelo solto, olhos marcantes. Um jeito único e exclusivo, que a deixava linda.

Robert recebe uma ligação de sua secretária.

— Oi, Verônica.

— Está podendo falar agora?

— Sim, pode falar.

— Robert, hoje vou ter que sair mais cedo. Vou ter que ir no colégio resolver uns problemas do meu filho. Tem algum problema?

— Sem problemas, Verônica, fique tranquila. Se precisar de alguma coisa, só falar comigo, ok?

— Muito obrigada, Robert. Vou te avisar também que o senhor tem horário com a paciente Mary às sete, confirmado?

— Confirmado, Verônica, estarei aí.

— Tudo bem. Muito obrigada, Robert. Vou indo, deixei tudo organizado na sua mesa.

— Tudo bem, agradeço. Vai lá resolver o que você precisa, qualquer coisa é só me ligar. Abraço, até mais.

— Abraço, até.

Robert estava em casa, olha para o relógio, que marca cinco e cinquenta e oito, e diz:

— Puxa, tenho que ir. Tenho paciente às sete.

Sua mãe fala:

— Mas, filho, ainda está cedo, não?

— Não, mãe, tenho que ir por causa do trânsito. Deve estar um caos a essa hora.

— Verdade, esse trânsito de São Paulo é um caos!

— Vou indo nessa, mãe.

Robert dá um beijo em sua mãe e diz:

— Se cuida, mãe, Qualquer coisa é só me ligar, ok? Estarei na clínica das sete às oito, depois desse horário estarei livre.

— Tudo bem, filho, vai com Deus.

— Tudo bem, mãe, tchau.

Robert chega em sua clínica às seis e meia e fica em sua sala organizando uns documentos. Em sua mesa havia um papel com os dados de Mary, que Verônica tinha deixado. Ele pega as anotações para arquivar sobre seus pacientes e organizar tudo, mas quando ele pega a ficha de Mary, fica pensando nela e começam os conflitos mentais entre o que ele sente e o que deveria sentir. A luta contra esses sentimentos por ela era muito difícil, ele nunca tinha sentido isso por uma paciente. Seu maior problema era tentar descobrir como ele poderia ter se apaixonado por Mary, ele jamais tinha sentido algo tão forte assim por alguém, já estava pensando em deixar de atendê-la por causa desse conflito. Ao mesmo tempo, não poderia fazer isso, porque ela estava precisando, então ele teria que controlar a situação, só não sabia que essa garota iria se apaixonar por ele para complicar tudo ainda mais.

São quase sete horas, Mary chega na clínica, mas a porta está fechada. Ela acha estranho, mas resolve tocar o interfone, e Robert atende.

— Oi.

— Oi, sou eu, Mary.

— Tudo bem, estou abrindo já.

— Ok.

Robert vai até a porta para receber Mary, abre e, com um sorriso, diz:

— Boa noite. Como vai?

Ela está linda. Cada vez que ia na terapia, se vestia de forma diferente. Neste dia, está usando uma calça jeans rasgada, uma blusinha justa, bem descolada e muito sexy. Ela está com os cílios bem longos, que ressaltam seus olhos verdes, e com um perfume maravilhoso. Robert tenta olhar disfarçadamente e contemplar essa beleza toda.

Mary, olhando-o nos olhos, responde, com um sorriso de canto de boca:

— Tudo, sim. Vai ficar melhor ainda.

— Me desculpe, hoje minha secretária teve que sair mais cedo pra resolver uns problemas familiares, por isso a porta estava trancada.

— Sem problemas. É melhor estarmos sozinhos, acho legal.

Robert, meio sem saber o que dizer, muda de assunto.

— Vamos entrar na minha sala. Pode ir que eu vou pegar um copo de água, você aceita?

— Não, muito obrigada, mas se tiver Champagne, eu aceito — ela diz, dando risada, mas olhando para seus olhos. — É brincadeira! Só fiz isso pra descontrair um pouco.

Robert dá risada e responde:

— Tudo bem, não tinha levado a sério.

Chegando na sala, Mary deita no divã, e Robert senta-se em sua poltrona para começar a sessão.

— O que você tem para me contar?

— Andei pensando, mas não foi fácil relembrar tudo aquilo.

— Compreendo. Quando quiser começar a falar, fique à vontade.

— Vou começar falando como eu o conheci, até tenho anotado em meu diário ainda, na época escrevia sobre as coisas cotidianas. Eu achei esse diário e lembrei de mais coisas para contar.

— Tudo bem. Quando quiser começar a falar, estarei te ouvindo.

— Ok! Vou começar. Tudo começou no colégio, eu estava indo para o segundo ano do Ensino Médio, tudo era novo porque eu tinha me mudado recentemente, deixado meus amigos no outro colégio. Eu era a famosa novata nesse colégio, então, no primeiro dia de aula, não conhecia ninguém. Fiquei tímida por isso, também estava meio perdida, tentando achar minha sala, andando pelo corredor tumultuado de alunos. Até que, de repente, veio um menino, tocou minhas costas e disse: 'Oi. Você, pelo jeito, está meio perdida. Você é de qual turma?'. Me lembro de cada detalhe de quando nos conhecemos, o que é bom e ruim ao mesmo tempo.

"Respondi a ele: 'Eu sou do 2ºB, mas não sei em qual pavilhão fica.' Então, ele me disse: 'Eu também sou do 2ºB. Me desculpe, não perguntei seu nome.', 'Prazer, meu nome é Mary, e o seu?', e ele respondeu: 'Prazer, meu nome é Pedro!'. Ele foi simpático comigo e me ajudou: 'Venha, vou ajudar você, eu conheço tudo aqui.', e eu logo respondi: 'Que bom, porque eu estou completamente perdida.'

"Como não conhecia nada do colégio, ele me ajudou em tudo e fomos conversando. 'Você não estudava aqui antes?', 'Não, eu era do Colégio Machado de Assis, mas tive que trocar de colégio porque eu e minha família nos mudamos, agora estou aqui.'

"E ele foi falando sobre o cólegio: 'Você vai gostar daqui. O colégio Olavo Bilac oferece uma grande estrutura para nós, os professores são bons, e você vai fazer muitos amigos aqui.' 'Essa é minha expectativa.' 'Sem dúvidas, aliás, você acaba de fazer um.' 'Obrigada! Você está sendo muito gentil comigo.' 'Obrigado, qualquer um faria a mesma coisa no meu lugar.' Para variar, naquele dia, ele sentou na minha frente."

Robert pergunta.

— Como foi o desenvolvimento do relacionamento de vocês?

— Eu fui conhecendo-o cada vez mais, e isso foi ficando mais profundo. Pedro demonstrava ser um garoto prestativo, atencioso e muito interessante. Cada dia mais eu o admirava e, nesse período, ele começou a se interessar por mim de uma maneira mais intensa. Tudo o que ele fazia era para me agradar, até que um dia fez algo que mudou nossa história.

"Em um dia de manhã, recebi um telefonema da funcionária da minha casa, a Bernadete. Minha mãe tinha passado mal, e eu estava no colégio. Depois disso, fiquei um tempo fora da sala sentada em um banco, estava meio mal por isso, quando Pedro chegou: 'Mary, tudo bem com você?'. 'Não estou muito bem, acabei de receber uma ligação da funcionária lá de casa que disse que minha mãe não está muito bem.' 'Mas o que acontece com ela? Ela está bem?'. 'A pressão baixou um pouco, ela já tem problema com isso, então fiquei um pouco preocupada, mas ela está bem.' 'Que bom que ela melhorou. Vai dar tudo certo!' 'Obrigada, Pedro, você sempre me faz tão bem!'.

"Nesse momento, ele começou a falar o que sentia por mim: 'Mary, eu sempre me preocupei com você, desde o primeiro dia que te vi senti algo diferente por você. Não sei explicar o que aconteceu comigo, só sei que gosto muito de você, você é muito especial para mim, Mary'.

"Eu fiquei sem reação com a atitude dele, foi então que disse: 'Pedro, não sei se...'. Antes de eu terminar de falar, ele me deu um beijo, aquele cretino, então perguntei para ele: 'Pedro, você ficou maluco?'.

"Aquele cara de pau ainda teve a coragem de falar assim: 'Maluco, eu? Estou, por você. Lutei todo esse tempo contra esse sentimento, mas vi que eu não conseguiria te esquecer. Mary, eu te amo!'.

"Ele falou que me amava, acredita? Muito falso, mas na época também abri meu coração para ele, afinal estava apaixonada, então disse: 'Sempre gostei de você também, Pedro, lutei contra isso, mas percebi, desde o primeiro dia, que nossas vidas nunca mais seriam as mesmas. Aquele jeito sutil de você ter me ajudado me encantou, tentei reprimir esse sentimento, disfarçar o que eu sentia, mas chegou um momento em que não deu mais, me apaixonei por você'.

"Depois, ele me pediu em namoro: 'Nós nos amamos, não quero perder mais tempo, quero você comigo para sempre. Não podemos mais ficar dessa forma, fingindo que não existe um sentimento'. Então, ele olhou bem no fundo dos meus olhos e perguntou: 'Mary, você quer namorar comigo?'.

"Eu fiquei sem reação, mas aceitei: 'Sim, sim, claro que eu aceito namorar com você'."

Robert indaga Mary sobre o tempo de seu relacionamento:

— Por quanto tempo vocês namoraram?

— Ficamos juntos por um ano e um mês. Foi nessa época que ele começou a ficar diferente em relação a mim.

Robert pergunta:

— Como?

— Eu comecei a desconfiar de algumas atitudes dele, ele estava diferente comigo, meio frio, não ligava mais pra mim. Questionei suas atitudes e tentei conversar sobre o relacionamento.

"Falei com ele mais ou menos dessa maneira: 'Pedro, você anda tão diferente comigo. O que está acontecendo com você?', então ele me respondeu: 'Eu estou normal, Mary. Você é que está alucinada, imaginando coisas que não existem'. Ainda não satisfeita, continuei falando, porque eu não sentia segurança em seu discurso: 'Tenho percebido que está muito frio comigo, não me dá mais atenção como antes, você mudou muito'.

"Eu continuei falando, mas ele continuou negando tudo, e ainda me insultou. 'Mary, acho que está ficando maluca. Não é nada disso. O que acha que estou fazendo de errado?', 'Você está muito estranho. Naquela quarta-feira que falou que ia no clube, não foi. Onde você estava?', 'Ah, tive que fazer umas coisas para a minha mãe, ela tinha pedido.' 'Então, por que não atendeu o celular?', 'Eu não escutei o celular tocando, não fico vinte e quatro horas com ele'.

"Ele começou a ficar irritado comigo, porque continuei perguntando para ele o que estava acontecendo, até que perdeu a paciência comigo e gritou: 'Mary, para de me encher o saco. Você sempre me enche e fica perguntando por que isso, por que aquilo. Chega disso!'.

"Eu também, já irritada, comecei a falar: 'Viu como você está? Você nunca fez isso… Agora grita feito um animal, grosso, arrogante, mal-educado. sempre está de mau humor. O que está acontecendo com você? Eu não estou mais reconhecendo o garoto que um dia foi tão carinhoso comigo. Olha nos meus olhos, Pedro, e fala o que está acontecendo'. Ao invés de responder, ele virou as costas e saiu andando: 'Vou embora, você está totalmente maluca. Não vamos sair, você já me fez perder a paciência, não tem clima mais para ficarmos juntos hoje'. 'Você tem certeza do que está fazendo? Vai me deixar aqui? Pense bem no que está fazendo, você vai se arrepender.' 'Você estragou tudo, porque gosta de ficar discutindo coisas fúteis. Não vou mais sair com você. Estou indo embora.' 'Então vá e suma de vez, não adianta nem querer me ligar depois, que eu não vou atender, seu imbecil.' 'Vai dormir, vai. Vai esfriar sua cabecinha, você está pirando, garota."

Robert volta a perguntar:

— Então vocês discutiram mesmo? Mas não chegaram a se agredir fisicamente, certo?

— Não, só discutimos feio, nada de agressão física, só verbal mesmo.

— Mas como descobriu a traição do seu namorado?

— Após nossa discussão, ele esqueceu o celular na minha casa, porque tinha caído no canto do sofá. Eu fui para o meu quarto depois da briga, mas ouvi uns barulhos e achei que era outra coisa. Quando fui até a sala, vi que ele tinha esquecido o celular, foi aí que a casa dele caiu. Lembrei da senha do celular dele, porque ele tinha falado para a mãe quando eu estava perto, consegui desbloquear e tive a maior decepção, li todas as mensagens que ele recebia de uma garota.

— Como eram essas mensagens? — Robert pergunta.

— Eram mensagens românticas. Foi horrível saber que eu estava sendo traída. Eles diziam um para o outro que estavam com saudades, que se amavam, que gostaram de se encontrar, e coisas do tipo. Naquele momento, eu comecei a ficar irritada e chorar ao mesmo tempo.

Mary suspira e dá uma pausa antes de continuar, e Robert fica em silêncio, aguardando que ela se recupere.

— As mensagens eram declarações de amor. Eu não suportei mais ler aquilo, então chorei mais ainda — diz Mary com a voz embargada, tentando controlar suas emoções.

Robert, vendo que o tempo estava chegando ao fim, interrompe a sessão, dizendo:

— Mary, continuaremos na próxima sessão.

— Tudo bem — ela responde.

Robert se levanta e vai até sua mesa, mas antes disso acontece o inesperado: Mary o abraça fortemente e começa a chorar em seus ombros. Sem saber o que fazer, ele também a abraça. Os cabelos dela cobrem quase todo seu rosto, cabelos lindos dos quais ele sentia o cheiro maravilhoso. Em um lapso, com os olhos fechados, ele contempla a razão de seus conflitos internos, a causadora dos sentimentos que jamais tinha sentido por ninguém antes. Mary, depois de um tempo, se solta do abraço, olha bem nos olhos dele e diz:

— Desculpa, eu não sei o que eu fiz. Desculpa, mesmo.

Robert, compreensivo com a situação, responde:

— Fique tranquila. Entendo que foi devido ao que você acabou de me contar, pois tudo isso mexeu com seu emocional de maneira intensa. Recordar o passado não é nada fácil. Continuaremos na próxima sessão, e vai continuar contar o restante, ok?

— Tudo bem, então.

— Por hoje está dispensada. Deixe-me acompanhá-la até a porta.

Chegando na porta, ela se despede com um aperto de mão, fitando-lhe os olhos profundamente, e diz:

— Boa noite, Robert, até mais.

— Boa noite, Mary, até a próxima sessão.

Robert volta para sua sala e se senta em sua mesa para organizar algumas anotações. Logo seus pensamentos estão voltados à paciente que tanto o deixava confuso sobre seus sentimentos.

Mary, chegando em sua casa, já em seu quarto, deita em sua cama e começa a pensar, principalmente, na atitude que teve na terapia de ter abraçado Robert. Ela ainda sente em sua roupa o perfume dele e relembra aquele abraço. Não consegue mais esconder seus sentimentos por ele e, a cada sessão, isso ficava mais evidente.

Capítulo 29

Diagnósticos desfavoráveis

Frank, em seu escritório, está agendando algumas reuniões com empresários do ramo de software, mas não sabia que teria que desmarcá-las em breve, após um telefonema.

— Alô.

— Sr. Frank, tem um telefonema para o senhor. Pode atender agora? — pergunta Carol.

— Quem é?

— É o Doutor Alfredo.

— Sim, pode passar o telefonema.

— Tudo bem.

Frank atende:

— Doutor Alfredo, tudo bem?

— Tudo, sim, e você como está? Melhor daqueles sintomas?

— Um pouco melhor, doutor.

— Entendo. Te liguei para falar dos seus exames.

— Sim, como estão?

— Eu te liguei justamente por isso. Tem como você passar aqui para conversarmos?

Frank, meio preocupado, pergunta:

— Aconteceu alguma coisa, Alfredo?

Alfredo, sendo um médico ético e que não queria preocupar seu paciente, diz:

— Não, fique tranquilo. Só quero conversar sobre um diagnóstico, mas não quero que se preocupe com nada. Só achei melhor te ligar para informar pessoalmente o que é, porque por telefone fica meio complicado explicar.

— Entendo.

— Então, pode vir hoje ainda?

— Sim, claro que posso. Que horas?

— Pode vir à tarde, se quiser. Tenho um horário livre às três, pode ser?

— Com certeza. Estarei aí.

— Tudo bem, Frank. Muito obrigado. Até mais tarde, grande abraço.

— Eu que agradeço, Alfredo. Abraço, até mais.

Assim que ele desliga o telefone, Frank fica pensativo, falando para si mesmo:

— O que deve ser? Acho que não é nada grave.

Ele liga para a sua secretária.

— Carol, desmarque a reunião da tarde, tenho uma consulta médica. Avise todos os executivos que não poderei fazer a reunião e que você ligará em breve para remarcar. Peça desculpas em meu nome, é por motivos de saúde.

— Tudo bem, Frank, sem problemas, farei isso.

— Muito obrigado, Carol.

— Por nada, senhor.

Capítulo 30

Um simples desabafo

Robert resolve ligar para seu amigo, que foi seu orientador do doutorado, Craig.

— Alô — diz Craig.

— Craig, tudo bem? É o Robert.

— Quanto tempo, meu amigo!

— Pois é, saudades de você, meu irmão.

— O que anda fazendo?

— Trabalhando muito. Estou fazendo coaching em algumas empresas e atendendo em clínica também. Está bem puxado.

— Que bom, fico feliz por você, trabalho sempre é bom.

— Você está no Brasil?

— Estou. Cheguei há três dias dos Estados Unidos.

— Que bom. Vamos marcar algo hoje mesmo para conversarmos. O que acha?

— Vamos, sim. Temos que colocar as conversas em dia, tenho muitas coisas importantes para relatar para você.

— Que bom, Craig. Vamos em uma churrascaria, então.

— Vamos, sim. Estou morrendo de saudades de comer o churrasco do Brasil, faz tempo que não sei o que é isso.

— Beleza. Então eu passo na sua casa, sei de uma churrascaria muito boa para irmos.

— Tudo bem, Robert. Te espero. Ainda estou morando no mesmo lugar.

— Ok, já estou indo na sua casa. Abraço, até mais.

— Abraço, até.

Craig foi orientador de sua tese de doutorado, é formado em Harvard e mora em Miami, no Estado da Flórida, Estados Unidos, mas tem uma casa em São Paulo também. Quando tinha por volta de cinco anos de idade, sua família e ele foram morar no Estados Unidos, por isso ele tinha dupla cidadania. Estudou a vida toda onde morava, se formou em Psicologia, fez especialização em Psicánalise e doutorado também pela Universidade de Harvard. Craig é muito conhecido nos Estados Unidos e em outros países por ter vários artigos publicados, é uma pessoa de muito renome.

Chegando na churrascaria, eles se sentam em uma mesa e a conversa começa.

— Então, Craig, vai ficar muito tempo aqui no Brasil?

— Tenho um trabalho por alguns meses aqui na USP, vou fazer o desenvolvimento de umas especializações, então ficarei por aqui, no mínimo, por uns seis meses.

— Que bom cara, fico contente. Tem muito trabalho pela frente, então.

— Pois é, muito trabalho. Minha família chega daqui a duas semanas, tive que vir na frente por causa do trabalho.

— Muito bom, fico contente por vocês. Como anda sua família?

— Está tudo bem, graças a Deus. Meu filho faz aniversário daqui um mês.

— Que legal, quantos anos ele vai fazer?

— Vai fazer cinco. Quando você começou a fazer o doutorado, ele ia fazer um ano, lembra?

— Pois é, como o tempo passa.

— Deixa eu te mostrar uma foto dele aqui no meu celular.

Robert pega o celular da mão de Craig, vê a foto e diz:

— Nossa, como ele está grande, está lindo... nem imagino aquele menininho pequeno que eu peguei no colo um dia.

— Pois é, ele cresceu e está muito esperto. E você, Robert, como anda? Trabalho, relacionamentos... pretende casar já?

Robert, com um sorriso, responde:

— Está tudo meio complicado ultimamente. Estou em um momento de muito trabalho, mas tenho um problema, não sei o que está se passando comigo.

— Diga pra mim, Robert, pode contar comigo.

— Então, cara, é muito complicado. Não sei o que está acontecendo comigo em relação à terapia. Nunca senti algo assim, sempre atendi várias pacientes, já tenho um bom tempo de clínica, você sabe disso.

— Sim, Robert, eu sei que é um dos melhores profissionais de São Paulo. Todos da área te conhecem, e sei o quanto você é profissional.

— Então, eu estou sentindo algo parecido aos sintomas de transferência. Eu sei que isso ocorre e sei como é, mas o problema é muito mais complicado do que você imagina.

— Eu também já passei muito por essa questão. Sabemos que esse processo pode ser benéfico para o tratamento, mas sempre há o outro lado da moeda, que pode levar a outras questões entre o paciente para o terapeuta, como uma paixão extrema e coisas nesse sentido.

— Pois é, Craig, eu não sei o que está acontecendo comigo, mas vou te explicar o máximo possível, meu amigo.

— Tudo bem.

— Vou direto ao ponto: eu acho que estou desenvolvendo sentimentos diferentes por uma paciente minha. Nunca aconteceu nada disso em todo o tempo de clínica, mas ela é diferente, e me questiono por que eu fui gostar dessa garota. Estou em conflito comigo mesmo, pois, como profissional, não deveria sentir isso.

Craig dá uma risada para descontrair e diz:

— Robert, você, antes de mais nada, é humano, não é? Ou estou falando com um alienígena? Robert, todos nós temos desejos e vontades, não é por sermos terapeutas e entendermos as necessidades humanas psíquicas que não vamos desenvolver sentimentos, que não podemos nos apaixonar por alguém. Estamos suscetíveis também, Robert, entenda isso.

— Pois é, mas achamos que nunca acontecerá.

— Pra você ver, Robert. Às vezes achamos que, devido à nossa experiência no ramo, podemos dominar tudo com o tempo, mas não; somos humanos e lidar com outros seres humanos não é fácil.

— Eu te entendo, mas não sei o que fazer. Acho que vou dispensá-la da terapia, encaminhar para outro profissional... não sei, isso me confunde muito.

Craig é um homem de quarenta e cinco anos, há vinte atende em clínica. Além disso, é um amigo mais velho, tem muitas experiências a compartilhar.

— Robert, eu sei que não é fácil pra você, entendo seus conflitos, porque já tive amigos que passaram por situações difíceis, mas o meu primeiro conselho é: não abandone a terapia com ela, ela precisa muito de você, isso trará um resultado positivo para sua análise. Só queria te fazer uma pergunta: quando começou a ter esses desejos por ela?

— Já faz dois meses que a estou atendendo, e foi desde a primeira vez que a vi que senti isso. Foi algo incrivel, ela é muito linda, tem apenas dezoito anos, cabelos lindos, olhos marcantes... Deixa eu te mostrar o perfil dela no Facebook.

Robert pega seu celular e mostra para Craig a foto de Mary, e ele responde após visualizá-la:

— Muito bonita mesmo, Robert.

— Então, mas não é só beleza que eu vi nela. Não sei dizer por que gostei tanto dela, mas ela tem algo diferente. Se fosse só pela beleza não tinha gostado assim, até porque conheço muitas garotas bonitas, você sabe disso. Lembra da Vivian? Então, ela era linda e tal, mas gostar como eu gosto da Mary, nunca aconteceu com ninguém, não sei te explicar.

— É, Robert, vejo que está se apaixonando por essa garota. Fique tranquilo, tente levar de uma maneira que não interfira na terapia, mas, se você achar que não dá, é melhor parar para não criar problemas. Você sabe do que estou falando, não sabe?

— Sei, sim. É complicado, sempre prezamos pela ética, mas vou observar. Se não der, infelizmente terei que deixar de atendê-la.

— Sim, Robert, faça tudo conforme seu limite. Não quero que se prejudique em nada, meu amigo.

— Eu tenho uma dúvida ainda, Craig: e se isso não passar? O que eu devo fazer? Posso, depois de dispensá-la do acompanhamento terapêutico, falar a real para ela?

— Robert, Robert, cada coisa em seu tempo. Em relação a esse seu sentimento por ela e a questão ética, você sabe que é melhor abandonar esse tratamento, se isso realmente se tornar algo que não consegue mais levar adiante como terapeuta. Mas fora da terapia, as coisas mudam e tudo é possível.

— Entendo, Craig, e agradeço pelo conselhos.

— Pode contar comigo para o que você precisar, Robert, mas fique tranquilo, não deixe isso te abalar e saiba que isso é comum. Somos humanos e temos sentimentos, às vezes não escolhemos por quem vamos sentir algo, é muito inconsciente.

— Agora vamos pedir uma torre de chope, o garçom já está vindo.

O garçom chega em sua mesa, e Robert faz o pedido.

— Por favor, traz uma torre de chope e pode começar a servir o rodízio já.

— Tudo bem, já providenciarei os garçons para começar a servi-los.

— Ok, muito obrigado.

Capítulo 31

Segredos entre amigas

Gessy, amiga de Mary, irá convidá-la para ir em sua casa pela ocasião de um churrasco, e também convidará Priscila. Gessy também convidaria alguns amigos da faculdade, o que a maioria dos jovens fazem.

Mary está em casa, assistindo televisão, quando seu telefone toca:

— Oi, Gessy.

— Oi, Mary. Tudo bem?

— Tudo sim, e você?

— Que bom, estou bem. Estou te ligando para convidar para vir aqui em casa, vai ter um churrasco à noite.

— Que legal. Vou, sim, quem mais vai?

— Chamei a Pri também, ela falou que vem, e uns amigos da faculdade, o pessoal é super gente boa.

— Certo! Que horas vai ser?

— A partir das oito, mas você sabe que quase ninguém vem no horário certo, então, se quiser aparecer um pouco mais tarde, sem problemas.

— Pode ficar tranquila, amiga, estarei aí às oito.

— Te aguardo, beijo, até mais.

— Beijos, até.

Chegando na casa de Gessy, Mary cumprimenta o grupo de amigas, Priscila já tinha chegado também. Gessy avisa suas amigas:

— Mary, Pri, eu vou receber o pessoal aqui, fiquem à vontade.

— Sem problemas, Gessy. Somos de casa já — Priscila diz, em tom de brincadeira e Mary dá risada.

Gessy continua recebendo seus amigos, mas ela não esperava ver um amigo de um suposto ficante de Gessy e o pior pesadelo de Mary. Ela estava na porta de casa quando viu Pedro, ficou surpresa, mas conseguiu disfarçar e o cumprimentou naturalmente. Quando David chegou acompanhado dele, olhou para Gessy e disse:

— Oi, Gessy, tudo bem?

— Tudo, sim, vamos entrar.

— Esse é meu amigo Pedro, não sei se vocês já se conheciam.

— Nos conhecemos, sim — Gessy afirma, com um sorriso forçado, olhando para ele.

Pedro não imaginava que a festa seria na casa da melhor amiga de Mary. Ele conhece Gessy por causa da amizade que Mary tem com ela.

Pedro cumprimenta Gessy com um sorriso sem graça e diz:

— Oi, Gessy.

— Oi, Pedro.

Dentro da casa, de longe, Mary vê Gessy acompanhada de Pedro. Ela fica surpresa e pergunta, meio brava, para Priscila:

— O que esse cara está fazendo aqui?

— Que loucura, nem eu sei te responder, Mary. A Gessy está maluca será?

— Não entendi essa!

— Nem eu. Não me sinto nem um pouco à vontade de ficar aqui.

— Mary, para com isso. Você não vai embora por causa desse cara, quem devia ter vergonha na cara e não vir aqui é ele. Não é possível que Gessy convidou, não estou acreditando nisso.

Quando Gessy estava passando, olhou para suas amigas e percebeu que elas não tinham gostado do que viram.

— Mary, Pri, eu não convidei esse garoto, ele veio com o David. Não poderia proibir de entrar, né? É complicado, Mary, mas não quero que você se sinta mal por causa dele, fique tranquila.

Mary diz para Gessy.

— Complicado! Ele é muito cara de pau de vir aqui ainda, aposto que ele vai ficar aqui bem tranquilo.

— Mary, não liga pra ele. Curte a festa! — diz Gessy.

— Vou pegar uma cerveja pra nós, já volto — Priscila emenda.

Mary diz:

— Pega uma bem gelada pra mim.

— Tudo bem. E você, Gessy, o que quer?

— Traz uma vodca pra mim.

— Ok.

Enquanto isso, as duas ficam conversando, e Gessy pergunta para Mary:

— Mary, você ainda sente algo pelo Pedro?

Ela, com um jeito indiferente, diz:

— Só sinto raiva, às vezes, por lembrar do que ele fez, mas logo passa. Também não sinto nada bom por ele, só quero me livrar dos sentimentos ruins.

— Uhum, entendi. Você está ficando ou está interessada em alguém no momento?

— Pra falar a verdade, não. Ando meio confusa com algumas coisas, sabe? — Mary dá um sorrisinho descontraído.

— Uhum, pode me contar tudo, hein?

Priscila chega no meio da conversa, trazendo as bebidas.

— Meninas, se preparem para ficarem bêbadas: trouxe vodca e as cervejas.

— Abre para nós, Pri — diz Mary, empolgada.

Gessy logo fala:

— Senta aqui, Priscila, que a Mary tem altas histórias pra contar.

Elas começam a dar risada, mas logo Mary emenda:

— Vou abrir meu coração pra vocês.

— Conta, Mary, conta... — diz Priscila, ansiosa.

— É difícil eu falar sobre isso, mas acho que estou apaixonada, gente.

— Nooooossa! — as duas amigas falam, em uníssono.

Elas riem e Priscila alfineta, dizendo:

— Meu Deus, vamos casar essa nossa amiga já, já.

Mary ri e responde:

— Para, meninas, não é bem assim. Só estou apaixonada, ele é muito lindo e compreensivo comigo.

— Por onde você anda? Onde arrumou esse cara? Você não sai, só fica entre a sala de aula e sua casa. Eu o conheço? — pergunta Priscila, dando risada.

— Ah, Priscila, conheci ele há um tempo. Ele é demais, um homem de verdade, adoro conversar com ele.

— Conta para nós quem é, Mary, pelo amor de Deus — Gessy pede.

— É um segredo entre nós. Prometem que não vão contar para ninguém?

Priscila diz:

— Ai, Mary, até parece que você está falando com duas estranhas, né? Agora conta.

— Está bem, gente. Então, eu estou apaixonada pelo meu terapeuta, o Robert.

Quando ela diz isso, é inevitável não perceber o brilho em seus olhos, estava explícito o que ela sentia por ele.

Gessy responde rapidamente:

— Estou impressionada, meu. Como você se apaixonou por ele assim?

— Ah, meu, ele é muito lindo, compreensivo, é o cara perfeito, tudo de bom.

Priscila, sempre com suas brincadeiras, diz:

— Para o mundo que eu quero descer. Meu, essa nossa amiga vai se casar logo, logo. Sempre se apaixona intensamente, mas agora é pra valer.

Gessy e Mary dão risadas, e Mary diz:

— Vou mostrar a foto dele pra vocês.

— Ele é lindo mesmo, Mary —Priscila é a primeira a falar.

— Sim, Pri.

Gessy pergunta:

— Mas ele sabe que você gosta dele?

— Ainda não, né? Não sei se vou ter coragem de falar para ele algo assim, seria meio constrangedor. Não sei como falaria para ele, só sei que não aguento mais ficar sem falar com ele sobre isso. É quase irresistível ficar perto dele, até o jeito como ele me cumprimenta é bom, tudo é ótimo.

— Ah, mas por enquanto isso é platônico, amiga — diz Priscila.

— Calma, Pri, já, já as coisas vão mudar e vai dar tudo certo!

Gessy, a amiga que sempre tem mais juízo, pergunta para Mary:

— Mas, Mary, você não percebeu nada de errado nisso?

— Não, Gessy. O que pode ser errado no fato de eu gostar dele? Só porque ele é meu terapeuta?

— Você que sabe, eu estou achando isso muito sinistro — respondeu Gessy, dando risada.

— Relaxa, amiga, está tudo sob controle. Você vai ver, ele ainda vai ser meu.

O processo de transferência na terapia é muito comum, como ocorre com várias pessoas, mas o que acontecia com Mary era totalmente diferente, pois ela não imaginava que Robert também estava completamente apaixonado por ela.

Priscila diz:

— Assim esperamos, Mary, assim esperamos. Agora, vamos beber. Eu trouxe cerveja pra vocês, mas não era para ficar esquentando, né, meninas?

— Ah, sim, com certeza. Vamos beber isso logo — diz Mary, dando risada.

Durante a festa, Pedro fala com seu amigo David:

— Puxa, David, não sabia que a festa seria na casa da melhor amiga da Mary. Conheço-a da época que namorava com a Mary, mas depois que nos separamos ficou algo meio complicado, fica um clima meio chato, ainda mais estando na casa dela.

— Relaxa, Pedro, não esquenta a cabeça. Você fica aqui e ela lá no canto dela… não tem problema.

— Então tá. Não irei passar perto dela, vou ficar na minha.

Mal sabia David que, quando seu amigo bebe, ele acaba aprontando algumas coisas meio desagradáveis.

Durante a festa, todos estavam se divertindo. Mary estava muito animada, e não estava ligando muito para a presença de seu ex. Em certo momento, ela se afasta de suas amigas, até que algo improvável acontece.

— Amigas, esqueci meu celular no carro, vou buscar. Gessy, abre o portão pra mim?

— Espera que eu estou indo abrir.

Nesse momento, Pedro está com David e alguns amigos, e começa a falar com David:

— Poxa, David, ex-namorada difícil de esquecer, não é?

— Pois é, Pedro, às vezes é difícil mesmo. Mas, cara, eu acho que você bebeu muito já, só pode, para estar falando essas coisas.

— Estou tranquilo, nem comecei a beber pra valer... só estou abrindo meu coração pra você, meu irmão.

David, dando risada, responde:

— Então está bem. Só vai devagar com a bebida, porque você está bebendo muito.

Pedro, vendo que Mary estava saindo da casa, aproveita e diz para seu amigo:

— David, me dá a chave de seu carro. Preciso ir lá fora pegar minha carteira, acho que deixei no carro, porque no meu bolso não está, estou preocupado.

— Nossa, Pedro, começou a beber e já está perdendo tudo? — responde David, dando risada.

— Esqueci lá mesmo.

— Tudo bem, vai lá pegar, só não vai embora dirigindo meu carro, viu?

— Relaxa, David.

Mary entra em seu carro e começa a procurar seu celular, dizendo em voz alta:

— Aonde foi parar meu celular? Vou ver se caiu embaixo do banco.

Quando Mary está abaixada, com a porta do carro aberta, procurando seu celular, ela sente alguém atrás dela, se vira e diz com voz assustada:

— Pedro, o que está fazendo aqui?

— Eu vi que você estava saindo e resolvi vir aqui te ver.

— Não quero te ver e nem falar com você, Pedro, nós não temos nada a conversar. Suma daqui!

Mary estava ficando nervosa, mas Pedro queria contornar a situação.

— Relaxa, Mary, só quero conversar um pouquinho com você. Acho que devemos conversar sobre o mal-entendido do passado.

— Não existe mal-entendido algum, Pedro. Não quero voltar a falar sobre aquilo, já passou. Agora me dá licença.

Mary tenta se esquivar dele, mas ele coloca seus dois braços junto ao carro, impedindo-a de sair, e diz:

— Só quero conversar, Mary, só conversar.

Ela respira fundo e responde:

— Sai fora, meu, não quero conversar com você!

— Só dois minutinhos, e não tomarei mais seu tempo. Eu sei que você quer falar comigo também, não adianta negar.

Mary passa a mão em seus cabelos, jogando-os de lado, e diz:

— Fale, então, o que você quer.

— Mary, depois daquela vez não nos falamos mais. Só queria te dizer que sei o quanto errei com você, queria mostrar para você o quanto estou arrependido disso tudo. Isso está me incomodando há muito tempo e eu sabia que devia falar com você e pedir perdão.

Mary olha, respira fundo e responde:

— Acho que as coisas mudaram agora, aquilo passou, não podemos voltar atrás. Não ficarei com mágoa de você, porque já fiquei triste por muito tempo. O que fez me machucou muito, foi difícil, mas estou superando. Siga sua vida, que eu sigo a minha e fica tudo certo.

— Mary, você não está entendendo. Aquilo que eu fiz foi uma mera aventura, a garota que eu amo mesmo é você... sempre te amei. Tive que te perder para reconhecer isso, fui um idiota, mas sei que ainda sente algo por mim. Não tente esconder isso de mim e de você mesmo, você está se enganando.

— Não, Pedro, você está equivocado. Não sinto mais nada por você, você me perdeu, já era. Quando eu estava com você, pensava que era um cara muito bom, mas acabei me enganando... mostrou quem você realmente é, sua máscara caiu. Agora, Pedro, não temos mais nada para conversar, ok? Me dá licença.

Pedro, inconformado, aproveita que ela está presa contra o carro e dá um beijo forçado nela. Ela tenta escapar, mas não consegue de primeira, só na segunda tentativa, então dá um tapa no rosto dele e diz:

— Seu canalha, nunca mais toque em mim.

Depois disso, ela, assustada, volta para a festa.

Pedro passa a mão no rosto e fala para si mesmo:

— Nossa, que mãozinha ardida, meu. — E vai para o carro de seu amigo.

Gessy e Priscila sentem falta de Mary, então Gessy pergunta para Priscila:

— Será que Mary não achou o celular? Faz quinze minutos que ela não aparece aqui.

— Vamos lá ver.

Quando Gessy e Priscila estavam saindo para ver o que tinha acontecido, elas se encontram no portão.

— Mary? Está assustada, o que aconteceu amiga?

— Estou indo embora, meninas, tenho que ir.

— Por que, amiga? Aconteceu alguma coisa? Me conta.

— Venham aqui no canto que eu conto pra vocês.

— Tudo bem, amiga.

— Me encontrei com o Pedro lá fora.

— Nossa, percebi que demorou, ficamos preocupadas com você. O que aconteceu? — perguntou Priscila.

— Aconteceu algo terrível. O Pedro veio falar comigo, quer dizer, me encher o saco... ele queria conversar, então conversamos, mas ele me beijou à força. Nossa, foi muito cara de pau mesmo. Dei um tapa na cara dele e o xinguei.

— Nossa, não estou acreditando que ele fez isso. Estou de cara, Mary — disse Gessy.

— Então, foi isso mesmo. Agora vou embora mesmo, já está tarde também. Não tem mais clima pra ficar no mesmo local que ele. Desculpa, meninas, mas vou nessa.

Priscila logo fala:

— Não, Mary, não vai. Fique mais um pouco.

— Vou nessa, meninas. Depois nos falamos.

— Então tá, Mary. Tchau.

David, preocupado com Pedro, pensando que ele tivesse pego o carro dele e ido embora, acaba indo falar com Gessy.

— Gessy, você viu o Pedro por aí?

Gessy responde:

— Não sei onde ele está, mas sei que já aprontou.

— Nossa, Gessy, pelo amor de Deus. Ele está com a chave do meu carro, falou que ia pegar a carteira dele, mas não voltou mais. Vou lá fora correndo ver se meu carro está lá ainda.

— Relaxa, ele deve estar lá fora. Depois pergunta pra ele o que aprontou.

— Ah, se você sabe, me conta!

— Ele encontrou a Mary lá fora, e eles acabaram conversando e discutindo. Ele a beijou à força, e ela acabou indo embora por causa disso.

— Nossa, Gessy, me desculpa. Eu não sabia que ele e a Mary estavam nessa situação. Se soubesse, não o traria aqui, me desculpa mesmo.

Gessy dá um sorriso e diz:

— Tranquilo, David, eu sei que não foi por maldade, eu te conheço.

David aproxima-se de Gessy, dá um beijo nela e diz:

— Vou lá fora ver onde aquele cara está, até agora não voltou.

— Tudo bem, vai lá. Se for embora, vem aqui pra se despedir de mim, beleza?

— Tudo bem, minha linda, eu volto.

David chega lá fora, vê seu carro com a luz acesa e vai em direção a ele. Quando ele chega, vê seu amigo deitado no banco do passageiro dormindo, então abre a porta e cutuca ele.

— Ei, acorda. O que você está fazendo aqui dentro dormindo? Você disse que só ia buscar sua carteira, e agora está aí dormindo, meu.

— Estou cansado, cara.

— É, vejo que bebeu bastante mesmo. Está mal, hein?

— Estou bem, só quero ir embora. Tem como, meu brother? Já está tarde também.

— Está bem, vamos embora. Só vou me despedir da Gessy, ok?

— Vai lá se despedir da namorada, bonitão — responde Pedro, dando risada.

David volta para se despedir de Gessy.

— Estou indo, minha querida.

Ele a abraça e beija, e ela responde:

— Tudo bem, meu lindo. Vai lá, cuide-se.

— Fique tranquila. Beijo!

Capítulo 32

Sem chão

Frank chega no consultório do Doutor Alfredo e cumprimenta sua secretária:

— Boa tarde, Daniela, tudo bem?

— Boa tarte, Frank. Tudo, sim, e com o senhor?

Frank dá um sorriso e diz:

— Espero que eu esteja, vamos ver agora.

— Vai estar, sim, senhor Frank.

— Tomara.

— É só aguardar. Já vou encaminhar o senhor para sala dele, ok?

— Tudo bem.

Daniela liga para o Doutor Alfredo:

— Doutor, o senhor Frank está aqui. Pode pedir para ele entrar?

— Sim, manda entrar.

— Ok.

— Muito obrigado.

— De nada.

Daniela chama Frank:

— Senhor Frank, por favor me acompanhe.

— Ok, vamos lá.

Chegando na sala do Doutor Alfredo, ela bate na porta e diz:

— Por favor, pode entrar.

— Muito obrigado, Daniela.

— De nada.

Alfredo estava sentado em sua mesa, mas se levanta e cumprimenta Frank:

— Boa tarde, Frank, tudo bem?

— Ah, não sei, Alfredo. Você que vai me dizer. — Frank dá uma risada.

— Bom, então vai estar, sim, independentemente do que seja, ok?

— Tudo bem, então, espero que eu esteja preparado para ouvir o que tem para me dizer; se me chamou aqui, alguma coisa deve estar acontecendo comigo.

— Isso é verdade. Está acontecendo alguma coisa com você, seu hemograma apresentou uma alteração.

— O que aconteceu? Qual alteração foi essa? — pergunta Frank, assustado.

— Houve uma alteração nos seus glóbulos brancos, você apresenta imaturidade nesses glóbulos, e seus glóbulos vermelhos estão com a contagem baixa também, além de suas plaquetas.

— O que isso quer dizer?

— Não temos certeza ainda, então faremos outro exame, mas, por experiência médica, posso te falar que há suspeita de leucemia.

O semblante de Frank muda de forma que era impossível não perceber o seu nervosismo e sua tristeza em relação às palavras que tinha acabado de ouvir de seu amigo médico.

— Mas, Alfredo, como isso aconteceu? Não sei o que pensar.

— Primeiramente, fique tranquilo. Não é nada certo ainda, mas quero que não se preocupe com isso. Você vai ter todo o apoio necessário de nossa equipe durante o tratamento, vamos resolver isso da melhor maneira possível. Agora, faremos o exame de medula óssea para confirmar o diagnóstico.

— Tudo bem, Alfredo, vamos fazer isso logo. Estou sem chão, não estou acreditando nisso.

Alfredo, vendo a reação de seu amigo, o abraça fortemente e diz:

— Amigo, estou aqui, conte comigo para tudo. Não sou apenas o seu médico, sou seu amigo. Vamos fazer de tudo para que você se cure, fique tranquilo.

— Obrigado, Alfredo, muito obrigado. Confio muito em você, eu sei que Deus vai agir através de você, porque primeiramente nossa confiança é Nele.

— Com certeza, Frank. Você está em jejum?

— Ainda bem que eu não comi hoje. Comi de madrugada, então não tive fome de manhã, nem tomei café resolvendo problemas da empresa. Nem para almoçar tive tempo, praticamente estou em jejum.

Alfredo, então, encaminha Frank para a sala de coleta de exames para recolher amostras para a biópsia da medula óssea.

— Melhor ainda que você está todo esse tempo sem comer, porque vou ter que te sedar levemente, mas é apenas para tirar amostra da região da bacia, ok?

— Sem problemas, Alfredo, faça o que achar melhor.

Depois de três horas de consulta e exames, Alfredo diz:

— Frank, quando receber os resultados dos exames, eu irei te ligar para ficar mais fácil para você, ok?

— Sem problemas, Alfredo, pode fazer isso.

— Tudo bem. Por hoje, está dispensado. Se quiser comer algo em nossa cozinha privativa, fique à vontade. Você deve estar meio fraco devido aos exames realizados, ainda mais que está o dia inteiro sem comer. Lá tem algumas coisas bem saborosas.

— Muito obrigado, meu amigo. Não estou com apetite para comer agora... depois disso tudo fica meio difícil pensar em comer. Vou pra casa descansar a cabeça, depois você me conta o resultado dos exames. Obrigado, Alfredo, por tudo o que fez até agora.

— Tudo bem, Frank. Fique tranquilo, vai dar tudo certo. Se cuida, qualquer coisa que precisar, pode me ligar.

— Tranquilo, até mais.

Capítulo 33

Voltando ao passado

Mais um dia que se inicia para Mary, mais um dia em que ela iria para a terapia. É sexta-feira, ela fica o dia inteiro na faculdade, mas volta mais cedo para a casa, porque seu professor da última aula tinha faltado. Ela, então, fala com Priscila:

— Priscila, você vai ficar aqui ou vai embora já?

— Eu vou ficar aqui, Mary, tenho que resolver uns probleminhas.

— Tudo bem, eu vou embora, porque mais tarde você sabe onde eu tenho que ir, né?

— Ah, sim, com certeza — respondeu Priscila, dando risada.

— Então tá, estou indo. Até mais.

— Até mais, amiga.

Mary chega em casa, e a primeira coisa que faz é preparar um banho de banheira para relaxar. Enquanto isso, ela deita no sofá, começa a mexer no celular e manda uma mensagem para Robert.

Oi, Robert, tudo bem? Estou mandando essa mensagem para avisar que daqui a pouco estarei aí. Talvez me atrase um pouquinho por causa do trânsito, mas vou fazer o máximo para chegar no horário. Quero te ver, tenho muitas coisas para te contar e tenho certeza de que você vai me ajudar. Aliás, sempre me ajudou. Gosto muito de você. Beijos, até mais. Mary.

Depois do banho, Mary se arruma de uma forma muito ousada. Ela tem motivos de sobra para se arrumar desse jeito, pois queria, de alguma maneira, conquistar Robert. E está conseguindo, ele não consegue mais resistir a tanta beleza e o jeito meigo que ela tem.

Faltando dez minutos para as sete, Mary chega na clínica de Robert, entra e conversa com a recepcionista:

— Boa noite, Verônica, tudo bem?

— Boa noite, Mary. Tudo bem, sim, e com você?

— Estou bem.

— Que bom.

— Vou avisar o Robert que você já chegou.

Verônica passa a ligação no ramal de Robert.

— Robert, sua paciente Mary já chegou.

— Ok, pode mandar entrar.

— Tudo bem. Estou indo embora, deixei sua agenda organizada para amanhã cedo... Você tem horário com aquele rapaz daquela empresa que te ligou, o Paulo.

— Ah, sim, tudo bem. Eu sei quem é o Paulo, muito obrigado. Pode ir, até amanhã, tchau.

— Tudo bem, de nada. Tchau, até amanhã.

Mary entra na sala de Robert, e ele vai em direção a ela e a cumprimenta formalmente, ou era o que deveria ter acontecido, mas ela o abraça e o cumprimenta com um beijo no rosto.

— Oi, Robert, tudo bem com você?

— Oi, Mary, estou bem e você?

— Ah, estou indo. Aconteceram algumas coisas meio desagradáveis, mas vou te contar, porque tem a ver com aquilo que já estávamos trabalhando na sessão passada.

— Ah, sim, vamos retomar aquilo. Quero que me conte tudo o que você tem lembrado. Por favor, deite-se no divã para começarmos.

— Tudo bem.

Enquanto Mary se deita no divã, Robert diz:

— Bom, vamos começar. Quando quiser começar a falar, estou aqui te ouvindo.

— Tudo bem. Na sessão passada parei na parte em que descobri que ele estava me traindo, foi isso?

— Sim, foi nessa parte exatamente.

— Então, eu descobri tudo, e nessa hora de desespero liguei para minha melhor amiga, Gessy, chorando. Não sabia se de raiva, ou pelo sentimento de ter sido traída, era tudo muito confuso. Falei com Gessy por telefone e ela logo percebeu que eu estava chorando. 'O que está acontecendo, amiga? Você está chorando?', 'Sim, você não sabe o que aconteceu!', 'Me fala, por favor.' 'Eu não estou suportando a dor, descobri algo terrível sobre o Pedro.' 'O que você descobriu?'.

"Eu não conseguia parar de chorar, mas continuei contando pra ela: 'Ele me traiu, amiga. Eu não estou acreditando no que ele fez comigo, ainda mais depois desse tempo todo que ficamos juntos... ele sempre me dizia que me amava, que queria ficar comigo'. Ela ainda me perguntou como tinha descoberto a traição, então expliquei toda a história das mensagens que ele enviava para a tal da Amanda. Gessy também não acreditou no que ele tinha feito e disse: 'Não estou acreditando no que está falando, ele parecia ser tão sério com você. Eu estou pasma ouvindo tudo isso!'. Fiquei com muito ódio dele."

Robert continuava prestando atenção em sua fala, porque queria entender o que havia por trás deste discurso todo.

Mary continuou falando:

— Na hora da raiva, acabei falando para Gessy que queria me vingar dele, então ela tentou me acalmar, dizendo para mim: 'Amiga, não vá fazer nenhuma besteira, pelo amor de Deus, deixa isso pra lá. Eu sei que você está muito triste e chateada com isso tudo, mas se acalme para conseguir tomar a decisão correta. Não compensa você ficar com um canalha como ele'.

"Eu fui tentando me acalmar e acabei falando para ela que não seria nada fácil para mim, porque descobrir uma traição não é fácil para ninguém, lidar com o sentimento de ser trocada, rejeitada, enganada."

Robert faz pequenas anotações sobre essa fala de Mary, sobre os sentimentos que ela teve por ele, depois pergunta:

— Mary, você ainda sente algum desses sentimentos que você fala sobre ele?

Ela, tranquilamente, responde:

— Hoje não sinto mais a mesma coisa, mas ainda me sinto insegura em outros relacionamentos. Poucas pessoas me fazem sentir segurança para eu poder me entregar, voltar a confiar, e isso me deixa confusa. Depois dele, não consegui me relacionar com mais ninguém, porque, além de não sentir atração, não queria por conta desses sentimentos que me atrapalham. Depois que comecei a fazer a terapia com você, me sinto cada dia melhor, você tem me ajudado muito em tudo. Eu só acho que ando meio confusa, tenho pensado em algumas coisas.

Robert logo indaga:

— Que sentimentos são esses?

— Não sei te dizer ainda, na verdade não quero falar sobre isso, não estou pronta.

— Tudo bem, Mary, continue contando a sua história.

— Então, acabei falando com Gessy sobre como iria ser difícil superar a traição, então ela me perguntou se eu gostava ainda dele, e eu respondi: 'Ah, Gessy, eu não sei o que falar. Ninguém deixa de gostar de repente, é muito difícil explicar isso, ainda gosto dele. Vou aprender a superar, porque ninguém merece amar alguém que não te ama de verdade. Minha vontade, Gessy, é de sumir de vez, ainda mais com tantos problemas pelos quais estive passando com minha família e outras coisas'.

"Foi um momento muito difícil quando descobri o que ele tinha feito, tinha passado por alguns problemas na minha família, então fiquei sem chão, só chorava, não queria sair de casa. Gessy me ajudou muito, porque ela já tinha passado por uma situação semelhante. No dia, eu ainda quebrei um quadro que eu tinha no quarto com ele e rasguei a foto. Fiz isso porque nunca mais queria vê-lo, queria apagar todas as lembranças."

De repente, Mary faz silêncio por dois minutos, e Robert, percebendo esse silêncio, aguarda-a continuar sua fala observando o que há por trás do que não foi dito, o que ela queria passar com esse silêncio.

Mary volta a falar:

— Acabei indo na casa dele no outro dia, porque ele tinha me ligado de manhã, sentindo falta do telefone celular dele. Depois de fingir que nada tinha acontecido e explicar que entregaria o celular pessoalmente na casa dele, nos despedimos.

Nesse momento, Robert percebe que os cinquenta minutos já haviam terminado, então interrompe a fala de Mary e diz:

— Por hoje acabou, Mary, continuaremos na próxima sessão. Vá pensando sobre os detalhes para me contar o máximo que puder em sua fala. Isso será muito bom para você, para o desenvolvimento da terapia.

Mary, já em pé, olha bem no fundo dos olhos de Robert e diz:

— Farei isso, mas tenho algo ainda para te dizer que me incomoda muito. — Mary segura as mãos de Robert e continua. — Espero que seja o momento certo pra te contar isso, você, com certeza, vai me entender. Aliás, só você me entende.

Robert disfarça um pouco seu nervosismo em ouvir aquilo e responde:

— Espero que na hora certa você me diga o que te incomoda. Vou te compreender, sim, fique tranquila.

— Assim espero.

Robert, lhe encarando sutilmente, responde:

— Tudo bem.

Mary solta as mãos de Robert e vira as costas para ir embora. Robert vai na frente para abrir a porta da sala para ela e segue em direção à porta de saída de sua clínica. Ela olha para ele para se despedir e dá um beijo em seu rosto.

— Tchau, até segunda-feira.

Robert foi pego de surpresa, porque ela deu um beijo rapidamente em seu rosto, resvalando no canto de sua boca, virou as costas e entrou em seu carro. Só então ele responde:

— Tchau, Mary, até mais.

Robert volta para a sua sala, pega sua pasta e fecha a clínica, porque estava com pressa para um compromisso. Já dirigindo seu carro, ele para em um sinaleiro e já lembra da imagem de Mary e o que ela fez na hora de ir embora. Então, depois disso, ele diz em voz baixa, para si mesmo:

— Mary, Mary... você está me enlouquecendo.

Capítulo 34

O início de uma nova fase

Frank, em sua sala, recebe um telefonema de sua secretária.

— Senhor Frank, está podendo falar agora?

— Oi, Carol. Estou um pouco ocupado, mas pode falar.

— Estou com o Doutor Alfredo aqui na recepção comigo, você pode recebê-lo?

— Claro! Mande-o entrar e, se alguém ligar para mim, fale que eu estou ocupado.

— Tudo bem, senhor Frank, farei isso. — E, se virando para Alfredo. — Doutor Alfredo, me acompanhe até a sala do senhor Frank.

— Muito obrigado, Carol.

Chegando lá, Carol bate na porta da sala e diz:

— Senhor Frank, com licença. — E falando para Alfredo: — Por favor, entre e fique à vontade.

— Obrigado, Carol.

Frank se levanta de sua mesa para cumprimentar Alfredo.

— É um prazer te ver por aqui, Alfredo. Você ficou de me ligar, mas acabou vindo.

— Achei melhor falar com você pessoalmente.

— Pelo que vejo, tem os resultados dos exames.

— Sim, Frank, vim justamente por isso.

— Sente-se, fique à vontade e vamos conversar sobre isso, porque estou ansioso para saber quais foram os resultados desses exames.

Alfredo se senta na cadeira, coloca os exames em cima da mesa para começar a falar sobre eles.

Frank, ansioso, pergunta:

— Vamos lá. O que esse exame está dizendo? Quais foram os resultados?

— Não quero te assustar, mas os resultados confirmaram aquilo que eu tinha te falado antes. Você está com leucemia mieloide aguda.

Frank fica assustado e pergunta:

— Doutor, isso tem cura? Como vai ser o tratamento? Meu Deus.

— Frank, a doença foi diagnosticada bem no início, não se preocupe. Vou te encaminhar para um médico especializado. Achei melhor ser eu a te contar pessoalmente para deixar você mais tranquilo, mas quem cuidará do seu caso é o Doutor Alex, oncologista especializado no tratamento de LMA. Ele estudou nos Estados Unidos e utiliza técnicas mais eficientes. Deixei marcado com ele para hoje, às oito da noite, para ele explicar o procedimento que será efetuado.

— Tudo bem. Não terei nenhum compromisso, e saúde é prioridade.

— Tudo bem, Frank, aguardaremos você no hospital.

Frank coloca as mãos sobre o rosto e diz:

— Nossa, Alfredo, não acredito que isso está acontecendo comigo. Não sei o que fazer, só espero que dê tudo certo. É impossível não pensar no pior, aquela sensação ruim que dá na gente.

— Fique tranquilo, Frank, tudo vai dar certo, estou aqui para te ajudar no que precisar.

— Muito obrigado, Alfredo, fico feliz em ter amigos como você.

— Para isso que servem os amigos.

Frank se levanta da mesa, abraça Alfredo e diz:

— Muito obrigado, amigo, muito obrigado mesmo.

— Tenho que ir, tudo bem? Te aguardo à noite no hospital. O Doutor Alex irá te atender.

— Obrigado, Alfredo, estarei lá.

Eles se despedem com um abraço, e Frank o segue até a porta de sua sala.

— Até mais — Frank diz.

— Até.

Chegando em sua casa com um ar meio desanimado, Frank encontra sua noiva, que o cumprimenta.

— Oi, amor, tudo bem?

Frank dá um rápido beijo em sua boca e diz:

— Oi, meu anjo.

— Você está abatido, meu bem, o que aconteceu?

Frank abraça Susie fortemente e começa a chorar. Ela, sem entender, apenas o abraça e diz:

— Calma, meu bem, calma, eu estou aqui.

Depois de ter chorado nos braços de Susie, começa a dizer:

— Susie, eu estou doente, muito doente.

— O que aconteceu?

— Você lembra dos exames que eu tive que fazer?

— Sim, eu lembro, quais foram os resultados?

— Amor, eu estou com leucemia. Estou preocupado com esse diagnóstico.

Susie abraça fortemente Frank e diz:

— Meu amor, estarei com você em tudo, fique firme. Tudo vai dar certo, se Deus quiser, apenas confie.

— Sim, meu anjo, tudo vai dar certo. Essa fase vai passar.

— Quando você vai ao médico de novo?

— À noite, meu bem, está marcado com o Doutor Alex. Alfredo é cardiologista, então ele me encaminhou para esse amigo dele, que é oncologista.

— Eu vou com você, está bem?

— Tudo bem. Você está sendo muito importante para mim neste momento.

Susie abraça novamente Frank.

— Eu sempre vou estar com você, meu bem, sempre.

— Susie, não quero que Mary saiba sobre minha doença por enquanto, não quero vê-la mal. Tadinha, ela está resolvendo muitas coisas na vida agora. Contarei a ela em outra ocasião, mas prefiro que esteja mais tranquila.

— Tudo bem, meu amor, por mim ela não vai ficar sabendo de nada. É a melhor opção no momento, ela está fazendo terapia e já tem muitas coisas com que se preocupar na faculdade.

Às sete e meia, Frank e Susie estão no Hospital Albert Einstein, na sala de espera aguardando a consulta com o Doutor Alex. Enquanto isso, eles conversam.

— Amor, acho que vou buscar água. Quer que eu busque para você?

— Não, obrigada.

— Tudo bem.

Quando chega o horário da consulta, a secretária chama Frank.

— Por favor, pode me acompanhar até a sala do Doutor Alex.

— Vamos lá. Minha noiva pode entrar comigo?

— Sim, com certeza.

Chegando no consultório do Doutor Alex, a secretária abre a porta e diz:

— Por favor, fiquem à vontade.

Eles entram no consultório, e Alex os cumprimenta.

— Frank, como vai?

— Bom, doutor, espero que eu fique bem.

— Com certeza, por isso você está aqui. Sua esposa?

— Minha noiva, Susie.

Ela cumprimenta Alex:

— Prazer, Susie.

— Prazer, Alex. Por favor, sentem-se — ele diz, apontando para as cadeiras.

— Fiquem à vontade.

Frank e Susie respondem:

Muito obrigado.

Alex começa a falar.

— O Doutor Alfredo me passou seu caso, estou com seus exames em mãos e já estive analisando os diagnósticos. Ele falou que já tinha conversado com você antes, não é?

— Sim, doutor, ele me contou dos resultados dos exames. Por conta de nossa amizade, preferiu me falar pessoalmente sobre o caso, fiquei mais tranquilo com ele me contando.

— Pois é, achei muito bom isso, porque geralmente o paciente acaba se assustando com o diagnóstico, mas com um amigo a dar a notícia é melhor. Como está se sentindo?

— Como você mesmo disse, é um susto ficar sabendo que se está doente dessa forma, mas agora devemos tratar disso.

— Com certeza, Frank. Faremos todos os tratamentos possíveis. É realmente um processo complicado, inclusive, sua rotina será diferente a partir de agora. Devemos preparar o paciente psicologicamente também, porque isso faz toda a diferença na obtenção de resultados eficientes.

— Como o tratamento funciona? Me explique sobre essa doença.

— Eu sou especialista em oncologia, já tratei pacientes com diversos tipos de câncer, então vou explicar certinho para vocês como é a doença e o tratamento. Vou passar o máximo de informações, quero que fique tranquilo em relação ao tipo de câncer, ok?

— Tudo bem, doutor, dúvida é o que eu mais tenho.

— Observem a TV, onde vou mostrar os detalhes sobre a LMA.

— Tudo bem, pode começar.

— Vou falar sobre os quatro tipos de leucemia existentes, depois vou falar da que você possui.

— Tudo bem.

— As leucemias estão divididas em quatro grupos e classificadas em crônicas ou agudas, mieloides ou linfocíticas segundo a sua evolução clínica. Ainda são subdivididas em relação ao tipo de células que prolifera, de forma a tornar-se mais fácil estabelecer prognósticos e o tratamento mais adequado a cada paciente: LMA - Leucemia Mieloide Aguda; LMC - Leucemia Mieloide Crônica; LLA - Leucemia Linfocítica Aguda; e LLC - Leucemia Linfocítica Crônica.

— Agora que já falei sobre os quatro tipos existentes, vou falar do seu caso, Frank.

— Tudo bem.

— Leucemia mieloide aguda é um tipo de leucemia que começa nas células que deveriam se transformar normalmente em glóbulos brancos, mas que acabam por formar outros tipos de células. Estas células imaturas, também chamadas blastos, continuam a reproduzir-se e a acumular-se. A designação de "aguda" refere-se à rapidez com que se desenvolve este tipo de leucemia. Quando o tipo de células da medula óssea que foi afetada se trata de granulócitos ou monócitos, a leucemia é classificada de Mieloide (também chamada de leucemia mielogénica ou mielocítica). Os principais sintomas associados a este tipo de leucemia são vários e podem incluir perda de peso e febre.

Frank interrompe com um breve comentário:

— Eu sentia muito cansaço, falta de ar e palpitação, por isso procurei o Alfredo, achei que fosse algo cardíaco.

— Que bom que você consultou, porque o seu estágio é inicial ainda — disse Alex, e continua. — Outros sintomas são: equimoses e hemorragias, úlceras do lábio e da boca. Alguns doentes sofrem de dores nos ossos e articulações. A LMA pode também causar o aumento do fígado e baço, dois órgãos localizados respectivamente do lado esquerdo e lado direito do abdômen. Este fato pode ser notado por um inchaço ou aumento da barriga e consegue ser detectado por palpação.

Robert interrompe para questionar:

— Mas quais são os fatores que levam a desenvolver a doença, doutor?

— Embora não tenha sido ainda identificada a causa que conduz ao desenvolvimento da leucemia aguda na maioria dos doentes, já se descobriram algumas relações de predisposição. Os fatores de risco são todos os que podem aumentar as hipóteses de se contrair uma doença e estão normalmente relacionados com o estilo de vida, ambiente ou causas genéticas (hereditárias). No caso da leucemia mieloide aguda, o único fator de risco provado é o tabaco. Embora as células afetadas não estejam em contato direto com o fumo, as substâncias cancerígenas absorvidas pelos pulmões são posteriormente espalhadas pela corrente sanguínea para várias partes do corpo. Os cientistas calculam que cerca de 1/5 dos casos de LMA são causados pelo tabaco. Você fumou por muito tempo, Frank?

— Fumei por cinco anos.

— Não temos como provar que isso influenciou no surgimento da doença ou não, porque não foi por muito tempo que você fumou. Pode ter sido vários fatores que levaram a isso, mas agora o foco é outro, tratar a doença.

— Entendi, doutor. Por favor, continue explicando.

— Tudo bem, se tiver dúvidas é só perguntar — Alex diz e continua. — Os riscos ambientais são influências do meio. A exposição crônica a produtos químicos, como o benzeno, fármacos que provocam anemia aplástica e radiações têm sido associados a uma maior incidência da doença. A LMA é mais comum em homens do que em mulheres, embora as causas para este fato não sejam claras.

Alex dá uma pausa na explicação e diz:

— Bom, Frank, temos vários fatores, como expliquei.

— Entendo, doutor.

— Agora vou explicar um pouco sobre os diagnósticos e características — ele diz e continua. — Quando a leucemia está no início, o seu diagnóstico é difícil, uma vez que os sintomas desta doença são semelhantes aos de outras doenças. Entre os principais sintomas temos o cansaço, a falta de apetite e possível febre intermitente. A suspeita de diagnóstico é reforçada pelo exame físico, que pode alertar para a possibilidade da doença quando o doente apresenta palidez, febre e presença de pequenas manchas avermelhadas. O hemograma pode revelar anemia e uma contagem leucocitária deficitária.

Mielograma é um exame de grande importância para o diagnóstico e para a avaliação da resposta ao tratamento indicando a presença ou não de células leucêmicas na medula. Esse exame é feito sob anestesia local e consiste na aspiração da medula óssea para exame ao microscópio. Os locais preferidos para a aspiração são a parte posterior do osso ilíaco (bacia) e o esterno. Durante o tratamento pode ser necessário fazer-se vários mielogramas. Essa parte já passou, não é, Frank? Ficou alguma dúvida sobre isso?

— Não, doutor, sua explicação é bastante clara.

— Chegamos no tratamento agora, está bem?

— Ok.

Alex começa a parte do tratamento, enquanto Susie também está atenta ao que ele diz.

— Como o tratamento da leucemia melhorou consideravelmente nos últimos vinte anos, a pesquisa tem-se centrado nos porquês de uma melhor ou pior reação consoante dos pacientes. Esta observação ajuda os médicos na decisão de qual tratamento a seguir. Estes fatores de prognóstico incluem a idade, contagem de células sanguíneas e resultados citogenéticos. Outras características são o fato de haver condições chamadas pré-leucêmicas (Síndromes Mielodisplásicos), ou alguma forma anterior de câncer tratada com quimioterapia e radioterapia. O tratamento principal da LMA consiste na aplicação de quimioterapia, às vezes seguida de transplante da medula óssea. Neste caso, a medula óssea do paciente é substituída pela medula óssea sã de outra pessoa (doador) cujo tecido seja histo-compatível. Em certos casos, poderá completar-se este tratamento com radioterapia.

A quimioterapia consiste no uso de medicamentos para eliminar as células cancerosas e pode ser de forma oral, ou pode administrar-se no corpo por injeção intravenosa, ou músculo. Considera-se um tratamento sistêmico uma vez que o medicamento se introduz na corrente sanguínea de forma a eliminar células cancerosas por todo o corpo. Este tratamento é feito em várias fases: a primeira, chamada indução, tem a finalidade de atingir a remissão completa, ou um estado de aparente normalidade que se obtém após a poliquimioterapia (associação de várias drogas citotóxicas), uma vez que o principal objetivo consiste na destruição da maior quantidade possível de células leucêmicas. Esse resultado é conseguido quando os exames de medula óssea e sangue não evidenciam mais células da doença. Depois da remissão completa, é necessária uma pós-indução, que elimina células não detectáveis pelos métodos disponíveis. Nas fases seguintes, o tratamento também varia de acordo com o tipo de Leucemia (Linfoide ou Mieloide), podendo durar mais de dois anos nas linfoides e menos de um ano nas mieloides. A sua, Frank, é a mieloide, então temos a expectativa de um tratamento mais tranquilo.

— Assim espero — respondeu Frank. — Gostei de sua explicação, foi bem clara. E depois do tratamento, como devo proceder?

Alex responde sua questão:

— A LMA nos adultos é classificada como estando em remissão sem evidência da doença: com menos de 5% de blastos na medula óssea; ou como ativa quando o paciente acabou de ser diagnosticado ou teve uma recaída.

— Entendi, mas e depois do tratamento?

— Sim, Frank, haverá de passar por alguns procedimentos necessários durante vários anos após o tratamento ter acabado, sempre à procura de eventual reincidência da doença ou para observação de efeitos secundários a curto ou a longo prazo. Os check-ups incluem exames físicos rigorosos, raios X e análises clínicas. No caso da LMA, não é usual uma recaída se não houver sinais da doença cinco anos depois do tratamento. Uma recaída só é possível pouco tempo depois de se ter acabado o tratamento. Um dos benefícios do acompanhamento após a cura é esse, porque dá a oportunidade de trocar ideias sobre possíveis preocupações que possam aparecer.

— Entendi. Acho que todas as minhas dúvidas foram sanadas. Estou mais tranquilo agora — concluiu Frank.

— Agora devemos focar no transplante de medula óssea, temos que esperar por um doador compatível. Vou falar o que acontece normalmente: às vezes pode ser rápido, outras vezes, não. Tudo depende da compatibilidade, mas assim que acharmos um doador compatível, faremos o procedimento do transplante, Frank.

— Entendi, mas iremos começar o tratamento já?

— Sim, Frank. Começaremos a quimioterapia e observaremos os resultados. Enquanto isso, tentaremos achar um doador compatível com você.

— Certo, Doutor Alex, muito obrigado. Fiquei mais tranquilo depois dessa explicação.

— Tranquilo, Frank, o prazer é todo meu. É importante que saiba todo o procedimento que será realizado. Mas por hoje era isso. A secretária vai marcar seu retorno para semana que vem para iniciarmos a quimioterapia. Recomendo que raspe seu cabelo, porque o tratamento é muito forte, e vai sentir muitas reações no corpo.

— Tudo bem, doutor, eu já esperava por isso. Pode deixar.

— Alguma dúvida a mais, Frank?

— Não, doutor, por enquanto não tenho nenhuma.

— Tudo bem. Se quiser saber mais alguma questão durante o tratamento, eu irei esclarecer.

Alex os leva até a porta de sua sala e se despede com um aperto de mão.

— Foi um prazer falar com vocês. Te aguardo semana que vem, Frank, até mais.

— O prazer foi todo meu. Até semana que vem.

Frank chega na recepção e fala com a secretária.

— Em que dia poderei retornar?

— Já deixei marcado para segunda-feira, às nove horas, a pedido do doutor, pois seu retorno tem que ser em breve.

— Ok, tudo bem. Estarei aqui, muito obrigado.

Frank e Susie saem do hospital e, chegando no carro, começam a conversar.

— Nossa, Susie, agora vou ter que mudar toda a minha rotina, mesmo assim ainda quero poupar a Mary disso tudo. Ela vai me ver com o cabelo raspado, vai estranhar, mas vou tentar explicar de uma maneira que ela não fique indagando o motivo.

Susie logo responde:

— Então, amor, é difícil essa situação, mas no momento é isso que devemos fazer.

— Pois é, não é nada fácil, mas concordo.

Depois disso, Frank e Susie voltam para casa.

Capítulo 35

Predestinados?

Mary toma um banho de sol à beira da piscina da casa de seu pai. Às quatro da tarde, seu celular toca.

— Alô, Priscila?

— Sim, sou eu. Tudo bem?

— Fala, Pri! Estou bem, e você?

— Tudo bem por aqui.

— Quais os planos para hoje? O que você está pensando em fazer? — pergunta Mary.

— Eu estava pensando em ir àquela casa sertaneja que abriu. Está super frequentada, as pessoas têm falado muito bem. O que você acha?

— Vamos, eu gosto muito de novidades e lugares novos, você sabe disso.

— Sim, você adora! — diz Priscila, dando risada.

— Para, amiga... Eu sou super de boa! Vocês ficam me zoando só porque aquela vez eu bebi um pouquinho a mais — Mary responde, também rindo.

— Tudo bem, Mary, tudo bem... Mas, falando sério, que horas vamos?

— Que horas o lugar abre?

— A partir das onze e meia.

— Ah, vamos lá pela meia-noite, pode ser?

— Claro. Pelo menos não chegaremos tão cedo, também. Não gosto de chegar muito cedo em festas.

— Com certeza! O que você está fazendo agora?

— Estou em casa, sem fazer nada. E você?

— Estou na piscina da casa do meu pai. Venha para cá, para você nadar! Traga sua roupa para sairmos à noite, e vamos direto.

— Boa ideia, está muito quente, hoje!

— Eu te espero então, Pri.

— Tudo bem. Beijos, amiga, até daqui a pouco.

— Até.

Às dez horas e trinta da noite, Mary fala:

— Pri, se quiser, pode ir se arrumando. Fique à vontade, tem toalhas limpas no banheiro.

— Tudo bem, vou tomar banho. Obrigada, amiga.

****

Enquanto isso, Robert, em sua casa, recebe uma ligação de seu amigo.

— Alô?

— Robert, é o Fred. Tudo bem?

— Tudo, e com você?

— Estou bem, também.

— Que bom, cara! E como andam as coisas, Fred? Você sumiu.

— Muito trabalho. Ultimamente está muito corrido para mim. E você?

— Também estou com muito trabalho, falta tempo! Poucas vezes tenho tempo para fazer algo, mas hoje estou mais tranquilo.

— Que bom, porque hoje também estou de bobeira. Vamos fazer algo?

— Vamos. Está pensando em alguma coisa em específico?

— Estava pensando em ir a um pub na avenida Tiradentes, mas lá tem estado muito cheio, ultimamente. Então pensei em outro lugar muito bom, pelo menos todo mundo anda comentando... É uma casa sertaneja na avenida Paulista, que abriu há umas duas semanas. O que você acha?

— Por mim, tudo bem. Que horas?

— Depois da meia-noite, pode ser?

— Ótimo. Eu passo na sua casa às dez pra meia-noite, beleza?

— Tranquilo. Até mais, Robert.

— Até mais, Fred.

****

Chegando à casa de shows sertaneja, Robert e Fred entram e logo pedem um camarote com mesa.

— Tem lugar ainda? — perguntou Robert.

— Tem, sim. Estão só vocês dois? — perguntou o atendente.

— Sim, só nós dois.

— Tudo bem, tenho mesa para dois. Sigam esse rapaz que ele levará vocês até a mesa.

— Ok, muito obrigado.

Robert e Fred seguem o organizador da casa até a mesa, mas Robert não esperava ver Mary a duas mesas de distância, tomando cerveja. Ela olha para trás e olha para Robert com um olhar faiscante e sensual. O que é mais marcante nela é o seu jeito, dengoso, delicado, todo especial, que somente ela tem.

Mary vai até a mesa deles e cumprimenta Robert, o abraçando.

— Oi, Robert, tudo bem? Que bom te ver por aqui.

Robert abraça Mary e diz:

— Oi, Mary. Tudo bem, que bom te ver!

— Vocês estão sozinhos?

— Sim, acabamos de chegar.

— Sentem conosco, estamos eu e minha amiga Priscila. Assim você a conhece pessoalmente, é dela que eu falo sempre. — Mary sorri.

— Ah, Mary, não sei. Não queremos atrapalhar.

— Fica tranquilo. Tem lugar para mais duas pessoas, porque quando chegamos não tinha mesa para só duas pessoas. Vamos, sentem com a gente.

Robert, sem jeito de recusar, resolve sentar na mesma mesa com elas.

— Tudo bem, Mary, sentamos com vocês. Vou só pedir para o garçom cancelar esta mesa, porque o Fred tinha reservado antes.

— Entendi — responde Mary com um brilho nos olhos.

Robert e Fred estão sentados na mesma mesa que Mary e Priscila, então começam a conversar, mas Robert não está muito confortável, pelo fato de ser terapeuta dela, ele não queria que ela tivesse outra visão dele.

— Então, Mary, você sempre vem aqui? — pergunta Robert.

— Não, é a primeira vez. Estou achando bem bacana! E você?

— Também é minha primeira vez. Fred me chamou pra vir, não conhecia aqui, mas parece ser bem legal, estou gostando.

— Que bom. Achei que você não frequentasse esses lugares, que era mais caseiro. Não imaginava que psicólogo era assim que nem nós — disse Mary, dando risada.

Robert, ri e responde:

— Nós somos mais comuns do que vocês imaginam.

Mary, com um sorriso, responde:

— Que bom, muito interessante.

— Você sabe quem vai cantar?

— Acho que é uma dupla nova, parece que eles cantam bem.

— Que legal, vai ser bom, então!

— Assim espero. Você bebe?

— Bebo, mas bem de leve, só um chope. E você?

— Eu bebo, sim, mas pouco.

Priscila, não perdendo a oportunidade de sacanear sua amiga, diz, rindo:

— Só um pouquinho mesmo?

— Para, Priscila, só um pouquinho, sim — responde Mary, rindo.

Priscila começa a rir e diz:

— Olha, Robert, essa menina tem dependência alcoólica. Trate bem dela, que ela precisa.

Mary logo responde na brincadeira:

— Robert, tudo que essa garota diz é calúnia. Eu confesso que uma vez acabei bebendo demais, mas quem nunca fez isso? Até hoje ela pega no meu pé, ela e a Gessy.

Priscila diz:

— Porque nós te amamos, né? Para de drama, amiga.

— Falando nisso, vamos pedir algo pra tomar? Está passando da hora já. Vocês gostam de tomar o quê, Robert e Fred?

Robert responde:

— Por mim pode ser um chope mesmo.

Fred diz:

— Pra mim também.

— Então, vou pedir uma torre de chope, compensa mais — disse Priscila.

Robert responde:

— Pode ser.

A conversa vai ficando animada, o show estava muito bom, mas Robert não esperava por essa.

— Robert, qual é seu hobby?

— Eu gosto de fazer muitas coisas: vou na academia, gosto de nadar, de jogar futebol, de dançar, mas não faço mais dança porque não tenho tempo… meu dia a dia é muito atribulado.

— Não acredito que você gosta de dançar.

— Gosto muito, danço um pouco de tudo.

— Nossa, que bacana. Temos algo em comum, então, eu também gosto de dançar. Vamos pra pista, então!

Robert, querendo dar uma desculpa, acaba dizendo:

— Então, Mary, faz tempo que não danço, estou meio fora de forma.

Mary dá um sorriso e diz:

— Se estiver fora de ritmo, eu ajudo você.

Robert começa a dar risada e fala:

— Você é uma comédia. Vamos lá!

— Vamos aproveitar essa moda sertaneja, então, eu amo essa música!

— Vamos lá. Essa música já dancei muitas vezes, vou te ensinar um ritmo bem legal dela.

Ela, olhando bem nos olhos dele, diz:

— Quero aprender com você.

Robert avisa para seu amigo:

— Fred, estou descendo com a Mary para dançar com ela.

— Ok, Robert, sem problemas, vou ficar aqui com a Priscila.

Priscila diz:

— Pode ir, Mary, ficarei aqui conversando com o Fred.

— Tudo bem, Priscila, estou descendo.

Chegando na pista de dança, Robert segura Mary bem pertinho, ela fita seus olhos e eles começam a dançar uma música lenta. Enquanto isso, ele sente o cheiro de seu perfume maravilhoso e pergunta:

— Que perfume bom. Qual você está usando?

— Só vou te falar se você sentir mais perto do meu pescoço.

— Sério isso, Mary?

— Sim, estou falando sério.

Robert cheira seu pescoço bem no pé de seu ouvido, e Mary dá um suspiro.

— Muito bom seu perfume, adorei. Como se chama?

— Angel.

— Nossa, ele é maravilhoso.

Mary dá um sorriso, coloca a cabeça no ombro de Robert e continua a dança.

Depois de eles terem dançado, voltam à mesa, onde Fred e Priscila estão conversando, e Mary diz:

— Cansei! Ainda que o Robert disse que estava fora de ritmo para dançar.

— Nossa, hein, então vocês dançaram muito — disse Priscila.

Robert, com um sorriso, responde:

— Só um pouquinho.

As horas vão passando, até que chega por volta das cinco e meia da madrugada e Robert diz:

— Pessoal, foi muito bom estar na companhia de vocês, mas vamos nessa.

Mary diz:

— Eu também já vou indo, estou cansada. Vamos embora, Pri?

— Vamos, sim, Mary.

— Vocês estão de carro? — pergunta Robert.

— Eu e a Pri viemos de carro, fiquem tranquilos — responde Mary.

— Tudo bem, então, se cuidem. Podem deixar que a conta eu pago.

— Não, Robert, nós pagamos a nossa — diz Priscila.

— Não, meninas, foi um prazer estar com vocês. Podem deixar que eu pago.

— Então, tudo bem — Mary concorda.

Priscila se despede de Fred, depois se despede de Robert. Quando Mary vai se despedir de Robert, ela o abraça e beija seu rosto de uma outra forma, no canto da boca, depois o olha nos olhos e diz:

— Tchau, Robert, até mais.

Robert, também olhando em seus olhos, responde:

— Tchau, Mary, até mais. Quer dizer, até segunda-feira.

Eles vão embora, cada um para sua casa, mas no caminho, Fred começa a falar com Robert:

— Nossa, Robert, aquelas meninas são legais. A Mary é sua paciente?

— Sim, ela é minha paciente. Achou-a legal?

— Sim, achei muita gente boa, mas gostei mais ainda da amiga dela.

Robert dá risada e pergunta:

— Em que sentido você a achou legal?

Fred, caindo na brincadeira de Robert, responde:

— Em todos mesmo. Tenho que te confessar algo.

— O quê?

— Aquela Priscila tem uma boca muito gostosa.

Robert começa a dar risada e diz:

— Não acredito que você fez isso. Sério, Fred?

Fred começa a ter uma crise de riso e responde:

— Foi assim: aquela hora que você desceu com a Mary para dançar, nós já estávamos conversando, então sentei do lado dela e comecei a passar a mão em seus cabelos e o resto você já sabe…

— Você é malandro, ficou com a amiga da minha paciente.

— Nem vem, Robert. Não percebeu como a Mary olha para você? Ela é super a fim de você, se não percebeu isso, pelo amor, né?

— Pô, Fred, não sei. Sou terapeuta dela, não sei se ela gosta de mim mesmo.

Robert falava isso, mas sabia o quanto Mary gostava dele e sabia o quanto era recíproco.

— Lógico, Robert! Quem não percebe isso? O que você acha dela?

— Ah, Fred, é uma situação difícil, mas eu a acho muito bonita. É uma garota especial, sabe? Ela é diferente.

— Vixi, Robert, se abre para seu amigo aqui. Eu conheço esse seu jeito, hein?

— Então, não posso me envolver com ela, mas está muito difícil para mim. Acho que vou dispensá-la da minha terapia, passar para outro psicólogo. Confesso que estou gostando dela, nunca senti nada por alguém tão forte como o que sinto por ela. Não sei o que é, só sei que ela é diferente, tem algo nela que me encanta muito.

— Eu te entendo, Robert, é muito difícil não se apaixonar por alguém assim, ela é muito linda e simpática.

— Então, mas fora isso tem algo que mexe comigo de uma forma diferente. Enfim, está sendo difícil lutar contra esse sentimento, é uma tentação cruel.

— Eu te entendo, Robert, mas tome a melhor decisão para você.

— Sim. Vou ter que afastá-la de mim. Vai doer muito, os sentimentos estão muito confusos, mas tenho que agir pela razão.

Chegando na casa de Fred, Robert diz:

— Está entregue, amigo, tudo de bom.

— Obrigado, Robert. Até mais, parceiro, se cuida. Se precisar conversar, só me dá um toque.

— Valeu, brother, até mais.

— Vai com Deus, amigo, até mais.

****

Mary e Priscila, também voltando para casa, estão conversando, e Priscila pergunta:

— O que achou da noite, amiga?

— Achei muito boa, mas nem esperava encontrar o Robert, parece destino, ganhei a noite. — Mary dá um sorriso.

— Uhum, parece que gostou mesmo, até dançou com ele.

Mary ri:

— Para, Pri, nada a ver. Mas foi muito bom ter dançado com ele, tem uma pegada incrível.

Priscila, não aguentando o comentário de Mary, começa a dar gargalhadas e dizer:

— Uii, então foi bom.

— Para, Pri, agora falando sério: eu não suporto mais ficar sem ele saber o quanto gosto dele, é um pesadelo para mim. Na sessão de segunda-feira vou revelar a ele o que sinto, não dá mais.

— Nossa, amiga. Você enlouqueceu?

— Não, só não aguento mais viver isso, eu o amo Priscila.

— Mary, Mary, você está apaixonada, isso é loucura.

— Loucura é ter que ficar reprimindo esse sentimento tão profundo que eu sinto. Está decidido, vou falar para ele sobre os meus sentimentos.

— Está bem, Mary, só faça da maneira certa.

— Pode deixar, Priscila, fique tranquila.

Priscila dá uma risada:

— Eu me preocupo quando você fala isso.

— Falando nisso, você ficou sozinha com o amigo dele, o Fred, aquela hora que descemos pra dançar. Você está com cara de quem aprontou, eu te conheço.

— Para, Mary, só demos uns beijinhos — disse Priscila, dando risada.

— Uhum, safadinha. Imaginei que vocês tinham ficado, só pelo climinha da conversa.

Mary entrega Priscila em sua casa e diz:

— Fica assim, Pri, vamos nos falando, beleza? Até mais.

— Obrigada, amiga. Depois nos falamos. Até mais.

Capítulo 36

Uma mudança radical

Domingo de manhã, Mary acorda às nove da manhã. Ela se levanta e toma banho, e depois desce para tomar café da manhã, mas não esperava se deparar com o novo visual de seu pai. Chegando na mesa, diz:

— Bom dia, pai. Bom dia, Susie. — E indaga, surpresa: — Pai, o que aconteceu? Deu a louca em você, agora, para raspar o cabelo dessa forma?

Querendo disfarçar a situação, Frank diz, com um sorriso:

— Ah, filha, eu queria mudar um pouco. Nunca tinha feito essa loucura, sempre tem uma primeira vez.

— Fala sério, pai, o que motivou isso? Você sempre foi tão vaidoso com o seu cabelo.

— Filha, vá tomando seu café. Espere que eu vou rapidinho me trocar, e terminamos a conversa daqui a pouco.

— Tudo bem, pai.

Frank sobe para seu quarto e Susie, percebendo a situação, disfarça:

— Frank, achei aquela camisa sua que você tinha perdido na viagem. Você estava louco procurando! — Susie sobe atrás dele para o quarto.

Chegando lá, ela fecha a porta, e diz:

— E agora, amor?

— Vim aqui justamente para pensar no que vou fazer, mas vou ter que contar para ela. Não tem jeito, ela ficou surpresa porque sabe que eu não faria uma coisa dessas à toa.

— Eu entendo, amor. Como você vai contar a notícia?

— Não tem jeito mesmo. Vou contar da forma mais natural possível. Vou explicar tudo como ocorreu, é a única forma.

— Como será que ela vai reagir a isso?

— Não sei. Só saberemos depois que eu contar. Vou fazer o possível para ela enfrentar de uma maneira tranquila. Tenho dó de minha filha; ultimamente ela passou por tanta coisa: a morte do irmão, depois contamos sobre sua origem e que ela não é filha biológica minha e de Margarete. Agora, com mais isso, tenho medo da reação dela. É difícil para mim, como pai, que ela tenha de administrar tudo isso. Felizmente, a terapia está fazendo bem a ela. Não sei como ela ia administrar seus problemas. É demais para uma jovem de apenas dezoito anos.

— Se para nós, que somos experientes, já é tão difícil, imagine para ela.

— Verdade. Enfim, vou descer lá para falar com ela.

Susie dá um abraço forte nele, e diz:

— Tudo bem, amor. Se precisar, estarei lá para te ajudar. Vai dar tudo certo.

Ele dá um beijo nela.

— Obrigado, amor. Se não fosse você, não sei o que seria de mim. Eu não teria chão para enfrentar tudo isso sozinho. Eu te amo.

— Eu também te amo.

Frank desce as escadas e chega à cozinha, sentando ao lado da filha.

— Já acabou de tomar o café da manhã, Mary?

— Acabei agora. Mas volto a perguntar: qual o motivo de você ter raspado o cabelo?

Ele respira fundo antes de falar.

— Faz um tempo que eu fui ao médico fazer alguns exames. Aconteceram alterações neles; fiquei preocupado e tive que passar por outros. Foi complicado.

Mary interrompe seu pai, aflita:

— Como assim, pai? O que está acontecendo?

— Calma, filha. Deixa eu terminar de contar. Passei pelos novos exames, fiz todas as baterias e infelizmente descobri que estou doente. Mas já estou me tratando.

Ela o interrompe novamente, quase sem reação:

— Mas, pai, o que o senhor tem? É muito grave? Pelo amor de Deus, você está me assustando. Que doença é?

— Estou com câncer, leucemia.

Mary põe as mãos no rosto e as passa em seguida pelos cabelos.

— Eu… não estou acreditando nisso. Como assim? O senhor sempre foi tão saudável!

Frank abraça a filha e diz:

— Filha, fique tranquila. Tudo isso vai passar.

Ela abraça o pai com força e começa a chorar.

— Pai, eu tenho medo, muito medo de te perder. Eu tenho medo, pai…

Com os olhos cheios de lágrimas, Frank a abraça mais forte e diz:

— Calma, filha. Eu prometo que vou vencer essa doença e vai ser por você, meu anjo.

Ele dá um beijo em sua testa e os dois continuam abraçados.

Capítulo 37

A despedida da terapia

Robert acorda muito cedo na segunda-feira, às seis da manhã. A primeira coisa que faz é olhar sua agenda e ver os compromissos que tem nas horas seguintes, mas o principal é resolver a questão da descontinuação da terapia com Mary.

É uma decisão muito difícil, seus conflitos internos em relação a ela são enormes; seus sentimentos são intensos. Para não colocar em risco a ética profissional, ele acha melhor dispensá-la da terapia. Ele decide passar o caso para uma amiga psicóloga, para não deixar a jovem sem acompanhamento. Porém, Robert não faz ideia do que pode acontecer.

Às seis e meia da tarde do mesmo dia, Robert está na clínica, organizando relatos anotados dos pacientes e estava separando os de Mary. Perto das sete, ela chega à clínica e logo é atendida pela secretária.

— Boa noite, Mary. Tudo bem?

— Tudo, e você?

— Estou bem.

— Que bom.

— Vou avisar Robert de que você está aqui.

Mary está muito linda, com um vestido preto curto e cabelos radiantes — mas nada era capaz de se comparar a seus lindos olhos verdes. Além disso, ela está com o perfume que Robert tanto ama sentir nela.

Verônica diz:

— Mary, pode entrar.

— Obrigada, Verônica.

Mary entra no consultório. Robert está sentado em sua mesa e se levanta, indo na direção dela e a cumprimentando com um beijo no rosto.

— Oi, Mary. Como vai?

Ela o olha como que com admiração, um olhar apaixonado, e o abraça e beija seu rosto.

— Oi, Robert. Estou bem, e você?

Olhando em seus olhos e pensando de uma forma lamentável, ele não consegue impedir-se de pensar que terão de se afastar. Mas, com um sorriso, responde:

— Que bom. Vamos começar a sessão? Por favor, deite no divã.

— Eu já me sinto muito à vontade de estar aqui, com você.

Ele sorri novamente, um pouco sem graça.

— Vamos começar.

— Bom, vou continuar contando sobre o que eu estava falando na semana passada.

Ela se demora alguns instantes, mas começa a falar.

— Eu tinha falado com ele por telefone, que ia à casa dele para levar o celular. Fiz isso, mas juntei tudo o que tinha ganhado dele e coloquei em uma caixa, porque ia devolver. Foi em um domingo, por volta das duas da tarde. Ele estava sozinho em casa; seus pais tinham saído. Foi quando aproveitei para falar toda a verdade. Quando cheguei, ele estava me esperando na porta da sala. Depois que entrei, ele veio querendo me beijar. Desviei da tentativa dele. Eu disse: 'Você está sozinho em casa?', 'Estou. Por quê?', 'Porque vamos conversar agora, e eu não queria que ninguém estivesse aqui para ouvir nossa conversa.' Nesse momento começamos a discutir.

"Ele disse: 'Nossa, você está me assustando. Trouxe meu celular?', ao que eu respondi: 'Trouxe'. Ele tentou fazer carinho em mim, com uma cara de pau como se nada tivesse acontecido, muito canalha. Ele continuou: 'Não estou entendendo o que você quer dizer.' E nossa discussão continuou: 'Eu não acredito que tem a capacidade de fazer esse show barato. Como pude me enganar tanto com você?', 'Eu que não estou entendendo, Mary. Você não fala coisa com coisa.'

"'Deixa eu devolver seu celular. É por aqui que vai começar a entender as coisas.' Ele respondeu: "O que tem meu celular? Não tem nada de mais nele. Acorda, garota'. eu fiquei nervosa e disse: 'Essa merda de celular vai explicar tudo! Desbloqueie a tela, ou você quer que eu faça isso?', 'Você mexeu no meu celular? Mexeu? Eu nunca dei permissão para isso, e você nem sabe a minha senha!'. Ele pensava que eu não soubesse a senha."

Robert indaga:

— Como você descobriu?

— Não foi difícil. Era a data de aniversário da mãe dele. Eu disse, mas ele ainda tentou me enganar, dizendo: 'E o que você viu no celular? Não tem nada de mais, não é nada do que você está pensando!', e nossa briga foi aumentando cada vez mais.

Robert pergunta:

— Mas vocês chegaram a se agredir de outra forma que não verbal?

— Não.

— Continuamos a discussão, e eu disse: 'Você sempre quis bancar de gostosão, quis enganar as pessoas. Quanto tempo achou que duraria essa novelinha?', 'Se enxerga, não é nada do que você está pensando... é coisa da sua cabeça!', 'Cale a boca! Já estou cansada de ouvir tantas mentiras. Eu li suas mensagens e vi tudo o que você estava conversando com aquela garota, Amanda!'. E ele ainda tentou se explicar: 'Amanda? Ela é uma amiga minha. O que você viu são apenas brincadeiras que fazemos entre nós. Você não levou a sério, levou?'. Acredita que ele disse isso?

Robert continua em silêncio.

— Então eu falei: 'Você acha que sou uma idiota? Eu já sei de tudo. Sua casa caiu, playboy! De tonta você não me faz nunca mais. Chega. Você me enganou dizendo que me amava, sempre aquela mesma conversa de bom-moço, fingindo que se preocupava comigo. Você é muito dissimulado, um atorzinho barato!', e ele falava que me amava: 'Eu sempre te amei, Mary... O que aconteceu foi um erro! Eu me arrependo do que fiz. Me perdoe, estou muito arrependido... Eu juro que não tinha a intenção de magoar você. Fiz isso sem pensar!'

"Eu disse: 'Não tem mais jeito. Não vou aceitar mais isso. Você deveria ter pensado antes. Você me decepcionou de uma maneira que eu nunca imaginaria que fosse decepcionar'. Na hora eu chorei. Não sei se de raiva ou de tristeza, mas foi dessa forma. Hoje tudo mudou... Eu não gosto mais dele; aliás, quero-o bem longe de mim. Me apaixonei por outra pessoa, uma pessoa fantástica. Mas esse passado me incomoda um pouco. Ainda assim, já estou conseguindo superar."

— Que bom. Continue falando sobre isso.

— Ele continuou tentando me convencer: 'Eu faço qualquer coisa para que volte comigo. Vou provar que é você quem eu amo e que não existe ninguém mais importante do que você. Desde o primeiro dia em que te encontrei, você é a melhor coisa na minha vida'. Nesse momento, falei tudo o que eu tinha para falar, joguei tudo na cara dele: 'Pelo jeito, você fala que ama todo mundo. As suas mensagens para aquela garota são repletas de amores, e você dizia que a queria do seu lado. Você me enganou naquela quarta-feira à noite, quando disse que ia sair com a sua mãe e foi se encontrar com aquela vagabunda! Eu não acredito em mais nenhuma palavra que você me diga! A partir de hoje, me deixe em paz! Nunca mais quero falar com você. Me esqueça de vez, faça com que o que aconteceu entre a gente morra ou, melhor, faça como se nunca tivesse me conhecido, que nunca existi nem em sua mente; que aquele primeiro dia em que nos encontramos seja apagado da história de nossas vidas. Siga sua vida que eu vou seguir a minha.', então entreguei tudo o que eu havia trazido: "E eu trouxe os presentes que um dia você me deu, dizendo que me amava. Aqui está, nesta caixa: todos os seus presentinhos! Não quero ter nenhuma lembrança sua na minha vida!'.

Desculpe pelas palavras de baixo calão.

— Sem problemas, Mary — respondeu Robert.

— Terminando, eu saí correndo pelo portão. Ele veio atrás de mim, mas entrei em um táxi e fui embora chorando.

— O que mais incomoda você nesse relato? O que mais a angustia?

— Tenho alguns medos em relação ao meu futuro nos relacionamentos.

— Entendo. De que medos você está falando?

Robert não faz ideia de aonde ela quer chegar com isso, mas está pronto para ouvir cada resposta dela.

— Tenho insegurança em relação a essa nova paixão, sabe. Não sei ainda se isso existe mesmo ou se é algo que vem apenas de mim. Só sei que estou gostando demais dessa pessoa, ela é incrível.

— Compreendo. Então você está apaixonada?

— Isso. Estou muito apaixonada. Aliás, seria impossível não estar.

Robert ainda não imagina que ela estava falando sobre ele, mas, ao mesmo tempo, se lamenta por isso. Ele ainda não tem certeza de por quem ela está apaixonada.

— Vocês já estão juntos?

— Não, não estamos juntos. Aliás, não sei se é possível. Mas eu faria de tudo para ficar com ele.

— E há algum conflito a respeito disso?

— Sim. Isso me incomoda porque é uma insegurança minha, de não saber se vou ser correspondida.

— Você tem medo de não ser correspondida por quê?

— Por conta, como já falei durante essas sessões, desse problema com meu ex-namorado e tudo o que aconteceu.

— Você já tentou falar com ele sobre esse assunto?

— Robert, não estou me sentindo à vontade de falar aqui no divã, com você de costas. Tem como se sentar à minha frente?

— Se você se sentir mais à vontade, sim.

Robert pega a cadeira e se senta à frente de Mary. Olhando em seus olhos, ela diz:

— Agora está bem melhor.

Eles ficam muito perto um do outro. A troca de olhares é inevitável.

— Então: ainda não falei nada a ele.

— Por que você não fala?

— Não sei.

Vendo que o tempo da consulta está terminando, Robert, olhando no fundo de seus olhos, diz:

— Seu tempo acabou. Tenho de lhe falar que não nos veremos mais nas terapias, devido a uma mudança que terei. A partir de hoje, Mary, você não será mais minha paciente…

Robert ia terminar de falar, mas Mary o interrompe, segurando suas mãos:

— Acabou, mesmo? Não saio daqui antes de revelar para você quem é?

Robert respira fundo e acaricia suas mãos.

— Tem certeza de que quer dizer isso?

— Sim. Tenho toda certeza.

Mary, o encarando, dá um suspiro e uma leve mordida nos lábios, e diz:

— Você.

Robert olha bem no fundo de seus olhos e coloca uma das mãos em seu pescoço, beijando-a intensamente. Ela passa a mão em sua nuca. Mary cai deitada no divã, e Robert continua a beijando; beija seu pescoço, fazendo carícias. De repente, ele se levanta, passa a mão na boca de costas para ela, e diz:

— O que estamos fazendo?

Mary, também assustada com a situação porque nenhum dos dois pensou em nada, simplesmente se levanta e sai correndo em direção à saída. Ela abre a porta e Robert vai atrás dela, dizendo:

— Mary! Calma… Espere!

Mas ela não espera e rapidamente entrou no carro, dá a partida e sai acelerando.

Capítulo 38

Um doador voluntário

Robert recebe uma ligação.

— Alô? Quem fala?

— Olá, Robert. É do hospital Albert Einstein. Aqui quem fala é o Doutor Cláudio. Sou responsável pelo Registro Nacional de Doadores Voluntários de Medula Óssea. Tudo bem com você?

— Estou bem, sim.

— Que bom, fico contente. Estou ligando para tratar da possibilidade de doação de medula óssea. Estávamos examinando seus dados e vimos que são compatíveis com um paciente nosso. Como você se encaixa no perfil de doador, o convidamos a fazer alguns exames para verificar seu estado de saúde e a confirmação de compatibilidade. Você está disponível para esse procedimento e uma possível doação de medula óssea?

— Sim, com certeza. Quando me cadastrei no sistema foi para poder ajudar a alguém que necessite, ajudar a manter uma vida. Estou muito feliz em poder fazer isso.

— Que bom, senhor Robert. Ficamos muito felizes com sua disposição. Vamos marcar os exames para verificar sua saúde e, depois, se os exames forem positivos, marcaremos o dia para a doação.

— Tudo bem, será um prazer.

— Posso marcar para amanhã?

— Claro.

— Então seus exames serão amanhã às duas da tarde.

— Ótimo, Doutor Cláudio! Estarei lá, fique tranquilo.

— Está bem. Muito obrigado, senhor Robert. Até amanhã.

— Até mais, tenha um bom-dia.

****

Enquanto isso, em seu escritório, Frank trabalha normalmente. Todo o pessoal do setor administrativo da empresa sabia de seu estado de saúde, mas nada o frustrava. Ele era persistente, e não se abalava facilmente: tratava-se de um grande exemplo de superação e persistência. Mesmo não estando em um estado de saúde ideal, continuava trabalhando normalmente, como se nada sério estivesse ocorrendo em sua vida.

Ele recebe um telefonema em seu ramal e atende:

— Alô?

— Senhor Frank? É do hospital Albert Einstein. É o Doutor Alex — disse Daniela, do outro lado da linha.

— Pode passar o telefonema, muito obrigado. — A chamada foi transferida em seguida. — Alô? Doutor Alex?

— Sim, sou eu, Frank. Tudo bem?

— Estou bem, sim, na medida do possível. Estamos na luta. E você?

— Estou bem, graças a Deus.

— Que bom.

— Estou ligando para lhe dar algumas notícias!

— Pode falar. Tomaram que sejam boas! — disse Frank, dando risada.

— Conforme suas expectativas, são boas, sim. Conseguimos um doador compatível com você!

— Meu Deus! Sério? Era tudo o que eu queria ouvir!

— Que bom que você está feliz! Foi muito bom ter encontrado um doador. As chances de tudo dar certo são de noventa e nove por cento. Fiquei surpreso porque o material é muito parecido entre você e o doador, quase idêntico. Claro que existem fatores que podem prejudicar a compatibilidade, mas essa possibilidade é quase nula.

— Nossa! Estou muito feliz mesmo! — Frank começa a chorar no telefone, emocionado.

— Compreendo sua emoção, Frank. É realmente incrível termos conseguido um doador tão compatível.

— Muito obrigado, Doutor Alex. Muito obrigado mesmo. Depois de meses na espera... Deus é fiel, Deus é fiel! Se não fosse por ele, não sei que esperança eu teria de conseguir atravessar esse período difícil.

— Pois é, Frank. É muito difícil achar uma compatibilidade como essa: é uma a cada cem mil pessoas. O senhor foi abençoado. De qualquer forma, liguei apenas para dar a notícia do transplante.

— Muito obrigado. Estou sem palavras para agradecer.

— Não precisa me agradecer.

— Quando será feito o transplante? Há alguma data prevista, doutor?

— Acredito que agora você esteja ansioso para fazer o transplante o quanto antes. O doador já fez alguns exames para confirmação de compatibilidade e os exames normais, mas está tudo encaminhado. Assim que estiver tudo certo, ligo para você para marcarmos os exames que precisa fazer antes do transplante, e então falamos sobre a data exata.

— Sem problemas, doutor. O pior já passou... a agonia de esperar todo esse tempo pareceu durar uma eternidade.

— Em breve entrarei em contato. Um grande abraço, Frank.

— Ah, doutor, só mais uma pergunta!

— Diga.

— Posso saber quem é a pessoa que vai doar a medula?

— A princípio, temos de manter total sigilo a respeito do doador e do paciente que vai receber, mas posso tratar dessa questão com um acordo. Vai depender do doador. Em geral, esse processo ocorre em sigilo, mas passarei a informação para o Doutor Cláudio. É ele o responsável pela retirada da medula óssea do doador. Eu vou acompanhá-lo no processo. Se a pessoa quiser se identificar e conhecê-lo, isso é possível, sem problemas.

— Tudo bem. Vai ser um prazer agradecer essa pessoa pelo que está fazendo por mim. Só Deus para pagá-la por isso.

— Eu imagino a gratidão que você tem por essa pessoa. Vou verificar essa questão para você.

— Fico grato, doutor. Não quero tomar mais seu tempo. Muito obrigado, e tenha um bom-dia.

— Tenha um bom-dia, Frank. Até mais.

Frank desliga o telefone e sorri, ligando para a mulher em seguida. Susie atende o celular sem demora.

— Oi, meu amor.

— Oi, meu anjo! Tudo bem?

— Tudo, sim... O que houve com você, que parece tão feliz?

— Você não vai acreditar, meu bem!

— O quê? Está me deixando muito curiosa!

— Adivinha!

— Eu não consigo imaginar, meu amor. O que é? Conte logo!

— Você acredita que o Doutor Alex me ligou e disse que achou um doador de medula óssea compatível comigo?

— Meu Deus do céu, meu bem! Que maravilha! — Susie começa a chorar no telefone.

— Sério, meu bem. Estou muito feliz, e ele disse que o transplante tem quase cem por cento de chances de dar certo, devido ao alto nível de compatibilidade.

— Nossa, meu amor, estou emocionada aqui! Deus ouviu nossas orações! Com certeza nada é por acaso. Ele tem um propósito muito grande para sua vida.

— Com certeza, meu anjo. Deus é muito bom. À noite sairemos para comemorar.

— Claro, meu bem! Quando será o transplante?

— O doutor disse que só seriam precisos mais alguns exames do doador e, daqui a uns dias, alguns exames meus e já poderemos fazer o transplante.

— Nossa, meu amor… Estou muito feliz mesmo.

— Vamos comemorar! Vou chamar a Mary. Ela vai adorar saber disso!

— Com certeza. Ela sentiu muito toda essa situação.

— Amor, tenho de terminar uns negócios aqui, está bem?

— Sem problemas. Até mais, beijos.

— Beijo.

Capítulo 39

Conflitos e mais conflitos

Chegando em casa, Robert, cansado de mais um dia de trabalho, deita no sofá da sala com as mãos no rosto e começa a dizer, em voz baixa, para si mesmo:

— Meu Deus, o que eu fiz? Onde estava com a cabeça?

Sua mãe chega na sala e pergunta:

— Filho, nem vi você chegando. Está tudo bem?

Para não preocupar sua mãe, ele responde:

— Sim, mãe, estou bem. Só estou muito cansado.

— Quer que eu prepare algo para você?

— Não precisa, depois eu encontro algo para comer.

— Tudo bem, filho. Se precisar de mim, é só chamar.

— Tudo bem, mãe.

Robert continua pensativo com o que ocorreu em seu consultório. *Será que eu ligo para ela, ou é melhor não? Isso não podia ter acontecido... Mas ela é demais, não tem como negar isso.*

Ele bate a mão na testa.

Nunca imaginei que isso fosse acontecer, meu Deus! Ainda pensativo, ele resolve tomar uma atitude: *Vou mandar uma mensagem para ela. Assim, pelo menos tenho certeza de que ela vai enxergar de forma mais tranquila o que aconteceu. Ela também deve estar pensativa.*

****

Mary encontra sua mãe na cozinha logo ao chegar em casa. Margarete, vendo a expressão da filha, pergunta:

— Filha, tudo bem?

Entrando com pressa em seu quarto, ela responde:

— Sim, mãe!

— Tem certeza? Você parece tão...

— Não, mãe. Está tudo bem!

Mary fecha a porta do quarto e cai na cama de bruços, apertando seu urso de pelúcia e dizendo para si mesma:

— O que aconteceu? O que eu fiz?

Ao mesmo tempo, com um sorriso no rosto, mas se sentindo muito confusa, murmura:

— Robert, Robert…

Ela sente o celular vibrar junto de sua perna. A luz de notificação pisca; era uma mensagem de Robert no aplicativo de mensagens. Ela sorri e abre a mensagem.

Mary, não sei o que falar, mas tudo está muito confuso… Eu não imaginava que isso fosse acontecer. Fico pensando no que aconteceu. Um turbilhão de coisas para pela minha mente, mas de uma coisa tenho certeza: você não sai dela. Quero conversar com você sobre isso, quero que me entenda. Isso não deveria ter acontecido, mas foi inevitável. Não sei o que dizer, mas sei que me fez perder a cabeça. Fiquei pensando na maneira como você saiu… Espero que me entenda.

Em seguida, Mary responde:

Tudo bem. Eu também quero falar com você.
Onde podemos nos encontrar? Pode ser amanhã?

Pode, sim. Amanhã, me espere na saída da faculdade.

Está bem. Nos encontrámos lá, amanhã. Beijo.

Mary apenas visualiza a última mensagem, para deixar um clima a mais de expectativas em relação a ele. Ela sabia seduzir. Margarete bate na porta do quarto de sua filha, dizendo:

— Filha, tenho algo muito importante para dizer. Pode abrir a porta?

— Calma, mãe, já vou abrir.

Ela destranca a porta e sua mãe entra.

— Pode falar, mãe. Sente-se aqui na cama.

Margarete se senta ao lado da filha e diz:

— Então, filha, tenho de contar que tenho uma ótima notícia.

— Fala, mãe! Estou ansiosa!

— Fiquei sabendo que seu pai conseguiu um doador de medula óssea.

Mary, espantada e muito feliz, diz:

— Sério, mãe? Meu Deus… nossa!

Ela abraça a mãe e continua, dizendo:

— Isso é um milagre, mãe! Estou muito feliz, muito feliz!

— Pois é, filha, eu também estou muito feliz. Sabe, eu sempre desejei tudo de bom para o seu pai. No começo da nossa separação, foi muito difícil em relação à guarda de vocês porque ele não queria ficar distante. Seu pai sempre foi muito amoroso, apesar da rotina de trabalho puxada. Ele sempre se esforçou para ser um bom pai. O motivo da nossa separação foi outro; nós nunca traímos um ao outro. A questão foi a rotina e a falta que ele começou a fazer. Foi muito difícil, mas decidimos nos separar. Hoje ele ligou para falar que gostaria de jantar com você e comemorar essa ocasião.

— Sim, mãe. Vou ligar pra ele agora!

Mary pega o celular, e sua mãe diz:

— Então vou saindo, tenho ainda algumas coisas para fazer.

Mary, com o celular na orelha, responde:

— Tudo bem, mãe. Se cuida, e obrigada. — E manda um beijo para ela com a mão, quando ela já está fechando a porta.

— Alô, filha?

— Sim, sou eu, pai! Estou ligando para dizer que estou muito feliz por saber que o senhor conseguiu um doador compatível. Nossa, pai... estou sem palavras.

— Filha, eu já ia te ligar para falar sobre isso. Mas eu sabia que você não iria querer esperar, então falei para sua mãe contar.

— Ai, pai, estou muito contente! Você nem sabe o quanto.

— Então, filha, vamos sair pra comemorar! Você não sabe minha alegria em saber de uma grande notícia como essa. — Frank se emociona no telefone. Com a voz embargada, continua: — É um milagre, filha. Durante todo esse tempo, pensei que eu poderia morrer. O medo maior não era a morte, mas deixar vocês para trás, não poder ver minha linda filha se formar e não poder continuar sendo seu amigo, além de seu pai.

— Pai, meu maior medo era perder você. Eu não sei o que seria de mim. Você sempre foi meu herói, um herói que a todo momento estava pronto para me ajudar; quando precisei de um abraço, estava sempre ali; nos momentos de fragilidade... Se não fosse você, eu não saberia o que fazer com a perda de Victor. Foi difícil demais. Mas o senhor sempre foi o meu chão. Quando o mundo parecia prestes a desabar sobre mim, você estava lá, firme, indestrutível, inabalável, sendo esse homem de coragem que suportou a família inteira. Mas seu olhar mostrava que você estava sofrendo por dentro, e muito. Se tem uma coisa pela qual posso muito agradecer a Deus é ter um pai como você. Acredito que, às vezes, não fui uma filha muito boa...

— Filha, só posso te dizer que te amo. Gosto de quem você é e pronto. Meu amor não se mede pelo que acontece, mas por quem você é. Eu errei com você, também, não sou perfeito. Mas o verdadeiro amor se une nas imperfeições…

Com um suspiro e a voz embargada, Mary diz:

— É, pai, com certeza.

— Filha, está muito boa nossa conversa, mas é melhor você vir aqui em casa.

— Claro, pai. Eu tinha acabado de chegar da terapia, estou aqui no meu quarto.

— Se arrume que nós vamos sair! Vamos a um restaurante.

— Ai, que delícia! Vou só tomar um banho e me arrumar e logo estarei aí. Pode ser às quinze para as dez?

— Sim, assim ainda dá tempo de você se arrumar tranquilamente.

— Está bem. Depois conversamos mais sobre isso.

— Está bem, filha. Beijo, fique com Deus. Até mais!

— Beijo, pai.

Capítulo 40

Conversa entre amigos

O celular de Robert toca durante o jantar. Ele se levanta, atende e diz:

— Fala, Craig! Tudo bem, meu amigo?

— Tudo sim, Robert, e com você? Faz um bom tempo que você está sumido, cara! Faz mais de um mês que não nos falamos mais, desde o dia em que fomos à churrascaria.

— Pois é. Estou com muito trabalho e dores de cabeça ultimamente. Eu acho que estou precisando trocar algumas ideias com você pessoalmente.

— Também acho! Você quer conversar ainda hoje? Hoje estou livre; minha esposa foi fazer um curso. Quer tomar um chope? Podemos conversar, jogar conversa fora, e você me conta o que está acontecendo. Amigos são pra isso, pra o que der e vier.

— Agradeço muito, Craig. Vamos, sim… só vou acabar o jantar e passo na sua casa. Pode ser? Vamos a uma choperia bem legal.

— Claro! Não conheço muito a região depois de tanto tempo fora do país, mas eu aguardo você, então.

— Às nove e meia passo aí.

— Vou ficar esperando.

— Um grande abraço, até mais.

— Abraço, amigo. Se cuida, até mais.

****

Robert e Craig chegam à choperia e se sentam junto de uma mesa em um lugar mais reservado. Música ao vivo toca, e o ambiente é muito agradável. Um garçom pergunta:

— O que os senhores desejam beber?

Robert responde:

— Eu quero um copo de chope, mesmo.

— Robert, acho melhor pegarmos uma torre de uma vez; compensa mais. Se sobrar, deixamos aí.

— Então, tá, vamos pedir uma torre.

— Já anotei seu pedido, volto em breve.

— Muito obrigado — responde Craig. — Me conte como você anda, Robert. O que de tão importante gostaria de me falar?

— Você se lembra daquele assunto sobre o qual conversamos da última vez em que nos encontramos? Tem tudo a ver com aquilo. Não sei se estou chateado ou não, sabe?

— Conte o que aconteceu.

— Lembra daquela paciente da qual te falei, sobre o que vinha acontecendo nas sessões?

— Você disse que as questões da transferência estavam acontecendo além da expectativa da terapia...

— Eu tinha chegado ao meu limite, e acabei dispensando-a. Quis até indicar para outro profissional, porém...

— Que bom, Robert. Você lembra do que eu falei? Se não desse conta, não era obrigado a continuar o tratamento, não há nada de errado nisso.

— Sim, não há. Mas tem um problema...

— Qual?

Robert fica meio sem jeito para falar, mas acaba dizendo:

— O problema é grande, cara. Eu acabei dispensando-a, e hoje foi o último dia da terapia. Ela veio e acabamos fazendo uma última sessão, pois eu iria dizer que não daria mais apenas no final. Mas ela foi falando sobre seu passado e disse que hoje estaria apaixonada por outra pessoa.

Craig ouve atentamente.

— Nesse momento ela disse algumas coisas que me deixaram intrigado. Eu sempre tive uma atração por ela... E quando ela falou sobre o ex-namorado e como não sentia mais nada por ele, disse que gostava de uma nova pessoa. Fiquei muito curioso, por dois motivos: para saber se o que ela expressava era real ou se tinha superado com outra pessoa. Mas essa outra pessoa sou eu. Eu não imaginava, devido aos meus conflitos. Foi a gota d'água.

— O que ocorreu, Robert?

— Vou ser direto. Quando eu disse que não íamos prosseguir com a terapia, acabei beijando-a.

Craig dá uma leve risada e diz:

— Eu entendo.

— Foi totalmente consentido, não foi nada forçado. Na hora que as coisas começaram realmente a esquentar, porque acabei caindo com ela no divã, de repente dei por mim e me levantei. Ela olhou para mim e saiu meio desesperada, sem falar nada. Corri atrás dela, pedindo-lhe que esperasse, mas ela entrou no carro e saiu acelerando. Não acreditei no que aconteceu, mas, na verdade, eu gostei. Ao mesmo tempo, há o conflito de que acabei fazendo algo que não deveria. Mas não consegui resistir. Ela é irresistível.

— E agora, Robert? O que acha que vai acontecer daqui pra frente, entre vocês? Acha que compensa investir em um futuro relacionamento?

O garçom aparece novamente.

— Senhores, com licença. Aqui está sua torre de chope.

Assim que o rapaz acaba de posicionar a torre, Craig pega uma caneca e a enche, servindo o amigo.

— Obrigado, Craig.

Em seguida, ele enche sua caneca e diz:

— Continue a história.

— Depois de tudo isso acontecer, mandei uma mensagem a ela. Foi agora, à noite. Eu disse que queria encontrar com ela amanhã para conversamos sobre isso. Amanhã vamos conversar depois que ela sair de suas aulas na faculdade. Não sei o que vai acontecer, mas sei que estou apaixonado por ela. Não posso negar, Craig. Eu nunca achei que fosse me apaixonar por uma paciente; sempre fui muito ético e profissional. Quem diria que uma jovem de apenas dezoito anos fosse me causar tudo isso?

— É, Robert... Somos humanos. Posso fazer uma pergunta?

Robert concorda com a cabeça.

— Por que não uma jovem de dezoito anos?

— Porque nunca me imaginei com uma garota que acabou de sair de uma fase tão complicada quanto a adolescência, até porque sempre gostei de mulheres com no mínimo a minha idade pelo fato de serem mais maduras. Mas ela é uma garota diferente. Sinceramente, ela me surpreendeu. Mas tenho outro problema: eu não queria que tivesse sido na clínica... Mas aconteceu de uma maneira que nem mesmo eu entendi...

— Robert, algumas coisas ocorrem e não tem jeito. Agora já foi. Se sua preocupação foi em relação à terapia, você já a tinha avisado de que era o último dia, e tenho certeza de que ela não tem intenção de prejudicar você. Pelo que disse, ela está apaixonada, então duvido que ela faria isso porque o vínculo que vocês criaram foi bem intenso. Não recomendo que isso volte a acontecer em um ambiente relacionado ao seu trabalho, mas, fora isso, converse com ela e veja o que você acha melhor. Livre-se desse sentimento de culpa. Vá atrás daquilo em que você acredita como sendo melhor.

— Obrigado, Craig. Fico grato pela sua compreensão e pelo que tem me falado.

— Fique tranquilo, Robert. Sou seu amigo, estou aqui para isso.

A noite continua muito boa, e os dois se divertem. Robert comenta:

— E você, Craig, como anda?

— Só na paz, amigo. Tudo está tranquilo, o trabalho, a família, tudo indo numa boa.

— Que bom, fico contente.

— E o restante, além do que me falou, está tudo bem com você?

— Tranquilo, Craig. Não falei ainda, né? Vou ser doador de medula óssea. Apareceu uma pessoa que precisa, e como eu estava cadastrado no banco de dados de doadores, me chamaram porque sou compatível com esse paciente.

— Nossa, Robert! É muito honrado de sua parte. Você estará salvando uma vida! Parabéns pela sua atitude.

— Obrigado. Estou muito feliz, vai ser uma honra.

Ele não fazia ideia da felicidade que esse transplante traria para sua vida e a mudança que iria acarretar.

— E quando será a doação? Tem algum dia específico?

— Estou esperando marcarem um dia pra fazer os últimos exames antes do transplante. Acredito que no máximo em dois meses vai estar tudo pronto.

— E você está ansioso?

— Não. Lógico que tenho expectativas sobre o procedimento, mas pelo que sei, não é nenhum bicho de sete cabeças.

— Legal, Robert. Se eu estiver por aqui na data da doação, vou visitá-lo depois, pra ver como tudo correu.

— Sem problemas. E se você estiver viajando, podemos falar por telefone. Vamos manter contato.

Assim foi a noite deles, terminando com um bom chope e uma boa conversa entre amigos.

Capítulo 41

O primeiro de muitos encontros

Às seis e quinze, Mary recebe uma mensagem.

Mary, estou aqui, em frente à faculdade. Te espero dentro do carro. Beijo.

Ela logo responde:

Já estou indo, Beijo.

Passados cinco minutos, alguém abre a porta de seu BMW X6. Robert olha para o lado e toma um susto, dizendo:

— Meu Deus, que susto, Mary! Quase me mata do coração!

Mary dá risada.

— Achei que você tivesse me visto.

— Não vi! Estava olhando para o lado, achando que você viria pela frente.

— Não, hoje eu tive aula no bloco de baixo. Por isso, saí por outro portão.

— Ah, entendi. Mas, nossa, que susto! — disse Robert, dando risada.

— Desculpa, não foi minha intenção — respondeu ela, ainda rindo.

— Tudo bem. Bem, vou levar você a um lugar que irá adorar.

— Tudo bem, vamos lá.

Os dois vão a um local montanhoso, de ar puro; era um vale bem conhecido de quem gostava de acampar. Chegando lá, Robert pergunta:

— Você já veio aqui?

— Não, nunca. Mas já acho muito bonito.

Robert a abraça, e eles vão a um ponto mais alto, e lá se sentam. Mary diz:

— Que vista linda… Dá pra ver toda a cidade iluminada daqui. E a Lua está linda. Eu nunca a tinha visto dessa maneira.

— Mary, eu trouxe você aqui porque é um dos lugares de que mais gosto. Meu tio, que considero quase um pai, me trouxe aqui quando eu tinha seis anos de idade. Eu visitei esse lugar especial muitas vezes, e me marcou muito. Tenho boas lembranças de quando vim aqui.

— E o que o fez me trazer aqui?

Robert chega mais perto do seu rosto, com uma das mãos perto do seu ouvido, olhando para o fundo de seus olhos.

— Porque você é muito especial.

Mary dá um suspiro. Ela não resiste e cede facilmente ao beijo de Robert.

— Robert, você foi a melhor coisa que já me aconteceu — ela diz, ao término do beijo, e deita a cabeça em seu ombro.

Fazendo carinho em seus cabelos, Robert diz:

— Mary, você é muito especial. Desde a primeira vez em que a vi, nunca me enganei de que era a garota dos meus sonhos. Sempre tive um sonho, que nunca contei a ninguém, de uma garota alta com a mesma fisionomia que você, e isso foi muito antes de conhecê-la. Eu nunca tinha levado esse sonho a sério, sempre achei que fosse coisa da minha cabeça. Em todos esses sonhos, eu estava com essa jovem… quer dizer, com você. E sempre era em momentos diferentes. Um desses momentos era esse. Parece um sonho, mas não é. Você é real! — Robert a beija novamente. — Agora tenho mais certeza de que isso é real.

Mary olha em seus olhos e responde:

— Não tenha dúvidas disso.

E o beija, mordendo seus lábios.

Após contemplarem a noite estrelada, Robert diz:

— O que acha de irmos a um restaurante e comer alguma coisa?

— É uma ótima ideia, estou morrendo de fome!

Robert a abraça e leva em direção ao carro, beijando-a no caminho.

No trajeto para o restaurante, eles vão conversando. Ele pergunta:

— O que você gosta de comer?

Ela faz cara de suspense e diz:

— Tudo. — E dá risada.

Robert, não aguentando, começa a rir, também.

— Ah, eu também sou bem eclético para comer! O que acha de comida japonesa?

— Eu adoro comida japonesa!

— Combinado!

Chegando no restaurante, ele, sempre educado, puxa a cadeira para ela. Mary diz:

— Obrigada.

Mary nunca esteve tão bem. Parecia outra pessoa; o verdadeiro amor faz com que qualquer pessoa veja a vida por outra perspectiva. E isso era visível nela. Uma nova paixão surgia, e era a raiz de um verdadeiro amor.

Capítulo 42

Mais que um simples doador

Após quase dois meses de espera, finalmente chega o grande dia. Frank está muito feliz com a oportunidade de receber uma doação de medula óssea. Preparando tudo em sua empresa para ir ao hospital, ele liga para sua noiva, Susie, e diz:

— Amor, não esqueça de deixar minhas coisas prontas. Daqui a pouco eu chego em casa.

— Ah, tudo bem. Ainda são nove da manhã, e nem vi você saindo mais cedo, meu bem.

— Pois é, meu anjo. Acabei saindo às seis porque vim para a empresa resolver alguns negócios e deixar tudo agilizado, com as novas reuniões agendadas.

— Ah, entendo. Eu deixo tudo pronto por aqui. Que horas você vai ser internado?

— Vai ser às onze. No máximo às dez e meia tenho de estar lá.

— Sem problemas. Vou te esperar aqui em casa para irmos juntos.

— Tudo bem. Até mais, beijo.

— Beijo.

Capítulo 43

Dúvidas médicas

O geneticista do hospital, o Doutor Willians, sempre foi um pesquisador muito conhecido. A maioria dos procedimentos realizados no hospital com relação a transplantes ou câncer e toda a área das doenças genéticas sempre o tinha como responsável pelas pesquisas e diagnósticos.

Devido aos exames elaborados de Frank e Robert, os resultados tiveram de passar por sua equipe. O que mais intriga o doutor é o alto grau de compatibilidade. Em todo seu tempo como médico, já ouvira falar de casos assim, mas não entre pessoas que não eram familiares. Como é possível uma coisa dessas? O que pode ser isso?

O homem não sabia o porquê, mas, nessa dúvida, resolve ligar para um amigo que mora na Alemanha. O Doutor Howedes sabia tudo sobre genéticas e compatibilidade. Ele foi seu supervisor em seu doutorado, quando Willians esteve durante cinco anos na Alemanha. Ele olha para o horário e vê que são apenas três horas de diferença, e diz:

— São seis da tarde aqui; lá são nove da noite. Ainda dá tempo de falar com ele.

Ele pega o celular e disca o número.

Do outro lado do Atlântico, em Frankfurt, sentado defronte a seu computador em sua clínica, Howedes olha para o visor de seu smartphone, que toca, e atende em seguida.

— Willians! Quanto tempo, meu amigo...

— Pois é! Faz tempo que não apareço aí.

— Com certeza, faz uns seis meses! — respondeu Howedes, dando risada.

— Daqui a algum tempo apareço para visitar você. Além disso, ainda precisa vir para o Brasil também! — Willians riu.

— É claro! Em novembro tenho uma conferência no Rio de Janeiro e outra em São Paulo, então aproveito para ficar em sua casa.

No clima descontraído, Willians responde:

— Com toda certeza. Você sempre será bem-vindo, Doutor Howedes.

Vai ser um prazer passar com você no Brasil. Agradeço mesmo. E como andam as coisas por aí?

— Andam muito bem! Mas estou com um problema muito grande, e acho que você poderia me ajudar.

— O que houve?

— Estou trabalhando em um dos maiores hospitais do país, em São Paulo. Sou responsável pelos exames e laudos de doenças, além de também tratar de outras questões. E hoje aconteceu algo aqui muito estranho com o resultado de uns exames.

— Me conte, talvez eu possa ajudá-lo.

— Tive de fazer exames em dois pacientes que farão um transplante de medula óssea. E o índice de compatibilidade entre os dois foi muito alto, quase total.

— Que bom! Qual é sua dúvida?

— Pois é essa a grande questão: eles não são da mesma família. Eu nunca vi uma compatibilidade tão alta entre pessoas que não têm relação familiar.

— Também fiquei muito curioso em saber o que pode ter ocasionado isso. É incrível, muito raro ocorrer! Sinceramente, só vi um laudo como esse em toda a minha história, mas nem fui eu quem teve a experiência; foi o Doutor Rockefeller. Que Deus o tenha… mas foi em apenas um caso. Depois ele fez um estudo acerca dele.

— Então são casos bem raros mesmo. Não consigo pensar em nenhuma possibilidade.

— Bem, pode haver outra explicação, mas é meio complicado pensar nisso. Você sabe, Willians, que sempre fui muito ético em meus procedimentos, sempre fui correto em tudo.

— Eu sei, Howedes. Você sempre respeitou todos os quesitos de sua profissão, um grande exemplo para mim. Mas o que sugere que eu tente fazer?

— Às vezes, em nome da ciência, para a expansão do conhecimento, devemos nos sujeitar a algumas consequências em benefício de um fim. É muito difícil falar isso para você, sabendo que sempre fui reconhecido pela minha reputação de ser transparente com minhas pesquisas e trabalhos.

— Sim, com certeza. Mas me diga que atitude você acha que devo tomar?

— Vou ser direto: faça os testes de DNA e de todo o mapa genético. Não há outra opção. Em benefícios de muitos, poderemos dar um grande passo para a ciência.

— Compreendo… Também acho que não temos opção. Vou fazer isso. Ficarei no hospital até mais tarde, hoje, e farei isso. Depois eu ligo para você novamente, quando tudo estiver pronto.

— Tudo bem, Willians. Espero que dê tudo certo. Aguardarei ansiosamente saber desses resultados e o que há por trás disso tudo.

— Eu também. Vou trabalhar nesse caso o máximo que puder. Um grande abraço.

— Boa sorte, abraço!

Willians desliga o telefone e diz para si mesmo, em um suspiro:

— Aonde isso vai dar...?

Capítulo 44

Uma grande surpresa

Após os dois meses de espera para o transplante, Robert e Mary se preparam para anunciar o namoro. Porém, Robert tem uma notícia para Mary. Na casa dele, Robert diz:

— Mary, preciso falar algo a você.

— Diga — respondeu Mary, curiosa.

— Já faz um tempo que estamos juntos… E estou adorando o que temos.

Mary o abraça e diz:

— Eu também, meu amor. Foi a melhor coisa que aconteceu entre nós.

— Eu também acho. Nunca imaginei que fosse gostar tanto de uma pessoa. Nunca senti nada tão forte quanto o que sinto por você. — Ele a beija. — Eu preciso contar algo a você.

Ele se senta no sofá e, em seguida, ela se senta com as pernas cruzadas e olha para ele.

— Tudo bem, pode falar.

— Daqui a alguns dias vou fazer um transplante, uma doação de medula óssea. Eu estava pensando em ir à sua casa para oficializarmos nosso namoro, mas, devido a isso, vamos marcar o jantar com seus pais para daqui a duas semanas. Vou estar mais tranquilo depois da doação e da viagem de três dias que vou fazer. Depois disso…

Mary o olha de uma forma tão surpresa que Robert indaga:

— O que há com você? Parece que está assustada…

— Não estou acreditando no que você me disse!

— Por quê?

Com a mão sobre a boca, surpresa, ela diz:

— Espera…

— O que foi, Mary? Você está me deixando confuso… O que está acontecendo?

— Não estou acreditando… Você é o doador do meu pai?

— Mary, eu não sei do que está falando…

Eufórica, ela começa a dizer:

— Meu pai vai fazer um transplante de medula óssea! Ele é o receptor, mas não sei quem é o doador... e tudo me leva a crer que seja você. Pelo que eu sei, ele é daqui da cidade mesmo. Aonde você vai fazer a doação?

Robert responde, surpreso:

— Vai ser no Albert Einstein. Mas ainda não estou entendendo, Mary.

Surpresa, ela diz:

— É lá que ele vai fazer, também! A probabilidade de ser você é muito grande. Meu Deus, não creio que isso está acontecendo!

— Estou sem palavras, sinceramente. Pelo que eu saiba, ele é mais velho do que eu.

Ela o interrompe.

— Algo me diz que é você. — E ela o abraça fortemente. — Estou muito feliz, Robert. Muito, muito mesmo.

Com um suspiro, ele acaricia seus cabelos e lhe dá um beijo na testa.

— Vai dar tudo certo, meu anjo. Vai dar tudo certo.

Capítulo 45

Um grande alívio

Susie e Mary esperavam os médicos voltarem para informá-las a respeito do procedimento. Já havia se passado uma hora e meia da entrada de Frank na sala de cirurgia.

O Doutor Alfredo chega à sala de espera vip e diz:

— O procedimento ocorreu conforme o esperado. Os médicos já me disseram que ele está bem. Fiquem tranquilas; agora é só esperar a recuperação e adaptação do corpo às novas células, mas vai dar tudo certo.

— Assim esperamos.

— Vocês aceitam alguma coisa? Eu peço para que as sirvam aqui, caso queiram comer algo.

— Muito obrigado, Doutor Alfredo, agradecemos — respondeu Susie.

— Quando será a alta de meu pai?

— Recomendo que ele fique aqui de hoje para amanhã, só para observações. Mas ele está muito bem. Se quiserem vê-lo, daqui a pouco já vai para o quarto de recuperação.

— Obrigada, doutor. Daqui a pouco iremos lá para vê-lo.

— Vou mandar uma enfermeira avisá-las quando ele estiver no quarto. Estarei à disposição de vocês. Qualquer coisa é só me chamar.

Alfredo fecha a porta, deixando-as à vontade aguardando a hora de visitar Frank. Após quinze minutos, uma enfermeira as chama.

— Mary, Susie?

Elas se apresentam.

— Somos nós.

— Quando vocês quiserem entrar no quarto do senhor Frank, ele já está em repouso e querendo ver vocês.

— Muito obrigada — respondeu Susie. — Em que quarto ele está?

— Por favor, me acompanhem. Ele está no quarto 810.

Chegando ao quarto, ela bate na porta e diz:

— Com licença. Senhor Frank, aqui estão sua noiva e filha. Elas estavam loucas para vê-lo.

Mary vai apressada em direção à cama para abraçar seu pai. Frank, muito feliz, diz:

— Oi, filha! Eu também estava louco para ver vocês.

Susie também o abraça e dá um beijo, dizendo:

— Como foi, meu amor? Eu estava ansiosa para saber como você estava.

— Foi tudo bem, graças a Deus. Estou me sentindo bem. Gostaria de ir embora, mas tenho de ficar em observação até amanhã.

Após Mary ter falado com seu pai, ela pega seu celular e manda uma mensagem para Robert:

Estou morrendo de vontade de te ver, meu anjo. Você já está em casa?

Já, amor. Estou morrendo de vontade de te ver, também! Venha aqui quando puder. Eu fico esperando por você. Beijo!

Tudo bem. Daqui a pouco estou saindo do hospital. Daqui, vou direto para sua casa pra te ver. Beijo!

Capítulo 46

A grande descoberta

Willians, de volta ao laboratório, pega os resultados finais dos exames e leva um susto. Ele coloca as mãos na cabeça, não conseguindo acreditar no que estava vendo, e exclama:

— Meu Deus, o que é isso? É impossível…

O Doutor Alfredo bate na porta e entra.

— Willians, eu preciso do exame… — Ao se deparar com o estado de choque de Willians, pergunta: — O que houve? Por que você parece tão assustado?

Sem jeito, ele responde:

— Olhe esses exames.

Alfredo examina os papéis e diz:

— Não é possível! Deve ser um erro, Willians… Não é possível que isso aconteça. Você repetiu as análises?

— Tenho três tipos de coleta armazenadas aqui. Posso repetir, mas tudo indica que o improvável aconteceu.

— Não estou acreditando que eles são isso mesmo… Pai e filho? — disse o Doutor Willians.

Alfredo responde:

— Nem eu estou acreditando. Estou pasmo! Tudo bem, eu confio em você. Mas, nesse caso, quero que refaça os exames. Isso é algo muito sério. Para quando consegue os resultados? Preciso deles urgentemente.

— No máximo em seis horas, Alfredo.

— Depois que estiver pronto, me ligue. Quero ver os novos resultados.

— Tudo bem. Eu ligo quando acabar.

Alfredo sai da sala do Doutor Willians, pensativo, dizendo para si mesmo:

— Como pode isso ocorrer? Frank nunca me disse nada sobre isso… Depois vou falar com ele, no seu quarto.

****

Após Susie e Mary partirem, a jovem vai direto para a casa de Robert. Chegando lá, ela o encontra no sofá, deitado. Quando a vê, o sorriso dele logo resplandece.

— Achei que não viria me ver.

— Seu bobo. É lógico que eu viria. Como ia suportar ficar longe de você?

— Ah, não sei... Vai saber o que se passa nessa sua cabecinha! — respondeu Robert, dando risada.

Mary responde:

— Não se esqueça de que você foi meu psicólogo!

— É, fui sim, fui sim. Agora venha aqui que eu quero te encher de beijos.

Mary deita no sofá a seu lado, e começa a beijá-lo, abraçando-o com força.

****

No quarto 810, ouve-se uma batida na porta. Uma voz diz:

— Com licença, Frank. Estou entrando.

— Olha quem está aqui! É o meu amigo Alfredo! Chega aqui.

— Como vai, Frank? Como foram os procedimentos?

— Estou bem, Alfredo, graças a Deus. Correu tudo bem, segundo o Doutor Alex. Foi tudo bem. Não vejo a hora de estar cem por cento novamente para ganhar de você nas partidas de tênis.

Alfredo dá risada e responde:

— Sei bem quando foi a última vez que isso aconteceu.

— Vai ter revanche, me aguarde!

Quebrando com o tom de descontração, Frank começa a falar sobre algo mais sério, o que cairia como uma luva para Alfredo desvendar o que o intrigava com relação ao fato presenciado no laboratório.

— Sabe, Alfredo, estou muito feliz com a forma que tudo isso aconteceu. Mas há algo que me incomoda muito em relação a mim.

— O que o incomoda?

— Depois de tudo pelo que passei, todos os obstáculos que venci, todas as adversidades que superei, há uma que me perturba desde jovem. Preciso desabafar algo que nunca disse a ninguém sobre meu passado. E é melhor você se sentar, porque a história é um pouco longa.

Alfredo se senta na poltrona ao lado da cama e diz:

— Fique tranquilo; nada do que você disser sairá deste quarto. Confie em mim.

— Pelo tempo que você me conhece, sabe o quanto sempre trabalhei e dou duro na vida. Mas isso foi até a perda do meu filho... Você acompanhou tudo. Eu mudei meu modo de vida; eu amava demais o Victor. Ele era meu único filho realmente biológico. Eu amo demais a Mary, não há diferenças entre um e outro; mas a questão é que ele era meu único filho homem. E você sabe que ter um menino também traz outras expectativas. Por mais que ele quisesse ser um jogador de futebol, sei que, se não desse certo, ele poderia assumir a empresa. E, mesmo assim, meu sonho era vê-lo ser jogador de futebol. — Frank fica com os olhos cheios de lágrimas e continua: — Foi difícil. O natural seria nossos filhos nos enterrarem, e não o oposto, não é?

— Eu sei o quanto é difícil para você. Nunca esperamos passar por isso.

— Porém, passei por outros problemas. Há um sentimento de culpa mais complexo em minha alma. — Com um suspiro e a voz embargada, ele diz: — Eu tenho que confessar que tive outro filho, quando era jovem…

Alfredo, ansioso, o interrompe, perguntando:

— Como assim, Frank?

— Eu ainda era jovem, estava fazendo curso preparatório para entrar na faculdade. Eu tinha uma namorada chamada Catarina. Namorávamos havia quatro anos. Um dia ela me disse que estava grávida… é muito difícil lembrar disso. Eu fui um covarde, um moleque… Nesse dia, acabamos brigando, e eu falei que não queria assumir devido ao momento pelo qual estávamos passando, querendo entrar na faculdade. Eu não conseguia imaginar ter um bebê naquele momento. Nós éramos muito novos, sem condições de nos manter financeira e emocionalmente. Não tínhamos maturidade alguma pra cogitar a hipótese, naquele momento.

— E o que aconteceu?

Frank dá um suspiro e diz:

— Eu a abandonei. Fui tão imaturo que a mandei abortar a criança. Mas ela disse que não iria fazer isso de forma alguma. Foi quando eu a deixei. Sumi. Fui muito irresponsável. Às vezes, penso que Deus acabou me castigando com a morte de meu filho Victor pelo pecado que cometi contra Catarina.

— Não diga isso, Frank. O que aconteceu com seu filho não tem nada a ver com isso. Poderia ter sido comigo ou com qualquer outra pessoa. Não é porque algo é ruim aos nossos olhos que realmente o é. Não entendemos os planos de Deus, mas eles são perfeitos, creia nisso — disse Alfredo, apertando a mão de Frank.

— É difícil demais para mim… Carrego essa culpa enorme por ter abandonado Catarina e meu filho. Nunca mais tive notícias dela, não sei o que ela fez, mas algo me diz que meu filho está vivo. Eu não sei o que fazer. Tenho medo de que ela tenha abortado o bebê. Não sei se era menino ou menina. Isso me corrói por dentro, parece um câncer na alma, que não tem pressa e vai me matando aos poucos. Peço é perdão a Deus por ter feito isso… Fui um assassino. Talvez eu não tenha matado diretamente, mas matei em palavras ao desejar não ter tido esse filho e ter abandonado a pessoa que eu tanto amava.

Alfredo faz uma expressão de surpresa, pensando: *Puxa vida, meu Deus. Será que é o que estou pensando? É impossível, ainda mais daquela forma… Não, é um caso a cada trezentos milhões…*

Percebendo a expressão de Alfredo, Frank pergunta:

— Tudo bem, Alfredo?

— Desculpa, Frank Wagner! Vou chamá-lo pelo seu segundo nome só porque você não gostava que o chamassem de Frank, quando jovem. Eles o chamavam de "Frankenstein"! — diz Alfredo, dando risada para descontrair.

— É, essa história você não esquece, não é? Por que fui contar a você? Nem minhas namoradas sabiam do meu nome Frank; aliás, acho que eu contava somente no primeiro encontro, mesmo, mas depois só ficava Wagner, Wagner e Wagner. Eu garanto que, se encontrar uma namorada do passado, só vão lembrar de "Wagner" — diz Frank, dando muita risada. Ele continua, dizendo: — O trauma de Frankenstein demorou um bom tempo para passar. Foi depois que comecei a faculdade, quando o professor me chamou pelo nome inteiro, Frank Wagner Casagrande. Ainda pensei que só faltava alguém aparecer com a mesma piadinha; jurei que trocaria de nome! Mas nunca mais ninguém me chamou de Frankenstein.

— Tudo bem, Frankenstein. Opa! Me desculpe, Frank. Opa! Desculpe novamente, Wagner — diz Alfredo, gargalhando em seguida.

Frank responde, rindo:

— Engraçadinho!

— Mas, falando sério, Frank... Acho que há coisas na vida que têm conserto, não importando quanto tempo se passe. Você já tentou procurar sua ex-namorada?

— Ainda não. Na época, mudei de estado, passei em outra universidade e nunca mais soube nada dela. Até tentei pesquisar sobre ela, mas nada. Ficou mais difícil porque esqueci o seu sobrenome.

Alfredo não para de pensar sobre o que viu no laboratório.

— Você sabe que, no que precisar, pode contar comigo, Frank. Farei o que for do meu alcance. Tente trabalhar isso, procure um psicólogo. Vai ajudar muito.

— Farei isso. Minha filha ficou muito feliz, se tratando com aquele rapaz simpático, aquele com que trombei no corredor e sobre o qual derramei água. Ainda bem que ele é tranquilo. Gostei muito do jeito dele; vou procurá-lo.

Alfredo, sem jeito, dá uma tossida para disfarçar e diz:

— Com certeza. Nossa, com esse tempo, até nós, médicos, estamos sujeitos a essa tosse seca. Frank, vou ter de ir nessa; o pessoal lá em cima precisa de mim para resolver alguns problemas, como sempre. Me desculpe por não ficar mais, e fique tranquilo: nossa conversa morre aqui. Foi muito bom poder falar com você. Vai dar tudo certo.

— Com certeza. Muito obrigado, Alfredo. Parece que tirei um peso das costas, compartilhando isso com você.

— Fique tranquilo. Amigos são para isso. Melhoras.

— Até mais.

Alfredo sai pela porta, mas o resultado dos exames não saem de sua cabeça. Estava ansioso pela ligação do Doutor Willians.

Capítulo 47

Planos para viagem

Abraçado com sua amada no sofá, Robert começa a dizer:

— Mary, eu estava pensando em fazermos uma viagem e aproveitar suas férias da faculdade. O que você acha?

— Nossa, Robert, fico superfeliz! Para onde vamos?

Ele faz cara de surpresa e responde:

— Não posso dizer. Quero fazer uma surpresa, mas tenho certeza de que vai gostar muito. É um lugar muito bonito, só para nós dois.

— Assim você me deixa ansiosa, hein! Estou muito curiosa para saber aonde iremos.

Robert a beija e, logo em seguida, sorri e diz:

— Se controle, mocinha, se controle!

Dando risada, ela responde:

— Sempre esqueço que namoro um psicólogo.

— Pois é, minha linda. — E a beija. — Vou tomar banho. Fique à vontade. Vou pedir algo para ficarmos em casa hoje. Como não posso sair, vamos ficar em casa e assistir a um filme.

— Não se preocupe, meu anjo, ficarei aqui com você.

— Tudo bem. Se quiser escolher algo para nós comermos, fique à vontade.

— Pode ir tomar seu banho que eu vejo aqui algo para pedirmos.

Capítulo 48

A força do destino

Em seu escritório, Alfredo mexe em seus relatórios médicos quando o telefone toca. O visor mostra tratar-se de seu amigo Willians. Ele atende:

— Fala, Willians! Como estão os exames?

— Venha para o laboratório o quanto antes. Os exames estão prontos.

— Tudo bem, já estou descendo.

Alfredo sai de sua sala e vai em direção ao elevador. Ele aperta rapidamente o botão para chamá-lo. Após longos instantes de espera, ele decide abrir a porta das escadarias e desce com pressa; passa pelo corredor e se depara com uma enfermeira, que diz:

— Boa noite, Doutor Alfredo. Tem um paciente querendo falar com o senhor.

Ele anda apressadamente e responde:

— Desculpe, tenho de resolver um grande problema.

O doutor chega ao laboratório e passa pela porta já perguntando:

— Qual foi o resultado dos exames?

Willians, pasmo, olha para Alfredo e coloca as mãos nos cabelos, entregando os resultados.

— Veja isso: as três últimas amostras que tirei, as que você me pediu, só confirmaram a hipótese. Estou chocado.

Alfredo pega os exames e olha, desacreditado.

— Como isso é possível? É incrível.

— Estou sem palavras, Alfredo. Isso pode ser um grande passo para muitas pesquisas.

— Ele não vai acreditar, quando eu contar isso. Parece destino.

— Ele, quem?

— Ele, Willians: Frank. Ele estava procurando por esse filho há muito tempo, não sabia seu paradeiro, nem da mãe. Eu prometi que iria ajudar a encontrá-lo... Meu Deus, nunca imaginei que seria dessa forma.

— Veja por outro lado, Alfredo: é uma raridade o gene do filho ser compatível com o pai com esse nível de aceitação. É quase impossível; eu só tinha ouvido de um caso em toda história. Até hoje não há estudos claros sobre esse assunto. O Doutor Rockefeller, que fazia essa pesquisa, morreu, e ninguém a continuou. Vou pesquisar mais.

Com um suspiro, Alfredo diz:

— Tudo bem, Willians. Mas o que mais me preocupa, agora, é como será a reação deles ao saberem que são pai e filho, separados há vinte e oito anos, e se reencontrando em uma situação dessas. É uma situação tão delicada, mas, ao mesmo tempo, tão linda... Que história! Como vou dar a notícia a eles? Vou ter de me preparar para isso. Não vai ser nada fácil.

O homem pega dois resultados dos exames e vai em direção à porta, mas Willians pergunta:

— Alfredo, espera! Aonde você vai?

— Vou precisar desses resultados.

— E a pesquisa científica?

— Você está liberado para fazê-la.

Willians tenta perguntar mais alguma coisa.

— Mas, Doutor Alfredo...

Porém, ele já saiu e bateu a porta, indo para seu escritório.

Capítulo 49

Pai e filho

Às nove, Frank recebe uma ligação e vê que é seu amigo médico, o Doutor Alfredo.

— Oi, Alfredo! Tudo bem, meu amigo?

— Tudo, Frank. E você?

— Ah, estou bem. Hoje faz uma semana que ocorreu o transplante. Pretendo voltar amanhã ao trabalho.

— Que bom que está animado, fico feliz por você! — O doutor respira fundo, antes de continuar. — Então, estou ligando para lhe dizer algo.

Frank fica assustado, e pergunta:

— Algum problema, Alfredo?

— Não, não. Relaxa, Frank. Só estou ligando para que venha ao hospital, no meu escritório. Tenho de lhe mostrar alguns exames, mas nada a ver com o transplante. É apenas para controle, para você estar por dentro.

— Tudo bem. Você já tinha me assustado! Pensei que seria algo relacionado ao transplante — respondeu Frank, aliviado.

— Você está bem. São apenas alguns exames que ocorreram antes dos procedimentos. É só para deixar tudo claro para você. Pode vir às quatro da tarde?

— Claro.

— Tudo bem. Se eu precisar mudar o horário, mando avisá-lo. Caso contrário, está marcado.

— Combinado.

— Te aguardo, Frank. Se cuida, amigo.

— Abraço, Alfredo. Até mais.

****

Na casa de Robert, o telefone também toca. A mãe dele atende:

— Alô?

— É da casa do Robert?

— Sim.

— Ele se encontra?

— Sim, se encontra. Quem gostaria?

— É do hospital Albert Einstein. O Doutor Alfredo quer falar com ele.

— Tudo bem. Vou passar o telefone para ele.

Catarina leva o aparelho até a sala e diz:

— Filho, é do hospital Albert Einstein. O Doutor Alfredo quer falar com você.

— Tudo bem, mãe. Obrigado. — Ele pega o telefone e o põe junto à orelha. — Alô, Alfredo?

— Sim, Robert. Sou eu, Alfredo. Tudo bem com você?

— Tudo, graças a Deus. Estou recuperado. Vou voltar ao trabalho, ainda bem. E você, como está?

— Tudo bem por aqui. Estou ligando para você vir ao hospital.

— Posso ir, mas tem algum problema comigo ou algo assim?

— Não, não. Só estou ligando para você vir para deixar claros alguns exames que foram feitos. É apenas para controle do hospital.

Robert suspira aliviado e responde:

— Tudo bem, sem problemas. Você já estava me assustando!

Alfredo dá risada.

— Relaxe, amigo. Você pode estar aqui às quatro da tarde?

— Posso, sim. Tenho um pequeno compromisso antes, mas acredito que até as quatro vou estar liberado.

— Sem problemas, Robert. Mesmo que se atrase um pouco, não tem problema. Eu aguardo você, está bem?

— Sim, pode me aguardar.

— Então fica combinado. Grande abraço, se cuida. Até mais.

— Obrigado, Alfredo. Até mais tarde, abraço.

Após desligar o telefone, Alfredo dá um sorriso.

— É hoje que tudo vai se resolver.

****

Às cinco para as quatro, a secretária Daniela diz:

— Boa tarde, senhor Frank. Tudo bem com o senhor?

— Tudo, sim, tirando o "senhor", está tudo bem — responde Frank, dando risada.

— Desculpa! Eu às vezes esqueço do nosso combinado, de não chamá-lo de "senhor" — diz Daniela, sorridente. — Vou avisar que você já está aqui. Espere só um instante.

— Tudo bem.

Daniela pega o telefone e liga para o ramal de Alfredo.

— Doutor Alfredo, o Frank já está aqui.

— Mande-o vir para a minha sala. Estou aguardando. Obrigado.

— Frank, me acompanhe.

— Obrigado, Daniela.

Após chegar à sala do doutor, Daniela bate à porta e a abre.

— Com licença, Doutor Alfredo. Entre e fique à vontade, Frank.

Alfredo se levanta de sua mesa e abraça o paciente, dizendo:

— Como você está, Frank?

— Graças a Deus, estou bem.

— Que bom. Por favor, sente-se. Você aceita alguma coisa, água, suco?

— Não, obrigado.

— E Mary, como está?

— Ela está bem. Ultimamente, depois de começar a terapia, mudou muito. Anda muito feliz.

Frank não fazia ideia de que sua filha estava namorando o ex-terapeuta. Ela queria fazer uma surpresa com o jantar que já tinham marcado.

— E você, Alfredo, quais as novidades?

— Anda tudo muito tranquilo.

— Que bom, fico contente. Bem, quais são os exames que você precisa me mostrar?

Há uma batida na porta e ela é aberta.

— Doutor Alfredo, Robert está aqui — disse Daniela. — Fique à vontade, Robert. Com licença.

— Muito obrigado.

Alfredo se levanta e vai em direção a Robert, para cumprimentá-lo.

— Que saudades, Robert! Como você está?

— Estou muito bem, e você?

— Tudo bem, também!

Alfredo puxa uma cadeira ao lado de Frank.

— Por favor, sente-se, Robert.

— Você não está atendendo, Alfredo? Não vou atrapalhar?

— Não, pelo contrário. Eu queria falar com você, mesmo… quer dizer, com vocês dois.

Pensativo, Robert cumprimenta Frank com um aperto de mão.

— Boa tarde, tudo bem? O senhor é o Frank, estou lembrado de você.

— Como não lembrar de mim, o cara que derrubou água em você naquele dia! — disse ele, com um sorriso.

Robert dá risada.

— Não é por isso, não, fique tranquilo. É que eu já vi o senhor em outras ocasiões aqui no hospital, além daquele dia do copo de água. Psicólogos não sofrem traumas.

— Muito boa essa, hein! Ainda bem que vocês não ficam traumatizados; do contrário, eu que precisaria de terapia.

Alfredo ri.

— Vocês são uma comédia!

Ao mesmo tempo, Alfredo pensa: *Só podem ser mesmo. Eles são iguais até nisso.* O doutor diz:

— É um prazer ter vocês dois aqui. Eu os chamei porque tenho algo para falar. Primeiramente, Frank, lembra de quando você disse que queria conhecer seu doador de medula óssea? Ele está bem ao seu lado; é Robert.

O homem olha para ele com um olhar com muita gratidão e se levanta para abraçá-lo. Robert, também surpreso com a situação, fica sem palavras, mas também se levanta. Frank diz, abraçando-o com força:

— Não tenho palavras para agradecê-lo pelo que fez pela minha vida. Muito obrigado.

Robert responde:

— Não fiz nada mais do que minha obrigação como ser humano. Qualquer um em meu lugar faria o mesmo.

Alfredo se segura para não se emocionar.

— Bem, essa era uma das coisas que eu precisava dizer.

— Nossa, Alfredo, é uma honra saber quem foi meu doador. Fico muito feliz, mesmo — diz Frank, emocionado.

— Eu também estou surpreso em saber disso — diz Robert. — É um privilégio conhecer a pessoa que pude ajudar. Fico muito agradecido, Alfredo, de coração. Que surpresa!

Logo que eles se sentam novamente, Alfredo volta a falar:

— Então, chamei os dois aqui para falar sobre seus exames. — Ele demora um pouco para continuar. — É algo muito importante, mesmo, por isso fiz questão de chamar vocês dois ao mesmo tempo. Sei que é algo muito difícil, porém…

Frank o interrompe.

— O que é, Alfredo? Você já está me assustando…

— É algo grave? — pergunta Robert. — Conte logo, por favor!

— Vou contar uma história a vocês. É a história de um homem que conheço há muito tempo; um homem que tem uma história sofrida, mas superou todos os limites, passou por grandes desafios; de origem pobre, humilde. Um homem que, durante toda sua vida, sempre deu duro no trabalho, sempre lutou pelos seus sonhos…

Os dois prestam atenção na história que Alfredo contava de maneira surpreendente.

— Mas muitas coisas ocorreram em sua vida. Muitas coisas boas, muitas ruins. Mas havia algo que sempre o incomodava; era uma guerra dentro de si que sempre o fazia voltar a lembranças de um passado que ficou em suspenso...

Ambos ainda não sabem aonde Alfredo quer chegar, mas Frank começa a ficar pensativo em relação à história. Ainda assim, continua prestando atenção.

— Mas também existe outro homem nessa história: um cara muito dedicado, com um passado semelhante, também de origem humilde. Um homem que passou por grandes dificuldades quando era criança; sua mãe sempre foi uma guerreira, que sempre lutou pelos objetivos da família. Foi um garoto que não teve seu pai biológico presente, mas teve um tio que considera muito, como se fosse seu pai... É um homem de sucesso, que nunca se deixou abater pelas circunstâncias...

Robert começa a ficar confuso. Ele percebe que a história é semelhante à sua.

— Porém, com o pouco que entendo sobre a psique humana, sempre sentimos falta. Talvez seja de algo, de uma pessoa... de um pai — enfatiza Alfredo, em um tom de voz mais ameno.

Robert dá um suspiro. Frank começa a pensar sobre seu passado.

— Voltando a falar do primeiro homem, ele sempre se questionou a respeito de alguns fatos que ocorreram em sua vida, quando ainda era jovem. Às vezes, percebo nele a vontade de voltar atrás e reviver o que aconteceu, caso pudesse. Ele voltaria para poder mudar...

Frank morde a boca e dá um suspiro de leve, com ar de estar revivendo todo um pesadelo.

— Mas, como tudo na vida, não podemos voltar para consertar os erros. Só temos o presente e o futuro, e eles pertencem a Deus. Mas faço uma pergunta a vocês: o que fazer para consertar um passado? — Alfredo pergunta para ambos, mas direciona indiretamente a pergunta para Frank.

Robert responde:

— Como você mesmo disse, não há como voltar ao passado. Mas podemos fazer um novo presente para formar um novo futuro. Digo isso como psicólogo. Primeiro, entretanto, temos de fazer as pazes com o passado.

Frank diz:

— Com certeza. Essa história me remete a muitas coisas. Eu me identifico com ela nos detalhes... mas o passado é triste, e realmente um fantasma, às vezes. Há consequências em nossas vidas que parecem feitas para carregarmos para sempre. É irreversível, pelo menos para mim. Eu faria qualquer coisa para poder voltar e mudar minhas decisões e atitudes. Eu daria tudo por uma oportunidade de mudar pelo menos meu presente. Convivo todos os dias com essa dor no coração, dessa perda do passado. Digo com convicção que só Deus poderia me dar uma chance de pelo menos mudar daqui para frente, com relação ao passado.

Robert diz:

— Eu compreendo sua história. Também tive um passado difícil. Eu me vejo na história do Alfredo perfeitamente. Algumas coisas do meu passado me atormentam, principalmente a falta. Parece que carrego isso sempre dentro de mim: a falta de uma pessoa muito importante. Independente do que tenha ocorrido, quais os motivos dele, acredito no poder do perdão. Passei toda minha vida sem saber quem é meu pai biológico... Não tenho mágoas dele. Dentro de mim, já o perdoei, mas queria conhecê-lo... — Robert demonstra emoção em sua fala. — Queria saber quem ele é, se está vivo ou morto. Só o fato de saber quem ele é ou era já preencheria um buraco muito grande em minha vida. Esse é um passado contra o qual é difícil lutar. É algo que não posso reverter. Já tentei descobrir o paradeiro dele, mas não consigo... Nem minha mãe faz ideia de onde possa estar. Então, convivo com isso. Tento administrar essa situação. Se eu pudesse viver o presente com ele, nem que ele estivesse doente e nos seus últimos momentos de vida... Se eu pudesse viver com ele apenas os últimos instantes, já teria valido a pena.

Os olhos de Frank ficam cheios de lágrimas. Alfredo se contém para não se emocionar e continua:

— Mas a história não acaba aqui. Os dois homens são muito iluminados por Deus e receberam uma dádiva. Nada acontece por acaso; acreditar no contrário é triste, que nossos erros foram acaso, e não uma forma de crescer com eles. O que aconteceu na vida de vocês também não foi acaso, mas um propósito maior. Eu, como médico, sempre coloquei a soberania divina acima do meu conhecimento, acima de qualquer coisa. Tenho muitos amigos médicos que são agnósticos; eu respeito cada um deles, mas nunca consegui acreditar somente na ciência. Vi muitas coisas impossíveis acontecerem diante de meus olhos, como agora vejo também. Ontem, quando acabei de olhar os exames de vocês, pensei que isso é impossível aos olhos humanos. Em estudos científicos, que tomassem anos e anos, ninguém conseguiria explicar um fato desses.

Alfredo abre a gaveta de sua mesa e pega os exames. Robert e Frank ficam assustados.

— Continuando a história, o destino trouxe ao presente o passado desses dois homens.

O médico entrega os resultados dos exames nas mãos deles. Robert, sem reação, com os olhos lacrimejando e a voz embargada, começa a dizer:

— Meu Deus, o que é isso? Não estou acreditando... Como é possível? — E começa a chorar.

Frank olha para os papéis e diz:

— Não estou acreditando... Como? É um milagre. — E Frank também chora.

Alfredo tira uma caixa de lenços de papéis de sua gaveta e a coloca em cima da mesa. Ele termina a história, dizendo:

— Após vinte e oito anos, esses dois homens se encontram para um final feliz e diferente, pois são pai e filho.

Frank se levanta e olha para Robert, que faz o mesmo. Os dois se abraçam com força, chorando e dizendo:

— Pai, eu nunca esperava por esse encontro!

Frank, em prantos, diz:

— Filho, me perdoe... Me perdoe pelo que fiz com você e sua mãe. Carreguei essa culpa a vida toda. Nada justifica o que fiz com vocês, fui um monstro... Me perdoe, filho.

Robert, muito emocionado, responde:

— Pai, por favor, você está perdoado. Eu não tenho mágoas; sempre quis vê-lo, conhecê-lo, e hoje tenho a certeza de que minhas orações foram atendidas. Mas nunca imaginei que fosse ser assim. Deus é fiel, e o melhor presente que ganhei em minha vida foi o senhor.

Frank segura com as duas mãos a cabeça do filho e olha em seus olhos, dizendo:

— Filho, nunca imaginei que isso iria acontecer. Hoje tiro um peso da alma. Todos esses anos, todo esse tempo imaginando se você estaria vivo ou não... Todo esse tempo imaginando como você estaria, quem era você... E não pude contemplar o rosto lindo de quando era um bebê...

Alfredo fica de pé em frente aos dois, também com os olhos lacrimejando.

— Eu não abracei você, não fui o pai presente de que precisava... Me perdoe, de coração. Quantas vezes fiquei sozinho, pensando no que eu tinha feito? Isso me torturava todos os dias, a cada momento. Eu te amo, filho. — Ele o abraça fortemente e chora em seus ombros, chegando a soluçar.

Robert fica muito emocionado, mas consegue se controlar um pouco mais.

— Pai, eu também te amo, demais. Meu sentimento sempre ficou guardado em meu coração, independente do que aconteceu. Se o senhor precisa ouvir de mim que o perdoo, tudo bem, eu digo. Eu o perdoo, você está perdoado.

A cena que Alfredo presencia é a mais linda que já viu, e um sentimento de gratidão o toma, por poder ajudar aqueles dois homens. É claro que Alfredo é apenas mais um personagem no teatro da existência, com o privilégio de ser usado e ter participado desse momento tão especial na vida dos dois.

Capítulo 50

Coração partido

Mary estava na faculdade. Na hora do intervalo, ela sai com Pri. Conversando na cantina, a jovem não consegue esconder da amiga a felicidade.

— Nossa, Pri, estou muito feliz! Hoje à noite, eu e Robert vamos oficializar nosso namoro na casa do meu pai. Vamos fazer um jantar. Já mandei deixar tudo pronto, meu pai vai adorar.

— Que bom, amiga! Fico muito feliz por você, de verdade! Você passou por tantos problemas, e agora vai dar a volta por cima! — Priscila dá um abraço bem forte na amiga.

— Então, se quiser aparecer, você está convidada.

— Vou ver se consigo. É que eu tenho um compromisso já marcado, se não, iria sem falta.

— Sem problemas, Pri. Você já é de casa, mesmo. Se quiser ir, estaremos lá a partir das oito e meia.

— Se der tempo, vou sim, pode deixar.

****

Robert chega em sua casa e passa rapidamente pela mãe, que está na cozinha, sem cumprimentá-la, vai para o quarto e se tranca. Ele pega o celular e liga para seu amigo, Dick.

— Alô, Robert?

— Dick, tudo bem?

— Robert, quanto tempo, meu amigo! Que saudades de você.

— Faz muito tempo mesmo. Não veio mais para o Brasil?

— Nem me fale. Estou trabalhando demais aqui. Fui ao Brasil numa passagem rápida há uns vinte dias, nem deu pra ligar para você para marcarmos algo. Tive de voltar para a Europa o quanto antes.

— Eu entendo. Imagino como deve estar corrido pra você.

— E você, Robert, como anda?

— Estou arrasado. Aconteceram algumas coisas complicadas aqui. — Robert se emociona ao telefone.

— Tudo bem, amigo?

— Está difícil, irmão. Conheci meu pai hoje.

— Sério? Meu Deus, Robert! Nem imagino como você possa estar.

— Verdade. É uma longa história, mas envolve mais pessoas, como a filha dele. Estou em um tremendo conflito.

— Preste atenção, Robert: sempre falei que quando precisasse de mim, poderia contar comigo. Estou disponível para o que quiser. Você precisa esfriar a cabeça. Quando aconteceu isso?

— Foi hoje. Estou em choque, principalmente em se tratando da filha.

— Por quê? — perguntou Dick, perplexo.

— Ela é minha irmã. E é com ela que eu ia namorar.

— Robert, não está com cabeça pra isso, cara. Você precisa de um tempo sozinho. Pegue suas coisas que vou disponibilizar minha casa de praia nas ilhas gregas para você. Vai ser melhor assim. Arrume suas coisas. Meu avião está no Brasil; dentro de três horas meu jatinho vai estar disponível para você. Pode ficar na minha casa de praia quanto tempo achar necessário. Ela sempre fica fechada quando não estou lá, então não há problemas com relação a isso, fique tranquilo.

— Não sou de fugir de problemas… Mas não estarei fugindo, apenas vou poupar quem mais amo. Ela não merece passar por isso. Hoje à noite íamos oficializar nosso namoro. — A voz de Robert fica embargada.

— Faça suas malas e venha para cá. Vai ser melhor para você.

— Tudo bem. Nem sei como agradecer.

Devido ao comportamento de Robert, sua mãe vai à porta de seu quarto e inevitavelmente ouve a conversa toda.

— Meu piloto vai mandar uma mensagem para você, quando estiver no aeroporto.

— Tudo bem. Muito obrigado mesmo, Dick.

— Você é mais do que um amigo para mim, é um grande irmão. É um prazer ajudar você. Eu o considero demais — diz Dick. — Depois nos falamos. Aproveite esse tempo para se acalmar. Depois, se der, apareço por lá, para conversarmos mais.

— Está bem. Um grande abraço.

— Se cuida. Abraço, até mais.

Após desligar o telefone, Catarina bate na porta do filho e diz:

— Filho, por favor, abra a porta. Preciso falar com você.

— Mãe, estou cansado. Estou deitado. Podemos conversar daqui a pouco?

— Você está bem?

— Estou, mãe. Só estou um pouco cansado. Vou tomar banho.

— Tudo bem. Depois conversamos.

Robert começa a arrumar suas malas. Mas, de repente, para e pensa em Mary, e começa a chorar.

Ele pega papel e caneta e começa a escrever uma carta. Após vinte minutos, coloca-a dentro de um belo envelope vermelho e cola a aba. Depois, termina de arrumar as malas; era uma viagem que não tinha previsão de volta.

Pelo menos por enquanto.

Capítulo 51

Jamais te esquecerei

Com todas as malas prontas, Robert sai do quarto e se depara com sua mãe na sala. Ela pergunta:

— Filho, eu ouvi sua conversa. O que você vai fazer?

— Eu preciso sair daqui, dar um tempo. Não posso continuar aqui, pelo menos por enquanto.

— Você descobriu quem é o seu pai. Onde ele está?

— Não, mãe... Agora não é oportuno responder a essa pergunta. Vai ser melhor para mim e para a senhora, no momento.

— Mas, filho...

Robert dá um abraço em sua mãe, e beija sua testa e diz:

— Mãe, estou indo. Vou ficar fora por um bom tempo. Se eu não voltar mais, avisarei...

Catarina começa a chorar.

— Filho, você tem uma carreira, sua família, seu trabalho...

— Não dá, mãe. Me perdoe. Isso não é suficiente para eu suportar todos esses problemas agora. Por favor, me entenda...

Um táxi chega à frente de sua casa e buzina. Robert se despede de sua mãe.

— Estou indo, fique com Deus. — E lhe dá um beijo e um abraço carinhoso. — Eu te amo, mãe. Fique tranquila, você sempre foi uma grande mulher. Não se culpe por nada, está bem?

Catarina, emocionada, diz:

— Te amo, filho. Se cuide, estarei orando por você.

Ao entrar no táxi e com sua mãe o olhando da frente de sua casa, Robert manda-lhe um beijo. Catarina, com lágrimas escorrendo pelo rosto, faz o mesmo.

O motorista pergunta:

— Para onde vamos?

— Para o aeroporto internacional de Guarulhos. Mas antes tenho de passar em outro local. Só aguarde que vou fazer uma ligação, antes. Enquanto isso, pode ir para a região central.

Robert pega o celular e liga para a amiga de Mary, Pri.

— Alô?

— Priscila, sou eu, Robert. Tudo bem?

— Oi, Robert. Tudo, e você?

— Priscila, preciso de um favor seu com relação à Mary.

— Pode falar.

— Você está em casa agora?

— Estou chegando; daqui a uns dez minutos estarei lá.

— Tudo bem. Tenho que entregar algo para você repassar para a Mary, tudo bem?

— Sem problemas. Nos encontramos lá.

Robert chega à casa de Priscila pouco antes de ela entrar com seu carro na garagem. Ela desce do veículo.

— Oi, Robert.

— Oi, Priscila. Estou com um pouco de pressa... Você pode entregar essa carta para Mary?

Ela vê que Robert está um pouco diferente, com uma aparência triste.

— Entrego, sim. Pode ficar tranquilo. Você parece meio apreensivo... Aconteceu alguma coisa, Robert?

— Não, não. Só ocorreram alguns problemas em cima da hora... Estou até de táxi porque o pneu do meu carro furou, e preciso resolver um monte de coisas.

— Entendo. Então não quero te atrapalhar. Estou muito feliz por vocês oficializarem hoje o namoro!

Robert dá um sorriso forçado como resposta, e diz:

— Entrega para ela. Faz parte da noite de hoje.

— Nossa, Robert, que legal! Estou curiosa, mas fica tranquilo que não vou abrir — diz Priscila, dando risada.

— Olha lá, hein. Bom, vou nessa. Muito obrigado, Priscila.

— De nada, até mais.

Robert entra no táxi e diz:

— Por favor, aeroporto de Guarulhos.

— Tudo bem.

Durante todo o caminho, a única coisa em que Robert consegue pensar é em Mary e como ela iria reagir diante de tudo isso. Uma tristeza por deixar quem ele mais ama o toma por completo.

****

Após receber a carta de Robert, Priscila liga para Mary.

— Alô, Mary?

— Oi, Priscila.

— Mary, preciso te entregar uma carta que Robert deixou comigo. Ele disse para entregar a você, mas como não vou poder ir ao jantar devido aos meus compromissos, vou passar na sua casa antes para entregá-la.

— Como assim, uma carta?

— Isso. Acho que é uma surpresa, coisa de homem apaixonado.

Mary dá uma risada e responde:

— Que surpresa será essa? Eu sei que ele é um cara bem romântico, mas por essa eu não esperava!

— Ele passou aqui em casa. Estava com pressa para resolver uns compromissos, parece. Estava de táxi, falou que o pneu do carro dele estava furado e estava com muita pressa. Mas ele lembrou de você, amiga, foi fofo demais.

— Que lindo, ele sempre me surpreende! Você traz aqui, então?

— Sim, fique tranquila. Daqui a no máximo uma hora estarei na sua casa. Quer dizer, na sua segunda casa.

— Eu te espero na casa do meu pai. Beijo, até mais.

— Beijo, até.

Após desligar o telefone, Mary manda uma mensagem para Robert.

Meu amor, aguardo você hoje à noite. Mal posso esperar para te ver, um beijo bem gostoso, te amo.

****

Robert chega ao aeroporto. O jatinho de Dick ainda não chegou. Ele recebe a mensagem de Mary e a lê com lágrimas nos olhos. Depois, diz para si mesmo:

— Eu também te amo. Por isso estou poupando você de tudo isso, meu anjo.

Ele tira o chip do celular e o quebra.

Da sala de embarque vip, Robert vê um jato Citation Ten descendo na pista. Ele reconhece de longe o avião de Dick, devido à assinatura no bico e na parte de trás de seu jato. Após o piloto avançar para um hangar, Robert pega suas malas e vai até lá – não sem antes passar em uma loja e comprar outro celular. Com um novo aparelho e um novo número, ninguém conseguiria localizá-lo. Ele sabia que Mary tentaria descobrir para onde ele iria, e queria poupá-la do sofrimento.

****

Chegando à casa do pai de Mary, Priscila é recebida por um dos funcionários.

— Boa tarde. Mary está na sala de estar. Por favor, entre e fique à vontade.

— Muito obrigada.

Priscila chega à sala e vê Mary deitada no sofá.

— Menina, sua folgada, levante essa bunda do sofá! Você não está preparando as coisas para o jantar de hoje à noite?

Mary dá risada e responde:

— Pri, já está tudo certo. Uma funcionária já foi comprar tudo e a cozinheira vai preparar.

— Que bom! Vim trazer sua carta; esse rapaz é romântico demais! — diz Priscila com ar de descontração.

— Vou ler agora. Fica aqui comigo, quero compartilhar isso com você. Você sempre esteve do meu lado... E agora, para as coisas boas, também.

— Você é uma irmã para mim, Mary. — Priscila sorri.

A garota abre o envelope, pega a carta e começa a ler em voz baixa, mas não acredita no que está lendo.

Mary, no exato momento em que você estiver lendo esta carta, já estarei muito longe. Não se preocupe comigo.

O que dizer dessa menina-mulher? Como posso falar de todos os momentos que vivemos até agora? Para começar a falar de você, tenho de falar de um sentido. E falar disso às vezes pode parecer complexo, mas é a verdade; eu me lembro do primeiro encontro que tive com você, desse seu jeito meigo e delicado, com um brilho nos olhos que me encantou. Sua beleza é indescritível. Eu nunca imaginei que pudesse me apaixonar dessa maneira pelo seu jeito sensivel, sua forma de olhar, seu mistério — que só encontrei em uma mulher em toda minha vida. Hoje não consigo imaginar minha vida sem você.

Pensei que as coisas seriam mais fáceis, mas o destino é cruel. Ele trouxe as revelações pelas quais eu tanto esperava, mas também trouxe algo que jamais imaginei ser necessário: ser obrigado a me separar da pessoa que mais amo: você. Isso me machuca, me corrói. Estou sangrando por dentro só de pensar que encontrei a mulher de minha vida e tenho de deixá-la. Durante todo o tempo que passei com você, desde o primeiro dia, na clínica, eu sabia que minha vida nunca mais seria a mesma. Foi você a dona dos meus conflitos, tomando minha mente vinte e quatro horas por dia. Eu esperava ansiosamente por cada sessão, só para vê-la e poder cuidar de você, ouvir o que seu coraçãozinho aflito queria dizer. Você sempre me surpreendeu.

Escrevo esta carta em prantos, lembrando de cada momento especial que vivenciamos, a primeira vez que levei você àquele lugar especial da minha infância, onde vimos o luar, só nós dois. Lembro de cada trapalhada nossa, do dia no restaurante de comida japonesa, quando você chamou o garçom de "china" e eu dei muita risada... Foram muitos os momentos especiais que vivemos. Se fosse pra descrever todos, eu teria de escrever um livro. Viver cada um deles com você foi único e especial. Isso estará para sempre marcado em meu coração, em minha alma.

Eu quis poupá-la para que não sofra pelo que aconteceu e o que o destino trouxe para mim. Por isso, estou deixando você - não porque não a ame, mas por amar demais. O amor tem a ver com sacrifício, e eu prefiro me sacrificar por tudo isso e poupar você. Um dia talvez você entenda o motivo pelo qual fui embora.

Jamais vou esquecer a pessoa que me fez perder os sentidos, mas me fez ganhar um novo. Vai ser impossivel tirar você dos meus pensamentos e do meu coração ...

De seu Robert.

P.S.: Te amo.

Antes de terminar a carta, Mary já está em prantos. Priscila, sem entender, pergunta:

— Mary, o que foi?

Ela continua lendo a carta, sem responder. Após terminar, diz:

— Priscila, eu vou para o aeroporto.

— Por quê, Mary? O que está acontecendo?

— Leia essa carta. Vou pegar a chave do carro, ainda dá tempo de encontrá-lo!

Priscila começa a ler a carta e fica assustada.

— Como isso pôde acontecer? Não estou acreditando...

— Vou para o aeroporto.

— Calma, amiga, eu vou com você...

Mary entra no carro e Priscila vai junto.

****

Robert está no hangar, defronte ao avião. O capitão Wellington diz:

— Está tudo pronto, Robert? Podemos partir?

— Sim, capitão. Vamos.

Robert entra no jato e a porta se fecha. Logo o assobio do par de turbinas se faz ouvir, o avião faz o contorno para entrar na pista para levantar voo. Robert, pensativo, com os olhos lacrimejando, olha pela janela e diz:

— Adeus, Brasil... Adeus, Mary...

Ele sabia que seria muito difícil voltar.

****

Mary e Priscila estão presas no trânsito, mas decidem seguir por um atalho que Priscila conhece.

— Mary, entre à esquerda, nessa rua.

Ela logo acelera o Audi e entra na rua, cantando pneu.

— Agora vire à direita e siga em frente.

Mas o congestionamento continuava do mesmo jeito. De repente, uma ambulância passa, abrindo caminho com a sirene. A jovem olha para a amiga e diz:

— Segura!

Mary segue a ambulância, quase grudada em sua traseira, e aproveita para passar abrindo caminho. Priscila começa a gritar pela janela:

— Emergência! Emergência!

Todos os carros abrem caminho.

Chegando ao aeroporto, Mary acaba estacionando o carro em uma vaga de taxistas. Correndo em direção ao saguão do aeroporto, desesperada procurando por Robert em todo o lugar, vai às cabines de venda de passagens. Ela descreve o namorado para a atendente, que diz não tê-lo visto. Um rapaz na fila, entretanto, diz:

— Moça, eu vi a pessoa que você descreveu descendo a plataforma da área vip.

Mary diz a Priscila:

— Ele deve ter embarcado no jato de Dick, o amigo dele! Vamos ver se conseguimos falar com alguém da área de baixo.

Elas descem e se deparam com dois homens. Mary diz:

— Boa noite. Eu gostaria de saber a respeito de um rapaz que se chama Robert. Ele embarcou aqui?

— Sim, era um rapaz alto, estava com uma jaqueta de couro.

— É ele!

— Ele já partiu. Estava voando em um jato particular.

— Você sabe para onde ele foi?

— Não temos informações por ser particular, ainda mais sendo de um grande empresário. As informações são sigilosas, só a central sabe; e eles em nenhuma hipotése podem informar, a não ser por investigação judicial.

— Onde é o embarque?

— No segundo andar. Mas é impossível entrar sem credencial.

Ela e a amiga viram as costas e sobem correndo para o embarque privado.

****

O avião, já em posição na pista, acelera para a decolagem. Robert, reclinado em uma poltrona, pega uma foto de Mary na carteira enquanto o avião decola, deixando o solo. Robert olha para a foto e chora, lembrando de cada momento vivido com a amada.

— Eu te amo, Mary... Jamais vou esquecê-la...

****

Mary tenta obter acesso ao embarque e diz a um funcionário do aeroporto:

— Por favor, eu preciso entrar! É urgente, eu preciso entrar no embarque privado! Um rapaz, Robert, embarcou em um jato... Eu preciso que você pare esse avião, não deixe decolar!

— Eu até gostaria de ajudar vocês, mas o avião em que esse rapaz entrou acabou de levantar voo.

Mary, olhando para o céu, começa a chorar e diz, em voz baixa, lamentando sua partida:

— Robert, por que você se foi? Eu te amo, não vou conseguir viver sem você...

Priscila a abraça bem apertado e apenas consola a amiga, que chora em seu ombro.

Nota do autor

Sobre o romance de uma paciente e seu terapeuta, todos os fatos aqui no livro passam de mera ficção, qualquer fato ou semelhança com algo é mera coincidência, qualquer profissional que tenha passado de limites éticos, morais e profissionais cabe a denúncia do mesmo, sendo se há conflito da parte do terapeuta em relação a sua paciente, por ética, a melhor opção é deixar de atendê-la e encaminhar para outro profissional da área para se assegurar de seu trabalho. A cena que ocorre de Robert acabar beijando Mary dentro de seu consultório foi de um momento de impulsão, porque ele até já a tinha dispensado da terapia por ter se apaixonado por ela, sendo sua última sessão. O único problema foi o ambiente não propício para ter ocorrido, porém qualquer fato semelhante eticamente só poderia ocorrer fora do setting terapêutico sem ter mais vínculos com a suposta paciente. Todo o romance foi feito sobre o fenômeno psicanalítico da transferência, que é o deslocamento do sentido atribuído a pessoas do passado para pessoas do nosso presente. Esta transferência é executada pelo nosso inconsciente. Para a teoria freudiana, esse fenômeno é fundamental para o processo de cura.

O romance que ocorre de forma fictícia mesmo na realidade, podendo uma paciente se apaixonar pelo terapeuta, cabe todo o trabalho de ética do profissional diante de sua profissão, sabendo discernir o fenômeno da transferência, tendo em vista sempre o profissionalismo e, acima de tudo, a ética.

Agradecimentos

Primeiro, eu gostaria de agradecer a Deus por cada momento difícil e cada desafio que enfrentei durante a escrita deste livro. Esse tempo também foi marcado por perdas, com a morte de meu pai justamente na reta final do livro – quando eu mais precisaria de força e ânimo para escrever. Quero dedicar, em partes, à memória dele – que Deus o tenha em seus braços.

Também gostaria de agradecer a toda a equipe da Editora Pandorga, que acreditou no meu trabalho literário, sendo um dos maiores desafios lançar uma obra em um mercado tão competitivo. Além disso, quero agradecer a cada pessoa que durante minha escrita acreditou em minha capacidade e me incentivou a continuar em momentos difíceis. Não vou citar nomes porque tenho medo de esquecer alguém, mas guardo cada um de vocês no coração. Espero que tenham gostado da minha obra e aguardem que logo haverá mais.

Um grande abraço a cada leitor que adquiriu meu livro, e que Deus ilumine cada um de vocês.